スペイン武勲詩集

岡村　一／編・訳

目次

フェルナン・ゴンサレスの詩……………33

10世紀のイベリア半島

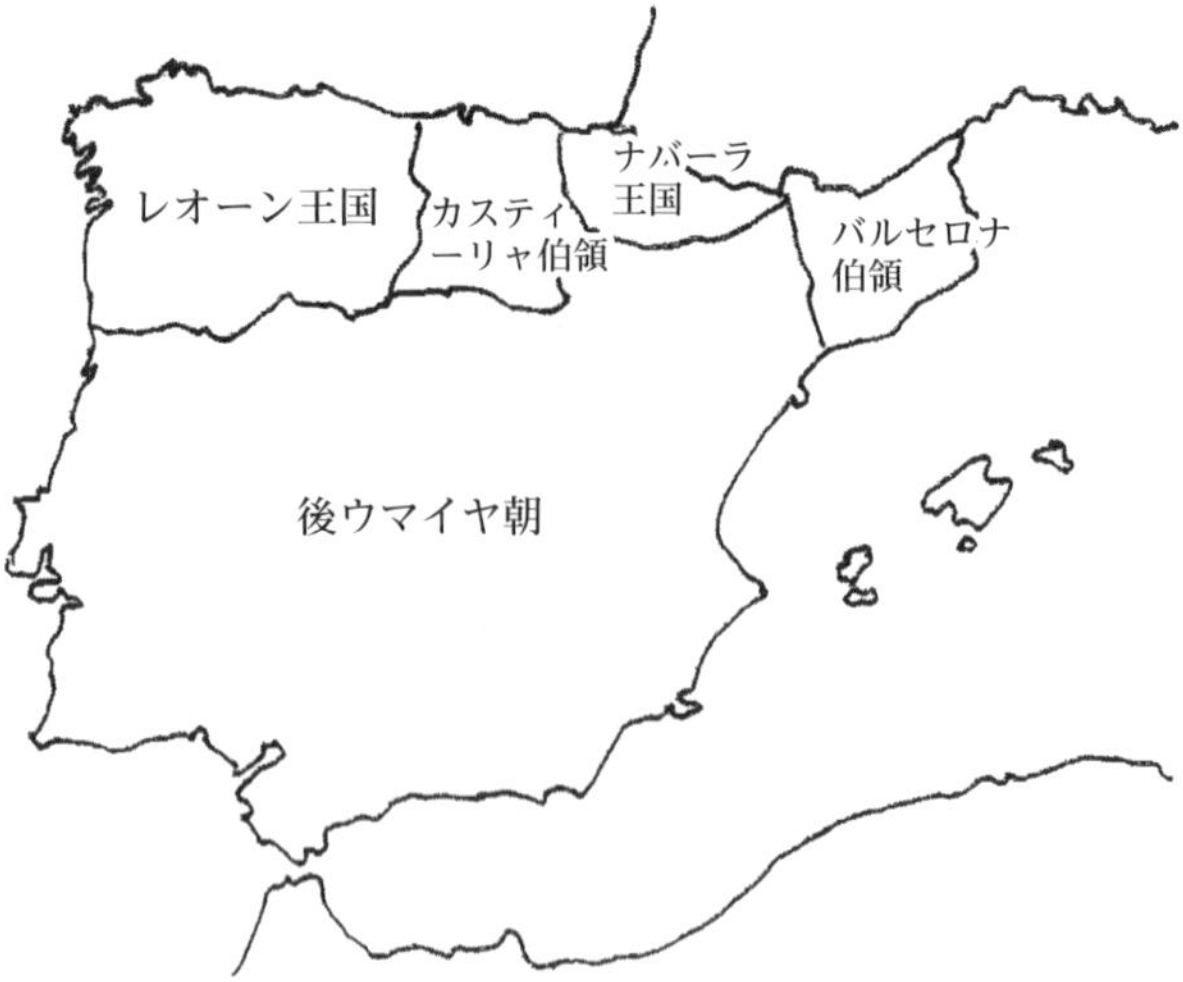

シッドによるバレンシア攻略後(11世紀)

[1]ララの七公子

七三六章　[1]ララ郡の領主ルイ・ブラスケスがわが甥のゴンサロ・ゴンサレスを打擲し、ゴンサロ・ゴンサレスが反撃したこと。[2]ガルシ・フェルナンデス伯が両者を和解させたこと

[3]ドン・ラミーロ王の治世の二十三年目、すなわち九九七年、[4]受肉の年から数えて九五九年目、オットーの帝国樹立から[5]二十六年目、この年[6]ルイ・ブラスケスというララ郡生まれのある身分の高い人物が、やはりきわめて高貴な婦人と結婚した。婦人はブルエバの生まれで、ガルシ・フェルナンデス伯の従姉妹にあたり、名をドニャ・ランブラといった。今名前の出たこのルイ・ブラスケスはビルベストレの領主であった。彼には[7]姉があったが、人となりことのほか立派、行状万事申し分ない婦人で、名をドニャ・サンチャといい、サラスの人である善良公ゴンサロ・グスティオスに嫁していた。この夫妻には息子が七人あって、七公子と呼ばれていた。この七人全員の養育にあたったのはドン・ムニョ・サリードという騎士で、なににおいてもしかるべき振る舞いができるよう彼らを教え諭した。やがて七人は、ガルシ・フェルナンデス伯により同じ日に揃って騎士に叙任された。

前記のこのルイ・ブラスケスはドニャ・ランブラと結婚するにあたり、ブルゴスの城市《まち》で祝宴を催した。その際、ガリシア、レオーン、ポルトガル、ブルエバ、エストレマドゥラ、ガスコーニュ、アラゴ

ーン、ナバーラなど各地へ使者を送り、誼《よしみ》を結んでいる人々をもれなく招いた。このほかにも多数寄り集まった。この祝宴にはゴンサロ・グスティオスもドニャ・サンチャと七人の息子、それに七人を養育した傅役《もりやく》のムニョ・グスティオスをともなってやってきた。祝宴は五週間つづき、(8)的当てや槍投げや闘牛やチェスの勝負やおおぜいの旅芸人などでたいそう賑わった。その間、ガルシ・フェルナンデス伯とルイ・ブラスケスおよび高位の人々は、それぞれはもう多額の金銭を惜しみなく配ったし、立派な贈り物もふんだんに与えた。祝宴終了まで一週間となったとき、ドン・ロドリゴは命じて河原にとりわけ高い的を作らせ、誰であれそれを割った者には豪華な賞品を与えると触れさせた。木槍《もくやり》をあてる自信のある騎士は残らずそこへ集ったが、どれだけ力を込めて投げても誰もてっぺんの的に届かなかった。

　これを見たドニャ・ランブラの従兄弟のアルバル・サンチェスという騎士が、馬に乗ってその的に木槍を投げにいった。放った木槍は勢いよくてっぺんの的にあたり、その音は城市《まち》じゅうに響いた。それを耳にしたドニャ・ランブラは、それが従兄弟のアルバル・サンチェスの木槍のあたった音と知ると、ぱっと顔を輝かせた。そしてうれしさのあまり、義姉であるドニャ・サンチャと、ともにいたその七人の息子の前へいって言った。

「ねえ、皆様、ごらんなさいませ、人にすぐれた猛者とはアルバル・サンチェスのこと。だってあちらに集まった方々のうち、誰もてっぺんの的にあてられなかったのでございますよ。できたのはあの人だけ。今あの場で、あの人ひとりがとびぬけた力を発揮したのですわ、ほかの誰も敵わぬほどの」

　それを聞いてドニャ・サンチャと息子たちは苦笑した。しかし、そのときは指しはじめたチェスの勝負に熱中していたので、兄弟の誰もドニャ・ランブラの言葉を気に留めなかった。ただ末弟のドン・ゴンサロだけは別で、兄たちの目を盗んで馬に乗り、木槍を手にただ一人そちらへ向かった。同行していたのは鷹を持つ役目の従士だけだった。ドン・ゴンサロが的の立っている場所へ着いて木槍を投げると、その強烈な一撃は的の中央の板を割った。それを知ったドニャ・サンチャと息子たちは手を打って喜んだ。だがドニャ・ランブラは、いや、まったくおもしろくなかった。ドニャ・サンチャの息子たちは馬に乗って弟のもとへ向かった。これをめぐってなにか重大事が起こりはせぬかと危ぶんだのだったが、はたしてその後そうなってしまった。こういうしだいである。アルバル・サンチェスはこれでもかとばかりに自慢話をし、それに対してゴンサロ・ゴンサレスは調子を合わせておだててやった。

「実に見事にお投げになる。ご婦人方はやんやの喝采。わたくしの見るところ、その口の端にのぼること、いやいやほかのどんな騎士もおよばぬ様子です」

それにアルバル・サンチェスは言った。

「ご婦人方が褒めそやしておるとすれば、それは当然の話。なにせわしが一番。かなう者なしとわかっておいでだからな」

それを聞いてかっとなったゴンサロ・ゴンサレスは、我慢できずに猛然と向かっていき、顔面に拳で強烈な一撃を浴びせ、歯を折り顎を砕いた。これでアルバル・サンチェスは絶命して落馬した。ドニャ・ランブラはなにがあったか聞かされると、祝宴でこれほど顔に泥を塗られた花嫁はいないと身も世もなく泣き叫んだ。騒ぎを知ったルイ・ブラスケスは、馬に飛び乗り槍を摑んでその場へ向かった。そうして七公子のいる場所へ着くなり槍を持つ手を振りあげ、思いきりゴンサロ・ゴンサレスの頭を打った。するといたるところから血が流れ出た。手ひどくやられたゴンサロは彼に言った。

「なにゆえです、叔父上。このようなひどい仕打ちを受ける覚えはありません。兄たちには、ひょっとしてこのせいでわたくしが死んでも、叔父上に償いを求めぬようこの場で言い残しておきます。でも、どうかお願いします。もうお打ちにならないでください、もう二度と。次はおとなしくしておられぬでしょうから」

それを聞いて怒り狂ったルイ・ブラスケスは、再度槍を振りかぶって打った。だがゴンサロ・ゴンサレスは頭をよけたので、槍は肩にあたっただけだった。力を込めて振り下ろされた槍は二つに折れた。ゴンサロ・ゴンサレスはこのような仕打ちに激怒し、従士が持ってきていた鷹を渡させ拳に止まらせると、猛然と顔にかからせて大怪我を負わせた。これで頭から鼻から血が流れ出た。ルイ・ブラスケスはこのように手ひどくやられて悲鳴をあげ、「出合え、出合え！」と叫んだ。すると配下の騎士がいっせいに集まってきた。

それを見た公子らは供の者たちと離れた場所へ集まった。総勢二百騎であったろうか。さだめてこれはおおごとになると見てとったのだった。だが、ガルシ・フェルナンデス伯と公子たちの父親ゴンサロ・グスティオスが騒ぎを聞いてすぐに駆けつけ、割ってはいって双方を分けた。おかげでこのとき事態はそれ以上悪くならなかった。ついでガルシ・フェルナンデス伯は果たすべき役割を果たし、互いに恨みを水に流させた。しかるのちゴンサロ・グスティオスがルイ・ブラスケスに言った。

「ドン・ロドリゴ、そなた、さぞつわものが欲しかろう。そなたの武名は誰より高く、モロ[9]、キリスト教徒、誰もがそなたを羨まんでやまぬ。あっぱれと仰ぎ見られておる。それゆえ、そなたさえよければ息子たちをそなたに仕えさせ、そなたを守らせたいと、かねてから思っておった。目をかけてくれて、そなたの力で息子たちがひとかどの者になるようにしてもらえるとありがたい。なにせそなたの甥だ。それになにごとも命ずるとおりに動こう、意に添わぬことはすまいでな」

ルイ・ブラスケスは言うとおりにしようと承知した。

七三七章　七公子がドニャ・ランブラに仕える者を殺したこと

一件落着し祝宴も終了したので、ガルシ・フェルナンデス伯はブルゴスを去り、伯領の見まわりへ向かった。ルイ・ブラスケスやグスティオ・ゴンサレスはじめ、おおぜいの騎士を引き連れていた。他方ドニャ・ランブラの義姉ドニャ・サンチャ、七公子とその傅役ムニョ・サリードはブルゴスに残り、ドニャ・ランブラおよびその供の一団といたが、やがて皆連れ立って発ってバルバディリョへ向かった。公子兄弟は叔母に喜んでもらおうと、アルランソン川沿いを上流へ移動しながら鷹狩を行なって多くの鳥を得、ドニャ・ランブラのもとへ戻って進呈した。

そのあと七公子は昼食の支度ができるまで、そこの庭園にはいってくつろいで骨休めした。その間ゴンサロ・ゴンサレスは服を脱いでシャツ姿になり、自分の鷹を携えて水浴びさせた。ドニャ・ランブラは彼のこのような姿を見て不愉快きわまらなくなって、お付きの侍女らに言った。

「ほら、ごらんなさい、ドン・ゴンサロ・ゴンサレスを。下着姿になどなって。あれはきっとわたくしたちの気を引くためですよ。そうにちがいないわ。誰がただで置くものですか。懲らしめてやる。でないと、ほんと、悔しくて夜も眠れない」

　こう言うと一人の下僕の男を呼ばせて命じた。

「(1)コンブローを一本用意して、中に血をたっぷりお詰めなさい。そしてお庭に公子たちがいますから、そこへいってゴンサロ・ゴンサレスの胸めがけて投げるのです。手に鷹を止まらせている人が見えるわね？　あの人。投げたら全力で走ってこちらへ戻っていらっしゃい。怖がらなくてもいいのよ、ちゃんとわたくしが守りますから。こうやって、殴り殺された従兄弟のアルバル・サンチェスのかたきを討ってやるわ。あんなふざけた真似をして……この先何人ひどい目に遭わされるかわかりはしない」

　そこで下僕はドニャ・ランブラの言いつけどおりにした。その下僕が自分たちのほうへやってくるのを見た公子らは、叔母がなにか食べるものを持ってこさせているのだろうと思った。昼食が遅れていたからである。叔母とは良好な関係にある、叔母は自分たちに好意を持っており、そこになんの下心もない、彼らはてっきりそう思い込んでいたのだが、その考えはまちがっていた。下僕の男はそばへやってくるなり、コンブローを投げてゴンサロ・ゴンサレスの胸にあて、血だらけにして逃げた。兄たちはそれを見て笑ったものの、腹の底からの笑いではなかった。ゴンサロ・ゴンサレスが言った。

「兄上方、大まちがいです。なにをお笑いになります。こんな感じで別のものを投げられ、殺されていたかもしれないのですよ。それに言っておきますが、わたくしであれば兄上たちの誰かが同じような目に遭わされたら、すぐさま相手に思い知らせてやります。兄上方はこのように嘲られ辱められて、それであとあと臍を噛んだらよいのだ」

するとディアーゴ・ゴンサレスが言った。

「兄弟たちよ、このような場合いかに処すべきか、皆でよく考えねばな。なるほどこうして顔に泥を塗られたままにしておくわけにはゆかぬ。さもなくばひどい名折れとなろう。そこでだ、ひとつマントの下に剣を隠して、あいつめに近寄ってみようではないか。恐れずじっと待っておるようなら、ただの戯れだったと思えばよい。だが、もしドニャ・ランブラのもとへ逃げて庇われるようであれば、かの人の指図であったと知れる。そのときは、たとえドニャ・ランブラが庇おうが生かしてはおかぬ」

このディアーゴ・ゴンサレスの言葉を聞いて兄弟はおのおの剣をとり、屋敷のほうへ向かった。兄弟がやってくるのを見た下僕はドニャ・ランブラのもとへ逃げた。ドニャ・ランブラは彼をマントの中へ入れてやった。それを見て公子たちが、「叔母上、じゃまをなさらないでください。その男をお庇いにならないでください」と言うと、ドニャ・ランブラは答えた。

「なぜいけないのですか、だってわたくしに仕える者なのですよ？　あなた方になにか不埒を働いたのであれば償わせましょう。けれどその者がわたくしの配下にある以上、手出しなどせぬほうが身のためかと」

公子たちはドニャ・ランブラのそばへ歩み寄って、マントの中にいるその男を力ずくで引きずり出し、彼女の目の前で殺した。あっというまもない出来事で、ドニャ・ランブラは守ってやれなかった。むろんほかの誰も。ドニャ・ランブラは、斬った際に飛んだ血が頭巾にも衣服にもかかり、血まみれになった。このあと公子たちは馬に乗り、母親のドニャ・サンチャにもそうするよう促し、サラスへ帰っていった。彼らが去ったあとドニャ・ランブラは中庭の中央に長椅子を置かせ、死者を悼むにふさわしくそれを黒布で覆い、侍女らとともに遺体のそばで三日のあいだ泣いた。大泣きした、それはもう実に身も世もなく。衣服をむちゃくちゃに破り、自分は夫のいない後家だと泣き叫んだ。——ここでドニャ・ランブラから離れ、彼女の夫のドン・ロドリゴ、そしてゴンサロ・グスティオスへ話を移すことにしよう。

七三八章　アルマンソル(1)がルイ・ブラスケスの要請によりコルドバでゴンサロ・グスティオスを捕らえたこと

ガルシ・フェルナンデス伯はブルゴスへ帰還。その際ドン・ロドリゴ・ブラスケスとドン・ゴンサロ・グスティオスは伯と別れ、それぞれの妻の待つララ郡へ向かったが、その道中、騒ぎのあった事実、およびその一部始終について知らされた。知らせを聞いて二人は頭を抱えた。どちらも相手になんと言えばよいかわからなかったのである。が、ともかくもバルバディリョまで同道した。それからドン・ゴンサロはドン・ロドリゴと別れ、妻と息子たちのいるサラスへ向かった。ドン・ロドリゴのほうは、屋敷へ戻るとドニャ・ランブラがそれを見て泣きの涙、ひっかき傷だらけの姿でそばへ駆け寄ってその足もとへ身を投げ、どうかお願いいたします、甥たちから受けた恥辱を赦さないでくださいませ、なにとぞなにとぞ報復を、と訴えた。ドン・ロドリゴは答えた。

「ドニャ・ランブラ、安心しておれ。誓って世に鳴り響くほどの報復をしてやる」

ただちにドン・ロドリゴはゴンサロ・グスティオスのもとへ人を遣り、いろいろと話しあいたいことがあるので明日出てきて会っていただきたいと伝えた。ドン・ゴンサロは七人の息子をともなってやってきて、バルバディリョとサラスのあいだで会い、ドニャ・ランブラが七公子から受けた恥辱について話しあって和解した。そのあと公子兄弟は叔父のドン・ロドリゴの手に委ねられた。公子たちは叔父に、このたびのことについてはどちらに理があるかご判断願いたい、そして、よいとお思いのこと、正しいことを行なっていただきたいと言った。それを聞いてルイ・ブラスケスはおおいに喜んでみせ、それから嘘や口先だけの言葉を並べて甥たちの機嫌をとって、自分に疑いをいだかぬようしむけた。

それから何日も経たぬうち、ルイ・ブラスケスはふたたびドン・ゴンサロへ使いを出して、またあれこれ話さねばならぬことが出てきたので、先日会ったあの同じ場所へきて会っていただきたいと頼んだ。翌日二人は会い、そのときルイ・ブラスケスはゴンサロ・グスティオスに言った。

「義兄《あに》上、よくご承知のとおり婚礼の祝宴はかなりの物入りでした。[2]ところがガルシ・フェルナンデス伯からは思ったほどご援助いただけなかった、もっと出してくださってもよかったのですが。実はアルマンソルが莫大な額の祝儀を贈ると約束してくれています。ご存じかと。よろしければわたくしの書状を持って、あちらへご足労いただけませぬか。そしてわたくしの挨拶状を渡し、加えて義兄上の口からもわたくしよりの挨拶をお伝えくだされればありがたく存じます。そのうえで、このたびの出費がとてつもなく嵩み、貴殿からの援助を喉から手が出るほど欲している、そうお伝え願えればと。アルマンソルはかならずや承知し、すぐさま相当な額を渡すでしょう。義兄上がお戻りになったら二人でそれを山分けいたしましょう」

ゴンサロ・グスティオスは、「ドン・ロドリゴ、話はよくわかった。喜んでゆこう」と返答した。ルイ・ブラスケスはそれを聞いてしめしめとほくそ笑んだ。それから屋敷へ戻ると、アラビア語の書けるモロと二人だけになって、次のような書状をしたためさせた。

――わたくしルイ・ブラスケスよりアルマンソル殿へ。貴殿をとりわけたいせつに思う友と心得、ご挨拶申しあげます。実は本状を持参したこのサラスのゴンサロ・グスティオスの息子どもが、わたくしならびにわが妻を辱めました。彼らに報復したくはあれど、こちら側、キリスト教徒の地にては難しく。それゆえ父親を貴殿のもとへ赴かせますので、もしもわたくしのことをたいせつにお思いであれば、即刻首を斬ってくださいますよう。さようご処置くださったならば、ただちに雲霞のごとき大軍を催し、七人の息子どもを皆引き連れてアルメナルまでまいり宿営いたす所存。そこでお待ち申しますので、貴殿も軍勢を率いて大至急かの地へおいでくだされればかたじけなく存じます。その際、わたくしが厚い誼《よしみ》を結ぶビアーラとガルベをお連れくだされればと。そうしてわが甥ながら、七人の公子どもの首を刎ねていただきたく。こちら側、キリスト教徒の中にては貴殿を憎み害さんとするにおいて、彼らの右に出る者はございませぬゆえ。皆殺しにしたのちはキリスト教徒の地はお心のまま。貴殿のものとなりましょう。と申すのも、甥どもはガルシ・フェルナンデス伯が杖とも柱とも頼む者どもでございますので――。

　こうして書状をしたためて封印したのち、ルイ・ブラスケスは命じてそれを書いたモロの首を斬らせ、口封じした。それから馬に乗ってゴンサロ・グスティオスの屋敷へ向かい、着くと姉のドニャ・サンチャ相手に虚言を弄した。

「姉上、このたび義兄上《あに》にコルドバへご足労いただくことになったのですが、おそらく億万長者となって戻ってまいられますぞ。われら揃ってこの先死ぬまで大福長者として暮らせるほどの財をお持ち帰りになる見込みがあるのです」

　それからドン・ゴンサロ・グスティオスにこう言った。

「義兄上、旅立たれるのですから、ドニャ・サンチャにお別れのご挨拶をなさいませ。わたくしもともに発ちます。ビルベストレは途中ですので、そこでご一泊ください」

　ということでドン・ゴンサロは妻と息子たち、またその傅役のムニョ・サリードに別れの挨拶をしたのち、馬に乗ってドン・ロドリゴと連れ立ってビルベストレをめざした。その夜二人は余人を交えず朝までじっくり語りあい、その際ドン・ロドリゴは持っていってもらう書状を渡した。翌朝ドン・ゴンサロは馬に乗り、ドン・ロドリゴとその妻のドニャ・ランブラに挨拶をして旅路についた。やがてコルドバへ着くとアルマンソルを訪ね、書状を渡して言った。

「アルマンソル殿、貴殿の友のルイ・ブラスケスが、貴殿にくれぐれもよろしくと申しておりました。使いの趣は、持参したその書状で述べている願いにつき、ご返答をいただきたいということ」

そこでアルマンソルは書状を広げて読んだが、ルイ・ブラスケスの姦計を知ると、それを破いて言った。

「ゴンサロ・グスティオスよ、そなたの持参したこの書状はなんだ」

「はて、どういうことでございましょう？」そうゴンサロ・グスティオスが問い返すとアルマンソルは、

「ならば教えてやろう。ルイ・ブラスケスはよこしてまいったこの書状で、そなたの首を斬れと申しておる。だがわしはそなたを好ましく思っておる。そなたはわしにとってまこと好ましい者ゆえそれはすまい。命じて牢に入れさせるにとどめることにする」

アルマンソルはそのとおりに行ない、他方、見張り役を務めるかたわら身のまわりの世話をしたり、入り用なものを与えたりせよと、ひとりの貴族のモロの女をつけた。その結果、日ならずして次のようなしだいとなった。ドン・ゴンサロが虜囚の日々を送り、モロの女がその世話をしながら過ごすうち、二人は愛しあうようになり、やがて子ができたのである。この男児はムダーラ・ゴンサレスと呼ばれた。後年この人物は、ルイ・ブラスケスが父と兄の七公子に対して仕組んだ裏切りの報復を行なった。物語の先で述べるが、それを恨みとしてルイ・ブラスケスを殺したのだった。だがここでいったん話頭を転じ、ルイ・ブラスケスとアルマンソルについて語るとしよう。

七三九章　ルイ・ブラスケスが七公子をともない、軍勢を率いて進発したこと

先ほど述べたとおり、ルイ・ブラスケスはゴンサロ・グスティオスをコルドバへ送り出した。そのあ

と七公子と話したが、その際こう言った。

「甥たちよ、これからわしがなにをするつもりでおるかと申すとな、そなたらの父がアルマンソルのもとへいって戻るまでのあいだ、アルメナラの野までひと駆けしようと考えておるのだ。ともにまいってもよいと申すなら、それはもう心強い。だがもしそうでなければ、ここに残って領地を守っておってくれてもかまわぬぞ」

公子たちは答えた。

「ドン・ロドリゴ、それは道理に合わぬかと。叔父上が遠征なさるのに、われらがご領地に残るなど。それではいかに臆病かをあからさまに示す始末となりましょう。さようなことをすれば、われらはなにかにつけ世間に後ろ指をさされましょう」

「よく言った」とルイ・ブラスケスはうなずき、このあと、軍勢に加わり自分に従って遠征し財を得たい者は今すぐ支度ととのえ駆けつけよ、と四方八方に触れさせた。それを聞いて人々は、これぞ朗報と勇躍した。ドン・ロドリゴは略奪行のたび荒稼ぎしていたのである。彼のもとへはわれもわれもと驚くばかりの人数が集まった。やがてルイ・ブラスケスは従士を一人遣って甥たちに、即刻発ってあとを追ってくるようにと伝えた、エブロスの野で待っているからと。公子たちはそれを聞くとただちに母親のドニャ・サンチャに別れの挨拶をし、大至急叔父のあとを追った。

七人は語らいながら進み、途中ある松林へ至った。そこへはいるとき、このうえもなく不吉な鳥の鳴き声が聞こえた。ムニョ・サリードはそれに顔を曇らせ、公子たちのほうを向いて言った。

「若様方、どうかサラスへお戻りください、母上様のドニャ・サンチャ様のもとへ。このような徴《しるし》があらわれた以上、先へ進むべきではありませぬ。しばらくのあいだあちらでくつろぎ、なにか飲んだり食べたりなさっておれば、あるいは悪い徴が変わることもあろうかと」

するとと末弟のゴンサロ・ゴンサレスが言った。

「ドン・ムニョ・サリード、それは違うぞ。そなた、よく存じておろう、このたびはわれらで思い立ってゆくのではない。あくまで軍勢を集めた方のご意向だ。徴は叔父上に引き寄せて解すべきもの。なにせわれらはじめ皆を率いておいでなのだからな。だがそなたはもはや歳も歳ゆえ、そうしたければサラスへ引き返してもかまわぬぞ。われらはこのままルイ・ブラスケス叔父に従ってゆくつもりだ」

それに対してドン・ムニョ・サリードは、

「いや、ほんとうに真剣に申すのです。このまま先へお進みになるのは納得しかねます。不吉な徴が見えております。二度とお屋敷へは戻れなくなりますぞ。もしもこの徴を打ち消したいと思し召すなら、母上様へ使いを遣って、七つの長椅子を布で覆い、それを中庭の中央に置いて、若様方が亡くなったかのごとくお泣きくださるようお頼みなさいませ」

するとふたたびゴンサロ・ゴンサレスが言った。

「ドン・ムニョ・サリード、言うことがいちいち癇に障るぞ。誰か自分を殺せる者があれば、そうしてくれと頼んでおるようなものだ。よいか、そなたはわしの傅役《もりやく》だが、もしそうでなければその口ゆえこの手にかけるところだ。言っておく、固く申しておくが、さようなことはこの先二度と口にするな。そなたになにを言われようが、われら引き返しはせぬ」

ムニョ・サリードはこの言葉に深く心を痛め、公子たちに言った。

「よかれと思って申そうが、なにを申そうが、聞く耳持っていただけぬとは、わたくしは星[1]のめぐり悪しきとき若様方をご養育申したのでございますな。ならばお願い申します、わたくしは戻りますので別れのお言葉をくださいませ。もうこの先二度と若様方とお会いすることはないと、よく存じておりますゆえ」

公子たちはこの言葉を真剣にとらず、別れを告げて先へ進んだ。一方、ドン・ムニョ・サリードは馬首を返してサラスへ向かったが、途中で、手塩にかけてきたあの若者たちを命惜しさに見捨ててきたのは誤りだった、なにより自分は寄る年波に老いた身ではないか、と思い返した。どう考えてもああすべきではなかった、なぜならまだ若い彼らは生きねばならぬ、自分のような者こそどこであれ死地へ赴くのがほんとうだ、と。兄弟が死を恐れぬ、それをなんとも思っていないとすれば、彼はもっとずっとそうあらねばならぬはずだった。さらに、もしも公子たちが討ち死にし、ルイ・ブラスケスが無事帰還するとしたら、傅役の務めを果たさなかったことになり、そうなるとルイ・ブラスケスに殺されたところでおかしくあるまい。このような振る舞いをすれば、なにかにつけ世の悪評の種となろう。それに、兄弟があちらで命を落とすとすれば、それはきさまのせい、きさまがおかしなことを吹き込んだせいと、白い目で見られもしよう。「せっかく若いとき名を得ても、晩節を穢すのはわが身には耐えがたい屈辱」とムニョ・サリードは呟いた。そう思い至ると、馬首を返して公子たちを追った。さて、彼にはこのまま進んでおいてもらい、今度は七公子へ話を移すとしよう。

七四〇章　ルイ・ブラスケスがムニョ・サリードを脅し、両陣営の殺しあいになりかけたこと

七公子は傅役と別れたあと先へ先へと進んでエブロスに着いた。ドン・ロドリゴは七人の姿が目にはいると迎えに出て、もう三日も前から待っていたぞと言ったあと、傅役のムニョ・サリードはどうした、なにゆえ同道しておらぬと尋ねた。そこで兄弟は徴《しるし》をめぐって彼とどういうやりとりがあり、それでどうなったか、詳しく事情を説明した。それを聞いてルイ・ブラスケスは兄弟を油断させようと言った。

「いやいや、それはとりわけめでたい徴ではないか。われらはなにひとつ失わず、山のように分捕れると告げておるのだ。ドン・ムニョ・サリードめ、そなたらとまいらぬとはなんたる不届き。あとでしまったと地団太踏んでも知らぬぞ。やり直したくともあとの祭りになればよい気味だ」

彼らがこうして話しているところへムニョ・サリードがやってきた。公子たちはその姿を見て、よくきれくれたと大喜びした。ところがこのときルイ・ブラスケスは、

「ドン・ムニョ・サリード、そなたはなにかにつけいつもわしのじゃまばかり。今度もまたじゃまだてするか。思い知らせてやらねば腹が立って夜も眠れぬわ」と詰った。

こう言われてドン・ムニョ・サリードは言葉を返した。

「ドン・ロドリゴ、わたくしはなにも悪しかれと思っておるのではなく、まことを申しておるだけ。わ

れらにあらわれた徴が吉相と申してご兄弟の気を引こうとする者があれば、それが誰であれ、裏切り者め、偽りを申すな、それはまことではない、さては罠をしかけたな、罠にはめようとしておるなと、さよう面罵する所存でございます」

ムニョ・サリードがこう言ったのは、ルイ・ブラスケスがなにを吹き込んだか承知していたためだった。あてこすられたのに気づいたドン・ロドリゴは、侮られた、面目を潰されたと激怒し、声を張りあげて言った。

「おい、家臣ども！　わしはそなたらに無駄飯を食わせておるのか。わしがドン・ムニョ・サリードからこうして辱めを受けたのを目にしながら、黙って見ておるのか。いや、それどころかまるでよそごとではないか」

こう言われてゴンサロ・サンチェスという騎士が、押っ取り刀でドン・ムニョ・サリードへ向かっていった。しかしそれを見たゴンサロ・ゴンサレスが駆けより、その男の顎と肩のあいだに強烈な拳の一撃を見舞うと、絶命してルイ・ブラスケスの足もとへ倒れた。これに烈火のごとく怒ったルイ・ブラスケスは叫び声をあげ、そしてなんとか甥どもに報復してやろうと、皆の者、出合えと命じた。公子らとムニョ・サリードはそれを見て、叔父が自分らと命のやりとりをしようとしていると悟り、引き連れてきた二百人のつわものと別の場所へ移動した。それから双方隊形をととのえたが、そうなったときゴンサロ・ゴンサレスがルイ・ブラスケス叔父に言った。

「これはなんとしたことです？　モロを襲撃にゆくゆえ領地を出て当地へまいれとおおせになっておき

ながら、今こうしてわれら相手に命のやりとりをなさろうと？　まったくもって納得しかねます。ひょっとしてその御仁を殺したことにお腹立ちであれば、しかるべき賠償を行なう用意があります。決まりの額は五百スエルド。それをお渡し申しましょう。これでことを収めていただくようお願いいたします」

ドン・ロドリゴは、目論見どおり望みを果たすのはまだ時期尚早と判断した。また、ここで兄弟に去られてはこの地からは生きて戻れまいと危ぶみもして、申したことにはおおいに納得がいった、それでよいと返答した。

七四一章　モロ軍とキリスト教軍が戦い、その際ムニョ・サリードとつわもの二百騎、加えて公子の一人フェルナン・ゴンサレスが討ち死にしたこと

こうした騒ぎがあってそれが無事落着したのち、一行は天幕を畳んで道をつづけた。その日はかなりの道のりを進み、翌日の朝まだきアルメナルの野へ至った。ドン・ロドリゴは引き連れてきた者たちと、外から見えぬ場所に身を潜めた。それから甥らに、一帯を駆けまわって手当たりしだいに奪え、分捕れ、しかるのち自分のもとへ戻ってこいと命じた。というのもあらかじめモロ側へ使いを送り、家畜を外へ出して草を食ませておくよう、人も出て思い思いの場所へ散っておくよう伝えていたのだった。そこで公子らはルイ・ブラスケス叔父の指示に従うべく馬に乗った。しかし、このとき傅役のムニョ・サリードが諫めた。

「お待ちください。分捕ろうと逸りすぎてはなりませぬ。どうせたいしたものは得られますまい。少しお待ちになれば、今ゆくよりずっと多くを奪えましょう」

　こうしているうち軍旗や槍旗を掲げた一万余の大軍があらわれた。それが見えたときゴンサロ・ゴンサレスがルイ・ブラスケスに、「あれに見える軍旗はなんでございますか？」と問うと答えて言うには――

「いやなに心配にはおよばぬ。あれがいかなるものか教えてやろう。これまでこのあたりを三度ばかり駆けまわり、それで数えきれぬほど分捕ったが、立ちはだかるモロもなにも、それこそ一人としておらなんだ。そのうちに、知らせを聞いたあのようなけがらわしいモロどもがまいって、今あれに見えるごとく槍旗やら軍旗やらを掲げて彼方にたむろし、威圧するだけはしておったがな。果敢に野を駆けよ。なにも恐れることはない。もしものときは加勢にゆくゆえ」

　こう言っておいて、ルイ・ブラスケスは兄弟の目を盗んでモロ軍へ向かった。それに気づいたムニョ・サリードは、モロどもになにを言うつもりか聴こうとあとをつけた。ルイ・ブラスケスは着くとビアーラとガルベに言った。

「友よ、今こそ甥の七公子にわが恨みを晴らしてもらうよい機会《しお》。なにせここへ連れてきておるのはたった二百人ばかり。取り囲んで袋の鼠とし、一人も生きて逃がさぬようにしてくれ、わしはけっして助けぬゆえ」

　これを聞いてドン・ムニョ・サリードは怒声を発した。

「この裏切り者め、悪党、よくもおのれの甥を罠にはめたな！　天罰を受けるがよい！　そなたのこの裏切り、世の末まで語り継がれようぞ」

こう言い捨てると公子たちのもとへ駆け、声を張りあげてこう告げた。

「若様方、いくさ支度を！　叔父御のルイ・ブラスケス様はモロどもの仲間。腹を合わせてそなた様らを討つおつもりでございますぞ」

これを聞くなり全員大急ぎでいくさ支度して馬に乗った。数において遥かにまさるモロ勢は、それを見て十五段構えの陣形を作ると、兄弟へ向かって押し寄せ取り囲んだ。それを前に傅役のムニョ・サリードは兄弟を励まして言った。

「若様方、奮い立たれませ！　怯んではなりませぬ。凶兆と申した徴《しるし》は実はさにあらず。むしろ大々吉。われら勝利し、敵より財を得ると告げておったのでございますぞ。いざ、わたくしが先陣にて戦いましょう。これよりは若様方のご加護を天にお頼み申さん」

言いおえるなり馬に拍車をあて、猛然とモロ軍に突進してつぎつぎと討ち取った。だが殺到するモロ兵に激しく攻め立てられ、ついに落命。その後、乱戦となった。双方勇躍して敵にかかり、討ち取らんとの意気に燃えて戦った。いくさ場はまたたくまに死体で埋まった。このうえなく激しい大いくさ。史伝によればキリスト教勢は勇猛果敢に戦い、あらがうモロ軍の第二段まで突破、三段目へ至った。両軍とも多くの者が斃れた。この時点でモロ勢は千人以上を失った。だが、キリスト教徒側もまた二百人を討ち取られ、七公子を残すのみとなってしまっていた。兄弟は、勝利か、さもなくば死かという状況に立ち至ったのを悟ると、神に一身を託し、使徒聖ヤコブ（1）を呼び求めながら、敵勢へ突っ込んでいった。そして猛然と敵にかかって果敢に戦い、討って討って討ちまくった。ためにモロどもは震えあがり、兄弟の前に立とうという者は誰もいなくなった。しかし、さすがの兄弟もこれほどの大軍を前にして、どう切り抜ければよいのかと途方に暮れてしまった。そこでフェルナン・ゴンサレスが兄弟に言った。

「弟たちよ、われら、全力を傾けねば。勇気を振り絞って戦わねばならぬ。今となっては神のほか頼るべきものはない。ここに至って傅役のムニョ・サリードも、連れてきた味方もことごとく討ち取られてしまった。さればもはや皆のかたきを討つか、あとを追って死ぬほか道はない。あるいは戦いに疲れるようなことがあるかもしれぬが、そのときはあれにあるあの丘へ登って息を入れよう」

　弟たちはこの言葉に応じ、猛然とかかっていった。なんとかかたきを討ちたいという気持ちがありありと見てとれた。そして死人の山を築いていったが、しかしその間長男のフェルナン・ゴンサレスが、殺到する敵の手にかかって命を落とす事態となった。やがて戦いに疲れた残りの兄弟は、激戦の中から抜け出して先ほど話に出てきた丘へ登った。そして、汗とほこりにまみれた顔をぬぐったあと、長男を探した。けれど、みつからなかった。兄の死を確信した弟たちは、はらわたが千切れんばかりであった。

七四二章　七公子と彼らの加勢に駆けつけた三百騎が全滅したこと

　丘へ登ったあと、兄弟はビアーラとガルベに使者を送って休戦を申し入れようと決めた。休戦の間に叔父のルイ・ブラスケスに状況を伝え、救援に駆けつける用意があるかどうか尋ねてみようとしたのだった。彼らはこれを実行に移した。ディアーゴ・ゴンサレスがルイ・ブラスケスのもとへゆき、こう伝えたのである。

「ドン・ロドリゴ、なにとぞご賢慮くださり、ご加勢を。われらはモロどもに攻め立てられて瀕死のありさま。すでに叔父上の甥フェルナン・ゴンサレスとムニョ・サリード、それに連れてまいった二百騎を討ち取られてしまいました」

するとドン・ロドリゴは答えた。

「そうか、武運を祈っておるぞ。――そなたらはブルゴスでアルバル・サンチェスを殺し、わしの顔に泥を塗った。なにゆえそれを忘れたなどと思う？　それから妻のドニャ・ランブラにした狼藉、目の前で下僕を殺したではないか。エブロスでもあの者を殺したな。そなたらは豪傑揃い。せいぜい互いに助けあってなんとかすればよかろう。わしの加勢などあてにせぬがよい」

ディアーゴ・ゴンサレスは返答を聞くと、叔父のもとを去って兄弟の待つところへ帰り、なんと言われたかありのままに伝えた。このように彼らが孤立無援で窮地に陥っていた一方、ルイ・ブラスケスが引き連れていたキリスト教徒の中に、兄弟の救援に駆けつけねばという気持ちを神から心に吹き入れられた者たちがあった。これでおよそ千騎がルイ・ブラスケスの一団から離れた。しかし彼らが加勢に向かっている途中、ルイ・ブラスケスにその知らせがいった。ルイ・ブラスケスは彼らの後を追い、引き返させようと言った。

「かたがた、甥どもにはかまわれるな。武勇を披露させておけばよい。いざとなればわたくしが助太刀いたしますゆえ」

言われてつわものたちは引き返したものの、後ろ髪を引かれる思いだった。そこに腹黒い考えのあるのをはっきり見抜いていたからである。しかし幕舎へ戻ったあと、ドン・ロドリゴの目を盗んで三人、四人とそこを出て、都合三百人ほどがひとところに集まり、生死をかけて七公子の助勢にゆかぬ者は裏切り者となるであろうと誓いあった。また、ひょっとしてルイ・ブラスケスが連れ戻そうとしたらば、うむをいわさずその場で亡き者にしてしまおうとも。これだけのことを申し合わせたあと、馬に乗って駆けに駆けた。彼らがやってくるのが見えたとき、公子らは叔父が自分たちを殺しに襲ってきたのかとはっとした。一団は近くまでやってくると声を張りあげて言った。

「公子方、ご懸念におよばず。加勢にまいったのです。このたびわれら貴殿らと生死をともにしようと覚悟を決めました。叔父御が貴殿らをなにがなんでも殺そうとしておる、しかとそう悟りましたゆえ。まんいちこの場を生きて逃れられましたなら、われらを叔父御から守るとお約束ください」

兄弟はそうすると約束した。こう言葉を交わしたあと、すぐさま一丸となってモロ軍へかかってゆき、寡兵ながらも前代未聞の激烈さ、猛烈さで攻め立てはじめ、一騎も損ぜずモロ兵の屍の山を築いた。史伝によれば二千人以上を討ち取ったとか。だが繰り返し戦ううち、最後には公子たちの助勢にきた三百騎はことごとく討たれてしまった。公子たちもまた戦い疲れ、腕をあげて敵に剣を振るうことすらままならなくなっていた。ビアーラとガルベは兄弟が疲労困憊、孤立無援になったのを見て心を痛め、寄っていって乱軍の中から連れ出した。そして自分たちの幕舎へともない、鎧兜を脱がせたのち、命じて彼らに酒食を与えさせた。それを知ったルイ・ブラスケスはビアーラとガルベを訪ね、このような者どもを生かしておくのは大罪、代償を払うはめになるぞと脅した。また、このまま兄弟を逃しでもすれば、もはや自分はカスティーリャへは戻るまい、ここからコルドバへ赴いてアルマンソルに訴え、その罪でそなたらを成敗させるとも。それを聞いて二人のモロは震えあがった。ゴンサロ・ゴンサレスが叔父を面罵した。

「おのれ、まことなき裏切り者め！　信仰の敵を叩くとわれらを軍勢に加えて連れ出しておいて、今その敵にわれらを殺せと言うのか。われらへこのような裏切り、天罰を受けるがよい！」

ビアーラとガルベが兄弟に言った。

「困りました。叔父御のルイ・ブラスケス殿がお言葉どおりコルドバへおいでになれば、あちらでただちにイスラム教へ改宗なさいましょう。そうなればアルマンソル様は叔父御に万事をお任せになり、われら、お助けしたせいでどのような目に遭うかわかりませぬ。ならば貴殿らをもとのいくさ場へお戻しするほかなし。われらにとってはいたしかたないこと。よくおわかりいただけるかと存じますが」

二人はそのとおりにした。モロ軍は公子たちがいくさ場へ戻ったのを見届けると、太鼓を打ち鳴らし、降る雨のごとく密集して攻めかかった。古今に絶する大激戦が開始された。史伝によれば、兄弟はわずかなあいだに二千と六十人を討ち取ったとか。六人はいずれも一騎当千、まこと勇猛果敢に戦ったが、なかでも末弟のゴンサロ・ゴンサレスは抜群。誰にもましてみごとな戦いぶりだった。けれどモロ軍は雲霞のごとく、しょせんは多勢に無勢。兄弟はいくさに疲れ果て、その場からただの一歩も動けなくなってしまった。馬もまた同じ。皆戦意こそ失っていなかったものの、すでに手には剣もなにもなかった。どれも折れたり失ったりしていたのだった。モロ勢は兄弟が丸腰になったのを見るや、馬を殺して彼らを捕らえ、甲冑を脱がせた。そうして叔父のルイ・ブラスケスの見ている前でただちに、次男三男……という具合に一人ずつ首を斬っていった。末弟のゴンサロ・ゴンサレスは、兄たちが目の前で斬首されるのを黙って見ていられなくなり、首斬り役のモロへ突進して拳で喉に強烈な一撃を見舞い、絶命させて地面へ倒した。そして、その男の持っていた剣をさっと拾うと、それを振るって周りにいたモロを斬りまくった。その数二十人余りと史伝は伝える。しかしやがて捕らえられ、その場で首を刎ねられた。前に述べたとおり、こうして七公子はことごとく殺されてしまった。このあとルイ・ブラスケスはモロたちに別れを告げ、領地のビルベストレへ帰っていった。他方モロたちは兄弟とムニョ・サリードの首を拾い集め、それを携えてコルドバへ向かった。

七四三章　ゴンサロ・グスティオスが捕らわれの身から解放されてサラスへ帰ったこと

コルドバに着いたビアラとガルベはアルマンソルの前へ参上し、七公子と傅役《もりやく》のムニョ・サリードの首を差し出した。それを見て誰だか見分けたアルマンソルは、こうして皆殺しにされてしまったことに少なからず心痛む様子を見せた。そうして血で汚れた首を葡萄酒で洗わせ、それが済むと広間の中央に白い敷布を広げて兄弟全員の首を長男次男……という順に並べるよう命じ、最後にムニョ・サリードの首を置かせた。それを終えたのち、公子らの父親ゴンサロ・グスティオスの閉じ込められている牢を訪れ、「ゴンサロ・グスティオスよ、変わりはないか？」と尋ねた。すると彼は答えて言った。

「はい、おかげさまで。ここへきてくださったとは、このうえない喜びでございます。これはきっとこれからなにかしてくださるおつもり。ここから出していただけるのかと。なにせ会いにきてくださった。殿様たるお方が捕らわれ人をお訪ねになったあと、お解き放ちになるのはしきたりでございますので」

するとアルマンソルはゴンサロ・グスティオスに言った。

「実は先ごろカスティーリャの地へ軍勢を出したのだが、それがそこのアルメナルの野でキリスト教徒と一戦して勝ち、ごく高い身分の者の首八つを今持ち帰ってまいった。うち七つは若武者の首、残るひとつは老武者の首だ。そなたを牢から出すゆえ首実検してくれぬか。家臣の将軍どもがララ郡の地生えの者と申しておるのでな」

ゴンサロ・グスティオスは答えた。

「お見せくだされば誰だかお教えいたしましょう。またどこの者かも。なにせカスティーリャじゅうのひとかどの騎士で、見知らぬ者はございませぬゆえ」

そこでアルマンソルは彼を牢の外へ出すよう命じた。——首を見てそれが誰か知ったゴンサロ・グスティオスは、衝撃のあまり気を失って床へ倒れた。しばらくしてわれに返ると身も世もなく泣き叫びはじめたが、やがてアルマンソルに言った。

「これが誰の首かようく存じております。七つはわが息子たち、サラスの七公子。この残るひとつは息子らを養育したその傅役ドン・ムニョ・サリード」

言いおえると、並んだ首の前でまた手放しで嘆き悲しみだした。それはもう、見れば誰もが袖を濡らさずにいられなくなるような光景だった。やがて首をかわるがわる持って、一人ひとりの立てた手柄を数えあげた。そのあげく激情にかられ、広間にあった剣を摑むと、それを振るってアルマンソルの前で高官を七人斬り殺した。モロらは彼を取り押さえ、それ以上暴れるのをやめさせた。ゴンサロ・グスティオスはアルマンソルに自分を殺してくれと頼んだ、こうなったらもう生きていてもしかたがない、死んだほうがましだからと。しかし同情していたアルマンソルは、誰も彼に手出しせぬよう命じた。こうしてゴンサロ・グスティオスが悲しみのあまり身も世もなく嘆き、滂沱の涙を流しているさなか、モロの女が近寄ってきて声をかけた。身のまわりの世話をする役につけられたと前に述べた、あの女である。

「しっかりなさいませ、ドン・ゴンサロ様。泣くのはおやめくださいませ。悲しみを振り払ってくださいませ。わたくしにも息子が十二人ございました。いずれも凛々しいつわもの。そうしてやはり、この身の因果、ある日いくさで枕を並べて討ち死にいたしました。けれど、だからといってわたくしは気力を失わず、心を奮い立たせました。女のわたくしがなんのこれしきと奮い立ったのであれば、つわものたるそなた様はなおさらそうあらねばならぬはず。ご子息の死をいくらお泣きになっても、それで取り戻せるわけではございませぬ。果てに嘆き死になさったところで、なんの得がございましょう」

するとアルマンソルが言った。

「ゴンサロ・グスティオスよ、そなたはたいへんな目にあった。だいじなものを失った。深く同情しておる。それゆえ、そなたを閉じ込めておる牢から出してやろうと思う。そして入り用なものを与え、加えて息子たちの首も渡すゆえ、妻のドニャ・サンチャの待つ領地へ帰るがよい。もう久しくそなたの顔を見ておらぬゆえな」

ゴンサロ・グスティオスは答えた。

「アルマンソル殿、いただいたありがたいお言葉、神の嘉《よみ》したまわんことを。いつの日かこのご恩をお返しいたしたいものでございます」

ドン・ゴンサロの世話をしているかのモロの女は、このあと彼を離れた場所へ連れていって言った。

「ドン・ゴンサロ、わたくしはそなた様のお子を宿しています。どういたすのがよいか、お考えをお聞かせくださいませ」

ゴンサロ・グスティオスは答えて――

「もしもそれが男なら、乳母を二人つけ心を込めてたいせつに育て、やがて分別のつく歳になったら、わが子であることを明かしてサラスへよこしてくれ」

このあとゴンサロ・グスティオスは、指にはめていた金の指輪を抜いて二つに割り、片方を渡して言った。

「この指輪の半分を形見として持っておくがよい。幼子が大きくなってわしのもとへよこすとき、渡して持たせるのだ。これでただちにわが子と知れよう」

ゴンサロ・グスティオスはこう言い置いたあと、アルマンソルはじめいならぶモロの高官に別れを告げ、サラスへ向けて旅立った。彼が去ってほどなくして、そのモロの女は男子を出産した。そこでアルマンソルは乳母を二人つけて育てるよう命じた。子はムダーラ・ゴンサレスと呼ばれることになった。さて、ここでこちら側の話はいったんおく。物語の先の適当な箇所でふたたび語ろう。今度はドン・ラミーロ王について触れるとしよう……

七五一章　ムダーラ・ゴンサレスがルイ・ブラスケスを討ったこと。アルマンソルがコヤンカを占領しキリスト教徒の地を荒らしまわったこと

ドン・ベルムド王の治世の七年目[1]、すなわち一〇〇六年、受肉の年から数えて九六八年目、オットーの帝国の三七年目、アルマンソルは十歳になったムダーラを騎士に叙任した。まだ年端のゆかぬ子供ながら、知勇ともにすぐれ、行状も万事申し分ないのを見て、とても愛していたのだった。アルマンソルは同じ日、ムダーラの母方の親戚の従士約二百人も同様にした。この者たちをこのムダーラ・ゴンサレスに仕えさせよう、彼をあるじと仰がせ、守らせようとの思惑からだった。やがてムダーラは武勇抜群の立派なつわものとなった。アルマンソルを別にすればモロの中で右に出る者はなかった。すでにムダーラは七人の兄が謀殺されたいきさつ、父親が捕らわれの身となる屈辱を味わった経緯を聞かされていた。そこであるとき家臣はじめ配下の者を全員集めて言った。

「聴いてくれ。すでにそなたらも知るとおり、わが父ゴンサロ・グスティオスはなにもしておらずなんのいわれもないのに、不当、理不尽にも塗炭の苦しみを味わうはめになった。またわが兄たち七公子も罠にはめられ殺された。そこでキリスト教徒の地へ赴き、かたきを討てるものなら討ちたく思う。皆、どうすればよいと思うか？　考えを聞かせてくれ」

　訊かれて一同はこう答えた。

「なんであれ殿がよいと思われることには少しの異存もございません。われらの務めは殿をお守りすること。殿にお仕えし、ご命令を行なうこと」

　一同の返事を聞いてムダーラは母親のもとへいった。そして父上を訪ねて無事でおいでかどうかご様子を確かめたいと言い、ついては自分を見分ける印に渡された形見をお渡しいただけませぬかと頼んだ。そこで母親はゴンサロ・グスティオスが託した、指輪の割った片方を渡した。ムダーラ・ゴンサレスはそれを受け取り、母親に別れの挨拶をした。つづいてアルマンソルの前へ参上して父親に会いにいきたいと願い出ると、よかろう、許すと聞き届けられた。そのあとムダーラは、アルマンソル以下なみいる権臣に別れを告げて旅立った。史伝によれば騎馬の大軍勢を引き連れていたとか。一行はサラスに着くとゴンサロ・グスティオスの館へ向かった。彼らに会ったゴンサロ・グスティオスは、何者かと尋ねた。ムダーラ・ゴンサレスは「ドン・ゴンサロと申す者。コルドバで生まれました。そなた様の息子でございます。その証拠に、指輪のこの片方を持ってきております」と答えた。ゴンサロ・グスティオスはそれを見てぱっと顔を輝かせ、歩み寄って彼を抱擁した。二人は何日か親子水入らずで過ごしたが、やがてムダーラ・ゴンサレスは父親に打ち明けた。

「ドン・ゴンサロ、わたくしがこうしてまいったのは父上の恥辱、それに殺されたわが兄たち七公子の復讐を遂げるため。一日も早くそれを果たさねばなりませぬ」

このあと二人は馬に乗り、三百騎を引き連れてガルシ・フェルナンデス伯のもとへ向かった。伯のいる館へはいると、ムダーラ・ゴンサレスは伯の前でルイ・ブラスケスとその一派に決闘を挑んだ。するとルイ・ブラスケスは、いくら脅しても無駄だ、それに伯の御前で口にしてよいことと悪いことがある、偽りを申すなど言語道断と開き直った。それを聞いたムダーラは剣を抜き、ルイ・ブラスケスへ歩み寄って斬りかかろうとした。しかしガルシ・フェルナンデス伯がムダーラを取り押さえてやめさせた。そうして決闘まで三日置くことを命じた。伯にもそれがせいぜいであった。この取り決めのあと双方とも伯のもとを去り、それぞれの本拠へ戻った。ただしルイ・ブラスケスは明るいうちにバルバディリョへ向かうのを恐れ、夜を待って出立した。それを知ったムダーラ・ゴンサレスはルイ・ブラスケスが通るはずの道の近くに潜んだ。そうしてやってくるとさっと姿をあらわし、叫んで言った。

「死ね、悪党！　よくも謀ったな、この裏切り者め！」

言葉と同時に太刀風鋭く切りおろすと、ルイ・ブラスケスは体が真っ二つに裂け、絶命して地面へ落ちた。このときムダーラはさらに、同行していた三十騎を討ったと史伝は伝える。後年、ムダーラはガルシ・フェルナンデス伯の死の直後、ドニャ・ランブラを捕らえて火あぶりにした。伯の存命中は伯の血縁者であるのを憚り、控えていたのだった。また、この年アルマンソルは大軍を催し、キリスト教徒の地へ来襲して荒らしまわり、さらにコヤンカ、現在[2]バレンシアと呼ばれている城市《まち》まで攻め込み、これを囲んだ。この年はまた皇帝オットー一世が没した年でもあった。そのあとはオットー二世が十年にわたり統治した。

フェルナン・ゴンサレスの詩《うた》

一　祈願

万物の創造主たる父、美しき聖母より生まれいでんと望みたもうた子、お二方と一体である聖霊の御名において、拙き言葉ながらカスティーリャ伯の物語を語ろう。万物を造りたもうた主はよき師にておわせば、往古のことども教えたまい、そのおかげにてわれは語れるであろう、いかに伯が海[1]に臨むさいはてからさいはてまで、寸土も余さずわがものとしたかを。されどまずは汝らに語ろう、われらの父祖がいかに国を失い、いかなる辛酸をなめたかを。いかに寄る辺なき身となり逃げ惑ったか、死にどきを失いいかに血の涙を流したかを。われらの父祖は果てしなき艱難辛苦を忍び、つぎつぎ襲いくる血も凍る恐怖に耐え、いくたびも苦汁を飲んだ。寒さに凍え、飢えに泣き、あまたの苦しみに打ちひしがれた。当世楽しみであるものは往時は苦痛をもたらした。さしあたりかの時代を語ろう、いかに領土を失い回復したか、[2](……)最後に人々がこぞって[3]ドン・[4]フェルナンドの旗のもとへ集まるまでを。語り聞かせよう、古き時代にはじまるいと長き物語、気高き[5]ドン・ロドリゴ王が国を譲られるまでのいきさつ、不倶戴天の敵に国を奪われ、輝かしい栄誉の座からあわれな乞食へと転落したいきさつを。元凶はムハンマド、邪教の徒。(……)弁舌を弄し嘘八百の教えを吐きちらした。ムハンマドが広く教えを説きだしてより、人の心は変わり果て（……）キリストの死も忘れ果てた。一方スペインの人々はキリストを知り、教えに則って洗礼を受けるようになってより、もはや他の教えには見向きもせず。逆に志操堅固であったゆえ、幾多の苦しみを味わった。説き聞かされた聖人方の奉ずるこの教え、それを守り、おびただしい血を流した。使徒、殉教者、この神兵の軍団は刃にかけられ真理に殉じた。純潔の聖女らは揺るぎない信仰を持ち、肉の交わりをよしとせず、現世の悪徳に心を動かさず。こうして悪魔に勝利した。古代の預言者らはこれを予言し、証聖者(6)たる尊き人々はこの教えを説いた、他の神々には真理のかけらもを見いだしえなかったゆえ。聖ヨハネ(7)は斬首に際し、これを証した。ゆめゆめ疑うなかれ、この教えを守り命を落としたあまたの王侯貴族、教皇、大司教、司教、僧院長、彼らはそれにより天国でまったき居場所を得ている。

二　ゴート人

本筋へ戻って先へ進み、物語の起点としたスペインへ帰って、文書《もんじょ》の述べるところに従い語ってゆこう。手はじめはわれらがゴート人と呼ぶ古代の歴代の王。このゴートの民はいまだ未信者であった時代、キリストに導かれて東方よりやってきた。マゴグ(1)の血統を継ぐ彼らは世界を隈なく征服した。このゴート人はもともとキリスト教徒ではなかった。といってエジプトからきたユダヤの民でも、ギリシャ、ローマの神々を信じる者でもなかった。そうではなく別の神を崇めていた。彼らは雄々しき人々。武運ことのほかめでたかった。ローマの版図を寸土も余さず荒らしまわり、人々をあるいは虜とし、あるいは討ちながらやってきた。（……）やがてその強大な軍勢はスペインへ至った。（……）それは教皇アレク(2)サンデル聖下の御代のこと。彼らはスペイン全土、陸の尽きるところまでを欲した。城市《まち》も城も彼らを前に守る術なく、加えてアフリカもトゥーレーヌも支配下にはいった。彼らは術策にすぐれ、なおそのうえ神のお導きがあった。やがてゴート人に聖霊が降臨し、すべては悪しき教えと悟った。自分たちの偶像は罪の源、それに帰依し、皆大きなあやまちを犯していると気づいたのであった。彼らは帰依すべ(3)きドン・キリストの信仰を理解すべく師を求めた。師らは、さあ、それはもう喜び勇んで赴き、教えを余すところなく説き聞かせた。師らは言った。

「これはすべて無益、汝らは聖なる水で洗礼を受けておらぬゆえ。このような罪、あやまちは異端と呼ばれるもの。だが罪にまみれた魂はただちに清められるであろう」

ゴートの民は水を注がれて洗礼を受け、全キリスト教徒の光となり星となってキリスト教の威信を高め、異端(4)を貶めた。フェルナン・ゴンサレス伯のなしたこともこれと同様。（……）家臣らは赤心をもって忠義を尽くした。ゴート人は全世界から特別に選ばれた民。世の終わりまで忘れられはすまい。歴代のゴート王はこの世を去ったのち天へ昇り、おおいなる王国を受け継いだ。あるとき、王を失った民はただちに次の王を推戴した。文書の伝えるところによれば、それはドン・レセスビントという人。豪勇レセスビント王の治世、スペインの司牧者はエウヘニオ(5)。この尊き証聖者がトレドにあるとき、セビーリャには大司教にしてその領主たる聖イシドロがいた。やがて正統な王としてスペインとアフリカを支配したレセスビントはこの世を去った。次に万物の造り主たる神はゴートの民に願ってもない牧者をお与えになった。先王にまさるとも劣らぬバンバ王が後継者となったのであった。周知のとおり、このバンバ王は特別に選ばれた民たるゴート人の血統に連なっていたが、王位に就けられるのを嫌って身を隠した。バンバと名乗ったのも正体を知られぬため。人々はスペインじゅう探しまわって彼をみつけだし、押しつけるようにして王国を受け取らせた。というのも毒殺されると信じ、王となるのを喜ばなかったのである。バンバ王はことのほか心正しく、ことのほか気質すぐれ、ことのほか腹太く、ことのほか知恵に秀で、ことのほか周到、律儀、誠実、そうしてことのほか運に恵まれた人であった。弑逆《しいぎゃく》の謀反人は世の末に至るまで憎まれてしかるべし。バンバ王は国土を区画し、司教区を整理し、（……）管轄区を定めて管轄の範囲を定めた。万事よい形になったものの、王がこの世にあるのが耐え難い苦痛であった悪魔が毒を盛り、そのせいで王は死んだ。正統なる王にして希有なる名君の天国にあらんことを。王としてあとに立った人はエヒカという名であった。在位わずか二年。二年でこの世を去った。疑うべくもない悪王だったので民は悲しまなかった。エヒカが登位後ほどなくして死んだあと、全土に君臨したのはビティーサ。このゴートの申し子は傑物。勇猛果敢な益荒男《ますらお》であった。ビティーサの死後、ドン・ロドリゴが王位に就いた。[6]モロどもはこの王を不倶戴天の敵と憎んだ。王はキリスト教徒の庇護者、偉大なる守り手、しかし犯した罪のせいで神助がなかった。ロドリゴ王は海の向こうに広大な領土を有していた。剛の者の本領を発揮し、[7]モンテス・クラーロスを奪いとったのであった。（……）

　ロドリゴ王が国を失ったいきさつは断腸の物語。当時スペインはただひとつの信仰でまとまり、誰もが聖母の御子に頭を垂れていた。かくも敬虔なる信仰に悪魔は業を煮やした。人々は互いに妬まず争わず。教会はいずれも整然と保たれ、油も蠟燭も十分に調達が叶い、十分の一税[8]も初物[9]も誠実に納められていた。どの人の心にも信仰が強固に根づいていた。農民は皆粒々辛苦して暮らしを立て、権勢を誇る人々は収奪せず、よき領主として村々をたいせつに治めていた。身分高きも卑しきも、おのれの分を守って日々を送っていた。万事が同様であった。こうした天下泰平の様に悪魔が業を煮やした。このあわれな者めは泰平をかき乱し、歓喜を涙に変えた。ビティーサ[10]の息子らは、この世に生まれてくるべき者たちではなかったであろう。なにしろ裏切りのきっかけとなったのだ。悪魔が企みを巡らし手を突っ込んだ。こうして亡国への道がはじまった。周知のごとく、ドン・フリアン伯[11]が貢ぎ物[12]を受け取りにモロッコへ赴いていたあいだに重大事が出来し、それで国が跡形もなく滅びたのであった。怒り狂った伯は奸計をめぐらした。そうして強大な力を誇るタリク[13]と密談し、キリスト教徒を叩き潰す方策を吹き込んだ、これこれこのようにすればスペインを守る術はあるまいと。そのときドン・フリアン伯はこう言ったのであった。

「わが友タリクよ、まことの話、汝にスペインを与えられねば食を絶つ覚悟。もしもそれが叶えられねば、われのことは犬ほども気にかけずとかまわぬ。これからただちに海を渡り、ドン・ロドリゴ王に家臣を集めさせる。そうして各人の武器をことごとく火中へ投じさせ、もはや身を守る術なきようにしてしまうつもりだ。ことが済んだら知らせるゆえ、全軍を率いて海を渡ってくるがよい。皆油断しきっているであろうから、国を奪うのは赤子の手をひねるに等しい」

それから伯はモロどもと別れて海を渡り（……）。大時化に遭って溺れ死にできなかったこのあわれな男、ならばわれとわが手で命を断つべきであったろう。伯は着くとその足で王のもとへいった。

「謹みたてまつる、王よ、わが誉れ高きあるじよ――と伯は言った――汝の言葉を伝え、言いつけを果たしてまいった。受け取りを言いつかった貢ぎ物はこれここに」

誉れ高きドン・ロドリゴ王は伯をねんごろに迎えた。手をとってそばに座らせると尋ねた。

「わが忠実なる友よ、どうであった？　使いの首尾は吉か凶か？」

「あるじよ、われの考えを聞きたいのであれば――。汝を王位に就けたまいし天にましますの神のおかげにて、汝に立ち向かえる者は誰もおらぬ。戦わずともよいのであれば、なにゆえ武具が要ろう？　国じゅうに触れを出して処分を命じるべし。そうして鍬に作り直し、葡萄畑を耕す道具となすべし。あるいは鋤の刃に作り直し、小麦の種まきに使うべし。軍馬、駄馬、一頭残らず農耕に使うべし。騎馬の武者も徒《かち》の武者も、皆畑を耕し小麦を作るべし。斜面や谷、丘のことごとくに種をまき、金穀にて国を富ますべし。敵はおらず防人は置かずともよいのゆえ。領主は皆領地へ帰すべし。武具を持ち帰るのを禁ずべし。従わぬ者には厳しく臨むべし。耕す役に立てるほか牛馬は持たすべからず。汝が騎馬武者に俸給を与えるべき理由はなく、おのおのわが土地を耕し、わが家にて暮らすべし。ラバや馬を使い、広く耕作すべし。おのおのにとってだいじなのは剣ではなくこちら」

伯が話しおえるや――天下広しといえど、これほど巧みに弁舌を弄せる者はなかったであろう――（……）。ドン・ロドリゴ王はただちに四方へ使者を送った。（……）廷臣がぞくぞくと馳せ参じてきた。

アラゴン、それによき国と折り紙つきのナバーラ。レオーン、ポルトガル、美《うま》しカスティーリャ（これほどの国はどこへいってもみつかるまい）。ドン・ロドリゴ王は頃合いを見て、居並ぶ人々を前に口を開いた。

「一同耳を傾けよ。皆にキリストの赦しのあらんことを！（……）。[14]かつてあるじであったモロどもには痛恨事、天にまします神望みたもうたおかげにて、現在スペインは寸土も余さずわれらのもの。一同これに深く感謝を捧げねばならぬ。われらはアフリカにも少なからぬ兵を置く。これに怯え、正しき教えを信じぬ者どもが貢ぎ物を納める、山ほどの金、山ほどの銀、少しも量を偽らず。いまやわれら、この貢納にはなんの懸念もない。実は伯が和議を結び、百年先まで貢納が約束された。民は皆々平穏無事に日々を送れる。なにも怖れずわが家で暮らせる。かくのごとき天下泰平の世となって、おかげで平穏に過ごせるからには、貴賤上下を問わずおのおのおのれの土地にて暮らすべし。鎖帷子に兜、腕当て肩当て腿当て脛当て、槍、短槍、刀剣、鏃《やじり》、石弓、そのことごとくを火中へ投じ、紅蓮の炎を立ちのぼらせるべし。こうした物ども、また馬具も鉄の塊に鋳潰して、鋤、鍬、大鍬、つるはし、手斧、斧、まさかり、大さまかりなど、民の仕事の道具をば作るべし。こうすればわれら豊かに食べ物を得、老いも若きも、さらには幼き童に至るまで、平穏無事に暮らせよう。異存なくばこのようにしたい。申したことは速やかに行なうべし。命じたそのままを心に銘記すべし。もしも武具を持つと知れたなら、憎き謀反人同様の処置をばなすべし。わが命を違えた者は、そののち草の根分けても捜しだし、命じてその身を死刑に処する。裏切り者と知れた者同様の処分を下させる」

周知のごとく、この愚挙は実行に移された。こうした網を打った悪魔はその様子を見届けた。礎は揺らぎ、壁はことごとく崩れ落ちた。このとき失われたものは、もはや取り戻すことはできぬ。農民はもろ手を挙げて王命を歓迎したが、不幸にも誰も裏切りに気づかなかった。だが物事に通じている者、見る目を持つ者は、これを王に吹き込んだ輩に災いあれと呪っていた。王命は忠実に実行され、武具を持つ者は速やかに手放した。これを仕組んだのは年古りた悪魔。キリスト教徒を害することのみを望んでいた。

三　イスラム侵入

武具が火中へ投じられ溶かされると、その一報がモロッコへ届いた。アフリカではわれ遅れじと兵が馳せ参じ、ただちに海の港へ集結した。各自スペイン遠征に向け用意おさおさ怠りなかった。全軍が揃うと海を渡りジブラルタルという港へ着いた。いったいどれほどの数の軍勢やら数えようとて数えられまい。アフリカに盤踞するこの異教徒どもはヨーロッパの人々を憎む者ばかり。(……)。足を踏み入れられようとは思いもせぬ地を踏んだ。正しき教えに背く者どもはセビーリャへ至った。この城市《まち》も、また他の城市も、なにも抵抗しなかった。運命の車が悪しき方向へまわっていた。自縄自縛のスペインは打ちのめされていった。窮地に陥った誉れ高きドン・ロドリゴ王は、急ぎ国じゅうに召集をかけた。

「ひと月以内にわがもとへ馳せ参ぜぬ者は、命も財産も失うと心得るべし」

命も財産も奪うぞと脅す矢の催促の布告を聞き、抗って動くまいとする者は皆無。われもわれもと期日に遅れず王のもとへ駆けつけた。だがそれは数こそ多けれ武器なき軍勢。ロドリゴ王は軍勢が揃うとモロ軍を迎え撃つべく進発した。この人々は王の罪を償う結果となった。なぜなら、それが預言者らの告げていた運命であったのだ。ドン・ロドリゴ王は常のごとく先鋒を率いてモロ軍と対決すべく出陣し、その前に立ちはだかった。サンゴネラという名の平原に布陣したのであった。そこはグアディアナ川[1]のそば、その川岸あたり。両軍、激しくぶつかりあった。双方闘志に燃えていた。十字架のもと戦う軍勢は当初から敵を圧倒した。が、そのあとの追撃を怠ってしまった。やがてスペインの人々は刃にかけられ、スペインはもとの持ち主から奪われる結果となる。それが神の定め、神意であった。異教徒どもはふたたびいくさ場へ戻ってきた。いくさ場でモロ軍に打ち勝っていたキリスト教徒側は安心しきっていた。神の前に異教徒どもへの罪の赦しなどありはせぬが、このときかの軍勢はほかならぬ神意により戻ってきていた。翌日の明け方、この正しき教えを信じぬ者どもは、鎧兜に身を固めた姿でいくさ場に勢揃いすると、ラッパを吹き鳴らし、鬨の声をあげた。天地が揺れ動くようであった。やがてモロ軍はふたたび激しい攻撃をしかけてきた。いったんやめていたいくさの続きをはじめた。キリスト教軍は大敗、ああ武運つたなくも！　この日、誉れ高き王のゆくえは知れなくなった。のち、ヴィゼウ[2]でひとつの墓が発見された。それは王の眠る墓。そこには次のような墓碑銘が記してあった。「ここに眠るは偉大なる血統の王ドン・ロドリゴ、武運つたなく国を失った」

お聞きのとおりモロどもに敗北。多くが死に、多くが捕らえられた。残りの者はおのれの運命を呪いながら落ちていった。この負けいくさの噂はたちまち天下じゅうを駆けめぐった。しかし、そのような状況にあってもカスティーリャの人々は賢明な判断をし、聖遺物を集められるだけ集めると、カスティーリャへ逃げ込んで守りを固めた。一方、他の国の人々は敵の刃にかかって命を落とした。カスティーリャ・ラ・ビエーハは要害堅固の地、足を踏み入れるには一筋の道しかなかった。カスティーリャの人々はそこを懸命に守った。なにしろスペインじゅうでほかに依るべきところはなかった。アストゥリアスは攻め残された。これは海に接する山と谷の狭小な一帯。モロどもは峠を越えられず、そのため手つかずになったのであった。こうして美《うま》し国スペインは失われ、正しき教えを信じぬ輩がその主となった。あわれキリスト教徒は日々塗炭の苦しみ。キリスト教徒がこれほど大きな苦しみを味わったためしはなかった。教会の中に馬飼い場が作られ、祭壇では目を覆う蛮行が幾度となく繰り返された。聖具納室の宝物は奪われ、キリスト教徒はくる日もくる日も泣き暮らした。人々にとって赦しがたい所業をいまひとつ語れば、なんとキリスト教徒を捕まえては釜ゆでにし（……）こうして血も凍る恐怖を植えつけた。捕まえておいて、あとで逃がすこともあった。人々に罰が加えられるのをわざと見せて、ゆく先々でそれを語らせるためであった（……）。彼らは人を料理するのを見たと言った。ゆでたり焼いたりして食べたと語った。話を聞いて言葉を失わぬ者はなかった。総毛立ち、どこへ身を隠せばよいのかと頭を抱えた。こうして侵入者からの逃亡が相次いだ。（……）山中で飢えに苦しみ抜き、ことごとく死んだ。その数、十人、二十人、いやそれ以上。そうした人々は多くが恐怖で分別を失い、母親を殺し、わが子を腕に抱いて殺した。夫は妻に、妻は夫にかけてやるべき言葉がなく、少なからぬ人々が悲嘆のあまり正気を失いさまよい歩いた。逃亡し身を隠していたあわれな人々にとって、幸せ溢れるかつての日々は影も形もなく、こうした飢え苦しむ毎日を耐え忍ぶより、いっそ死んで埋められるほうがましと絶望していた。昔のうのうと暮らしていた人々は、いまやこの世でどう生きればよいやらわからず、かわいいわが子の乏しい食べ物を食らうありさまであった。貧者が富者に、富者が貧者となった。この悲運な人々は悔いていた。

「われらは星(5)のめぐり悪しき時に生まれ、神に授かったスペインを守れなかった。塗炭の苦しみに泣いても当然の報い。愚かさゆえに大きなあやまちを犯してしまった。われら父祖のごとくであったなら、このような悪辣な輩によいようにはされまいに。あちらが強く、こちらが無力であったゆえ、あの者らに対し狼の前の羊の赤児同然。われらは神に背き、神はわれらを顧みなかった。父祖の勝ち得たものを、われらはことごとく失った。われらは神に背き、神はわれらを見捨てたもうた。ゴート人の築いた財産はなにもかも失われてしまった」

神はこのとき大きな力を悪魔にお与えになっていた。モロどもは峠すら越えて荒らし尽くした。そうして信じがたいことながら、遥かトゥールのサン・マルタン(6)まで到達したと文書は記す。カスティーリャの人々は、食べ物の乏しい猫の額ほどの土地へ押し込められ、果てしなく続く辛苦を生きた。いつ終わるとも知れぬ途方もない苦しみに悶え、正しき教えを信じぬ者どもへの恐怖に震えた。だが、こうした辛苦に喘いでいても、キリストの恵みだけは疑わなかった。いつか恵みを垂れ、洗礼を受けぬ者どもを打ち払わせたまうであろうと。「主よ、助けたまえ——と彼らは祈った——失った土地を取り戻させたまえ」

その間アルマンソル[7]に美女百人、いまだ妻ならぬ身の処女《おとめ》らを献上せねばならず、そのためカスティーリャじゅうを探しまわった。断腸の思いであったが、いたしかたなかった。こうした苦難が果てしなく続いた。あわれなりキリスト教徒、この人々は血を吐く思いにのたうちながら祈っていた。

「主よ、ありがたきみ恵み垂れ、われらに救いの手を差し伸べたまえ。汝は荒れ狂う海から聖ペテロ[8]を救いたもうた。主よ、汝は聖カタリナ[9]を助けて賢者らを論破させ、王妃エステル[10]を死より解き放ち、処女《おとめ》マリナ[11]を竜より救いたもうた。なにとぞわれらの傷に慰めと癒やしを与えたまえ。主よ、汝はダビデ[12]を獅子より守り、不遜なるペリシテ人を殺し、バビロニア王[13]よりユダヤ人を解放したもうた。どうかこの生き地獄の牢獄よりわれらを出したまえ。解き放ちたまえ。汝はスザンナ[14]を長老どもの嘘より救い、ダニエル[15]を二頭の獅子より、聖マタイ[16]を猛々しき竜より助けたもうた。主よ、われらもまたこの試練より助け出したまえ。汝は正しき教えを信じぬ輩が、燃えさかる炎[17]に投げ入れた三人の若者を救いたもうた。彼らはまこと歌うにふさわしき歌を竈の中で歌ったのであった。そうしてまた汝は蛇の口よりふたたび彼らを逃がしたもうた。福音史家ヨハネ[18]は、毒を飲んで死んで横たわる泥棒二人を前に、衆人環視の中同じ毒を大杯で仰いだが、松の実を食べたほどの害もなかった。このように汝は毒の力を消し、おかげでヨハネは無事であった。主よ、優しき心もてわれらを助けたまえ。われらの栄枯盛衰は汝しだい。主よ、われらは知る、汝は天よりくだり、真実聖母の胎内にて受肉し、われらのためおおいなる代償を払いたもうたと。今こうしてわれらの滅ぶのを見過ごすなかれ。われらはおおいなるあやまちを犯し、汝に対し罪を犯した。されどわれらはキリスト教徒にて汝の律法を守る者。汝の名を護持する者。汝のみもとにある者と称する。われらはひたすら汝の恵みを待っている」

四　キリスト教王国——[1]ベルナルド・デル・カルピオ

こうした日々が繰り返され、万物の造り主たる神への祈願は続いた。涙の乾くときはなく、人々は日夜苦しみを訴えつづけた。イエス・キリストは呼び求めに応じて天使を遣わし、[2]ペラーヨを探せと告げたもうた、彼を王に戴き敬えと、一丸となって彼を助けて国を守れ、彼が汝らを助け、国を守らせてくれるであろうゆえと。人々はその言葉に従いペラーヨを探した。そうして洞穴の中で飢え苦しんでいるところをみつけた[3]。人々は彼の手に接吻して国を捧げた。ペラーヨは承諾したが、それは意に染まぬ承諾であった。ペラーヨがまったく意に反して国を受け取ったのとは裏腹に、人々は彼を得て安堵した。この報が正しき教えを信じぬ者どもへ届くと、征伐してくれようと全軍が集められた。やがてペラーヨ王の居場所を突き止めると、そこをめがけて押し寄せ、ただちに立て籠もる岩山を攻めにかかった。そのときドン・キリストは、大いなる奇跡をあらわしたもうた。かたがた、おそらくこの話は耳にした覚えがおありであろう。ペラーヨ王を狙って射た矢も投げた矢も、王はおろか兵にすら一本も届かず、それどころか放った勢いのまま返り、なんとあろうことか味方を殺したのであった。かくも怖ろしき光景、なんとわが武器が味方を殺す様を目の当たりにしたモロどもは、洞穴の囲みを解いて山を下りた。彼らは自分たちへの神の怒りの激しさを思い知った。このドン・ペラーヨ王、神の僕《しもべ》は力の限り奮戦して国を守った。おかげでキリスト教徒の苦しみは軽減していった。ただアルマンソルへの怖れだけは消えそうとしても消えなかった。

ペラーヨ王が死ぬと――王にキリストの赦しのあらんことを――息子のファビラがあとを継いだ。これはまったくもって悪しき人であったが、神意により長く国に君臨せず、登位後わずか一年あまりで死んだ。ペラーヨ王の娘はことのほか教養の高い人で、カンタブリア(4)の領主に嫁していた。その領主はアルフォンソといった。武勇に秀でたこの人は、馬上、広大なる領土をわがものとした。ポルトガルのヴィゼウを落としたのち、大司教の城市《まち》ブラガを落とし、それからアストルガ、サモーラ、サラマンカも落とし、やがて高き岩山の城市アマーヤを落としたのであった。この武運めでたき人アルフォンソ王が死ぬと――かくもよき王となった人の天国にあらんことを――次に王となったのは息子のフルエラ。これは誰もが身をもって知る悪人であったが、登位後神は長い命を与えたまわなかった。あとを襲ったのはアルフォンソ。立派な王と言うべき人で、貞潔王(5)の異名をとる神の僕。人々はその治世、鼓腹撃壌の日々を謳歌した。王はサン・サルバドルという名の教会を建てた。この王については詳しく述べねばならぬゆえ、話を戻しシャルル王(6)について語ることにしよう。シャルル王はアルフォンソ王へ書状を送り、遠征してスペインをわがものとすると告げてきた。アルフォンソ王は返書をしたため、あまんじて貢納などせぬ、汝に貢ぐぐらいならば王位を捨てたほうがまし、このような取引をすれば愚か者と呼ばれよう、と伝えた。また、われは今のままありたい、スペインをフランスへ従属させるなどもってのほか、フランス人は思いあがらぬほうがよい、五年でスペインを手に入れるなどとは、とも。シャルル王はこの返答を受けて評定を開いたが、適宜適切な進言は聞けなかった。王の配下の名高き人々は、全軍をもってスペインへ攻め入るべしと急き立てた。シャルル王は雲霞のごとき大軍を集め、カスティーリャめざして進発した。思うにこれは狂気の沙汰、王を唆した者に絶えざる苦しみのあらんことを。この遠征は王にとって運の尽きとなったのであった。

ベルナルド・デル・カルピオはフランス軍の進撃を知った、スペイン奪取を目論み、それを果たすべく全軍挙げてフエンテラビアへ押し寄せてきていると。しかし、フランス側の見通しは甘かった。ベルナルドは大軍を集結させ、それからそれをフエンテラビアの海港へ向かわせた。さらに貞潔王から麾下の軍勢をそっくり与えられた。こうしてベルナルドはシャルル王がその港から上陸するのを阻んだ。この戦いでフランス軍の諸王や重臣らがつぎつぎ討ち取られた。記録の伝えるところによれば、その数なんと七人にのぼる。さらには、疑うなかれ、おおぜいの将兵が命を落とし、二度と故郷の土を踏めなかった。シャルルは今度の遠征は失敗と悟った。その地点での上陸が阻まれたと見切った時点で、一党の騎士団全員とおおぜいの兵とともに退却にかかり、マルセイユの港へ飛んで逃げた。フランス人らは港へ辿り着いたとき、よくぞ導きたもうたと天に感謝を捧げた。そうして疲労困憊していた心身を休め、かつ眠りについた。そのとき戻れたのは希有な幸運と言うべきであった。

そののちまた衆議一決、再度の遠征が決まった。今度こそあとに草木も生えぬほど荒らしまわるつもりであった。ただちに全軍が動員され、一党の騎士団も揃って出陣。強行軍でシズ峠へ到着した。フランス軍は一兵卒に至るまでいくさ支度を万全にととのえ、アスパ峠を越えて急行してきた。こぬほうが賢明な判断であったろう、二度と生まれ故郷へは戻れぬ運命《さだめ》であったのだから。スペインを手中にすべく、全軍一分の隙もなく支度をととのえ再来襲してきたフランス人から離れ、武勲赫々たるベルナルド・デル・カルピオへ話を戻せば――スペイン軍を集結させておいて、一党の騎士団全員を引き連れて発った。これはモロ退治にかけては折り紙つきの人々であった。一党は激流奔湍を渡った。それは久しく「エブロ」と呼ばれてきた河で、今日もなおそう呼ばれている。そうしてやがて異教徒の地であるサラゴサに着いた。ベルナルドはマルシル王(7)の両手に接吻し、十二傑(8)、かの勇壮なる戦士らの来襲に備え、カスティーリャ軍の前衛を務める兵を貸して欲しい旨を願い出た。マルシル王は即答して快く貸し与えたが、このような要請を受けたのは初めてであった。やがてベルナルド・デル・カルピオは麾下の精鋭を引き連れて出陣した。彼の周りを強固に固めるのはカスティーリャ勢。このたびの戦いにあたり、一騎当千の精兵揃いであるスペイン兵に加え、別に前衛を務める兵を持っていたベルナルドは、やすやすと勝利を収めた。フランス軍にとっては前回を遙かにしのぐ惨敗となった。

五　スペイン礼賛

あなた方の住む土地はどこよりまさると、そう心底ご納得いただくため語っておこう。あなた方のおいでになる土地はどこをとっても申し分ないが、そのよいところをこれからいちいち挙げてごらんにいれよう。そこはきわめて気候温暖、酷暑もなければ冬の凍える寒さもない。これほど牧草の豊かに茂る土地はこの世になく、果実の生る木も多種多様。中でも抜きん出ているのはラ・モンターニャ(1)。牛や羊の飼育地のこれほど広々広がる土地はここひとつ。そこで飼われている豚の数、これはまこと特記に値する。スペインの産物の恵みに浴する国は数多い。ここは麻や羊毛も豊富なところ。蠟についてもいわずとしれた圧巻の名産地。油もまた、天下広しといえどこれほどの産地はみつかるまい。イングランドやフランスもその恩恵をたっぷり受けている。また狩猟の適地でもあり鹿がよく狩れる。川の魚、海の魚、どちらも上物にこと欠かず、生であれ塩漬けであれ好きなだけ住人の手にはいる。パンや葡萄酒もありあまるほどで、世界じゅうこれにまさるところ、いや、肩を並べるところすらみつかるまい。処々方々に清水の湧く泉、幾筋もの滔々と流れる川、無数に掘られた岩塩坑。鉄や銀の鉱脈も豊富にあれば、純度の高い金の鉱脈も欠けてはおらぬ。山や谷にはよい茂みがそこここに点在し、そのどれにも緋色の材料の臙脂虫がたんといる。スペインの値打ちをなによりあげているものについてはまだ言わぬ。良馬についてはまだ少しも語って聞かせておらぬ。馬の産地は数々あれど、スペインはそのどこにもまさる。ここで産するほどの良馬は、世界じゅうどこを探してもみつからぬ。

この話はここまでにしておこう。たっぷり語ってさしあげた。このあたりで口をつぐんでおかねば襤褸が出かねぬ。ただその前にゼベダイの息子、名はヤコブ(2)、この誉れ高き使徒を忘れるわけにはゆかぬ。神はスペインを光り輝かせんとの意向を強く持たれ、聖使徒を遣わしイングランドやフランスの上へ引きあげたもうた。その証拠にこの二つの国に使徒は眠っておらぬ。偉大なる天主は、さらにこのようにしてスペインに栄光を与えたもうた――ここでは幾人もの聖人が天主の御名において殉教し、幾人もの聖なる処女《おとめ》、幾人もの尊き証聖者(3)が刃にかかって死ぬのを怖れなかった。スペインが近隣の国々にまさるごとく、そこに住むあなた方も一頭抜きん出る。あなた方は思慮深き人々。父祖譲りのすぐれた分別を備えている。これにおいては満天下でとりわけ名が高い。とはいえスペイン各地の中でも筆頭格はカスティーリャ、国のはじまりが他より偉大であるがゆえ。常に変わらず主君を守りそして畏敬し、それゆえ神のお恵みあって版図が大きく広がった。されど思うにさらに抜きん出るのはカスティーリャ・ラ・ビエーハ(4)、もといとなったところゆえ。物語の結末を見ればわかるが、寡兵ながらも多くの領土を切り取った。けれどこの話はこれぐらいで切りあげよう、これ以上続けてまちがってはならぬ。それに冗長はよろしからず。ドン・アルフォンソ、貞潔王へ話を戻そう。この人は知勇兼備の王にして、神の僕、おおいなる味方。この世から召されたときには至福の来世へと旅立った。他方そのときから国にあるじがいなくなり、スペインの人々は塗炭の苦しみに陥った。皆互いにいがみあい果てしがなかった。あるじなき人々は悩み苦しんで嘆いた、「生まれてこぬほうがましであった」と。

六　カスティーリャの判事たち

カスティーリャの人々は、このようなありさま、一致して王が立てられぬ様を前にして、牧者がなくてはうまくはやってゆかれぬと考え、山犬を追い払える人を選ぶことにした。そうして衆議一決、威望ある二人を選び、判事に戴き指図を仰いだ。国王不在の時代は長く続いた。歴代の判事は数々の戦いでモロども相手に奮戦し、一騎当千の武勇で広大な土地を切り取った。まずはその判事らの名を列挙して、しかるのちその子孫のことどもを語るとしよう。まず指を折るのは万夫不当の剛の者たるドン・ヌニョ・ラスーラ。闘将フェルナン・ゴンサレス伯はこの血筋にほかならぬ。その片割れはよき武人ドン・ライーノ。(2)シッド・カンペアドルはこの血筋。ヌニョ・ラスーラの息子はゴンサロという名であった。知恵にすぐれ武に秀で、正しき教えを信じぬ者どもを、全身全霊を傾け撃退また撃退、領地を立派に守り抜いた。(3)このゴンサロ・ヌニェスには息子が三人あって、揃いも揃って皆傑物、勇者であった。彼らはインファンソンの人々へ土地を分け与えたが、今日の境界はその分割をもとに定まっている。長男はドン・ディエーゴ・ゴンサレス、次男はロドリゴ、末の息子はフェルナンドといった。兄弟揃って勇者であったが、中でも末の息子は大豪傑で、(4)モロのアルマンソルから広大な土地を奪いとった。勇士ディエーゴ・ゴンサレス亡きあと、領地はまとめて弟の一人に受け継がれた。ドン・ロドリゴという名の次男。まこと長きにわたり、カスティーリャの人々の棟梁であった。やがて天の定めたもうた時がきて、ロドリゴ・ゴンサレスが至福の来世へ旅立つと、領地はすべて末弟に継承された。これはドン・フェルナンドという大剛の人。当時カスティーリャといえば猫の額ほどの広さにすぎず、一方の境界はモンテス・デ・オカ、もう一方は盆地のイテロ。カラーソはいまだモロの領域であった。そのころのカスティーリャはすべて合わせてもひとつの城市《まち》ほどで、貧しくとるにたりぬ地域であったが、人々は常に勇敢であった。このカスティーリャ人のありようは、今日もなお見て取れる。カスティーリャ人の願いはひとつ、わが棟梁が位人臣を極めることであった。やがて人々は貧しい城市を伯領へ格あげし、のちに王国の中の筆頭とした。

七　フェルナン・ゴンサレス

初代[1]の伯となった人はフェルナンド[2]といい、古今無双の戦士であった。モロどもにはまさに死神。伯はその戦いぶりの激しさから鬼神と呼ばれた。正しき教えを信じぬ輩と激闘を繰り返し、地獄の苦しみを味わわせ、カスティーリャの領域をおおいに広げた。その時代にはおびただしい血が流れた。また、ドン・フェルナンド伯は寡兵を率いてスペイン各国の王とたえまなく戦い、一歩も退かず。伯の事績を語ること自体、偉業と言ってよいほど。話を先へ進める前に伯の幼少期を汝らに語ろう。伯は貧しい炭焼きに連れ去られ、長い年月森の中で育てられた。炭焼きは働いて得たものを、やんごとなき子供に惜しまずいくらでも与えた。あるとき炭焼きは彼にいかなる血筋の子かを明かした。聞いて少年は喜ぶことかぎりなかった。少年は物心つくころ、モロどもがカスティーリャを荒らしまわっていると聞かされた。

「キリストよ、われを助けたまえ——と、彼は祈った——この身を委ねたてまつる。聞けばカスティーリャは苦しみに喘いでいるとか。主よ、もしもそれがみ胸に叶うなら、今こそ気まぐれな運命の車をまわしたまうべき時。カスティーリャ人は苦しみに苦しみを重ねてきた。これほど悲運に泣いた者はおらぬ。主よ、いまや苫屋を出るべき時かと。われが猛き熊たるは森に住むためにあらず。もはやわが将兵はわれあることを知るべき時。われも世を知り、いまだ知らぬ物事を知るべき時。カスティーリャはわが兄ドン・ロドリゴに死なれ、杖とも柱とも頼む人を失った。兄はモロどもの不倶戴天の敵であった。今ここを出ぬとすれば、われはただの木偶の坊となり果てるであろう」

彼は貧しい養父とともに森を出て里へ向かった。その報はただちにカスティーリャじゅうを駆けめぐった。人の子と生まれた者にこれ以上の喜びはなく、カスティーリャじゅうからわが棟梁を拝もうと集まってきた。老いも若きも皆その姿を目にして歓喜し、伯領をそっくりその手に委ねた。人々にとってこの世でこれにまさる棟梁はなかった。いまやカスティーリャの棟梁となったと知ったフェルナンドは、天へ向かって手をあげ神に祈願した。

「主よ、罪深きこの身なれど、われを助け、カスティーリャを積年の苦しみより救い出させたまえ。主よ、知勇、分別をわれに授け、正しき教えを信じぬ輩に恨み晴らさせたまえ、失ったものを、いくばくかなりとカスティーリャに取り戻させたまえ。われが多少なりとも汝にお仕え申したと思し召しいただきたく。主よ、人々は長年にわたり七転八倒の苦しみ。正しき教えを信じぬ者どもから責め苛まれてきた。主よ、王の中の王よ、われを助け、カスティーリャをあるべき姿になさしめたまえ。もしもわれらが罪を犯し汝の怒りに触れたとて、これほど重き罰はふさわしからず。なにせわれらはスペインじゅうの人々の囚われ人。思うにあるじが奴隷などとは道理に合わぬ。主よ、汝は知る、われら、いかなる日々を耐え忍ばねばならぬか。されど汝を呼び求めても耳を貸したまわぬ。われらはいかにすればよいやら途方に暮れ、ただ嘆くばかり。主よ、われら一同こぞって汝の助けを待つ。主よ、なにとぞ願いたてまつる、汝にお仕え申すわれより離れたまうな。主よ、汝の後ろ盾をたまわれば、広く領地を切り取ることを得、カスティーリャは責め苦より救われよう」

八　カラーソ攻略とアルマンソル来襲

若武者は非の打ちどころなき祈りを終えた。衷心よりの祈願はしっかり天に聞き届けられた。彼は正しき教えを信じぬ者どもと激闘をつづけ、生涯無敗を誇った。このときもまた、年若ながら一刻も猶予せずモロどもに対し猛反撃を開始。麾下の軍勢を率いて出陣し、カラーソを囲みに向かった。そこは峨々たる山塊、要害堅固の地。カスティーリャ伯とその家臣団は各自一戦士となって城を攻め、一方徒徒《かち》武者は短槍や投げ槍で戦った。それは神への一心込めた奉仕にほかならなかった。モロ方はまったくなす術なく、アルマンソルが救援に駆けつける間もあらばこそ、その前に圧倒されて敗れてしまい、城はキリスト教徒の手に落ちた。急報が届いてカラーソ落城を知ったアルマンソルは言った。

「伯めには手ひどくしてやられた。もしもこれを雪辱できぬとすれば、われは星のめぐり悪しき時に生まれた者」

アルマンソルは大至急四方へ使者を走らせた。書状を携え踵を接して発つ使者たち――騎馬武者も徒《かち》武者も急ぎ集まるべし、上に立つ王らは真っ先駆けて馳せ参じよ――。アルマンソルのもとへ家臣が参集した——諸王、(1)リコ・オンブレの面々、そしてあまたのインファンソン。騎馬武者、徒《かち》武者すべてを合わせれば、その数たるや軍団五個分以上にのぼる。軍勢が揃うと、アルマンソルは憤怒の鬼と化してカスティーリャへ向かい進軍を開始。草の根分けても捜し出してくれると、伯に凄まじい脅しをかけていた。この報ははや伯の耳にはいっていた——アルマンソルが来襲すべく全(2)アル・アンダルスに号令を発している、かつてこれだけの大軍を催した大将はない——。伯は、一人残らずムニョへ馳せ参じわが軍へ加わるべしと、急ぎカスティーリャじゅうへ触れをまわした。そのかたわら最前線の代官らへ一報し、アルマンソルの来襲を伝えた。伯は合意を形成すべく家臣団と協議した。敵を求めてゆくか、それとも迎え撃つか、どちらが上策と考えるか、これにつき一同の意見を求めたのであった。慎重居士のゴンサロ・ディアスが申し出た、ご清聴願いたい、愚見を申し述べたいと。

「聴け、一同——と彼は言った——どうか皆にキリストの赦しあらんことを。われら、今は戦うべき時にあらず。もしもなんらかの方策あって、このいくさ避けられるものなら、それが和議であれ貢納であれ厭うべきではあるまい、相手の心をなだめられるのであれば。物や金で片のつくことは数々あれど、いくさばかりはみずから臨まねばならぬ。体も魂もすべてを賭けねばならず、金銀を用いたとてどうにもならぬ。正しき教えに背く者どもは雲霞のごとき大軍勢、騎馬武者、徒《かち》武者、皆用意おさおさ怠りなし。われらは小勢にて武器も貧弱きわまりない。そうして敗れれば一人残らず首を刎ねられよう。もしもアルマンソルと和議し、貢納か約定でいくさが避けられるのであれば、これぞ手の届く中で最上の策。他の策を選べば身の破滅となりかねぬ。愚見は以上。その拙さはお赦しあれ。次は汝らの考えをば聴かせてもらおう。どうかよりよき献策をば伯にせよ」

伯はゴンサロ・ディアスに不満であった。よい進言とは思わなかったのである。伯は怒りを覚えながらもそれを押し殺して話したが、進言の中身についてはいちいち反論した。

「どうか聴いてもらいたい——と伯は言った——ドン・ゴンサロに真っ向反論したい。申し述べたいちいちにつき異議を唱えたい、なぜなら卿は言うまじきことを口にした。まずは戦いを避けよと言ったこと。けれども人はいつかは死ぬ運命《さだめ》。死は免れぬと知るからは、死に花を咲かせることそだいじではないか。貢納と引き替えに和議を結ぶなら、われらはあるじから家臣へなりさがらねばなるまい。そうなればカスティーリャを苦しみから救うどころか、今の苦しみを倍にする結果となる。偽りでなにかを得るにまさる悪しきことはない。これに手を染めるのは大きな誤り。救い主は偽りを退けんとして亡くなったではないか。騙すより騙されるほうがましなぐらいなのだ。われらの父祖は常に誠を忘れなかった。土地を受け継ぎ、その心もまた受け継いできた。死を怖れず誠を尽くしてきた。望むものはそのつどそうして手に入れてきた。まちがっても悪事などには手を染めなかった。これについては誰にも後ろ指を指されなかった。抵当《かた》に置くも売るもできぬものを受け継いだのは、おのれの値打ちを下げるためではない。

われらの父祖が務めとしていたのは、皆の中から最良の者を選び棟梁にいただくこと。そうしてその棟梁の馬前で死ぬのが道であった。（……）父祖につき、いまひとつ忘れてはならぬことがある。たとえ棟梁が理不尽な所業におよぼうと、恨みなどいだかず常に変わらず忠義一途であったのだ。誉れ高きドン・ロドリゴ王が国を失ったときスペインでは、憎んでも憎みきれぬ敵のせいで、悠久の歴史を誇る地カスティーリャ・ラ・ビエーハを除き、わずかなりとも価値あるものはなにもかも失われてしまった。(3) われらの父祖はモロどもに身動きできぬほど押し込められ、長い年月苦しみ抜いた。数少ない人々が狭小な土地に寄り集まって、飢えといくさで辛酸をなめつくした。だが辛酸をなめつくし血を吐く日々を送りながらも、常に敵から奪い、わがものは失なわなかった。死を怖れてあやまつなどたえてなく、それにより敵をことごとく打ち破った。このようなことをすべて忘れてよいものか。父祖に倣うのがわれらの道。これに思いを致すなら、あやまつことなどできはしまい。しかと思いを致してこそ、人に恥じぬふるまいができるのだ。われら家族のぬくもりを捨て本来の姿へと戻らねばならぬ。いざ、出陣の支度せよ。死を怖れていくさから逃げてはならぬ。いくさ場へ赴き、乾坤一擲の勝負を挑むのだ。奮い立て、カスティーリャをこの抑圧とあやまちから救い出そうではないか。やつめは一敗地にまみれ、われは勝利に輝くのだ。向こうは大軍といえど弱卒揃い、(……)獅子一頭は(……)。狼三十頭は三万の羊を食い殺す。味方の人々よ、われのよく知ることがひとつある。それは、われらがモロのアルマンソルに勝つのは疑いないこと、われは汝らの働きによりスペイン第一の者となって名が輝きわたり、汝らの名はそれよりさらに光り輝くということだ」

伯は語りおえた。伯の言葉を聞いた人々は勇気百倍。伯は全軍を従えムニョを発った。軍勢はララをめざし、そこで宿営した。

九　サン・ペドロ・デ・アルランサとペラーヨ師の予言

知恵にすぐれし人フェルナン・ゴンサレス伯は、猪狩りをしに森へゆこうと、愛馬にまたがって陣営をあとにした。そしてバスケバニャス近くの小川のあたりで一頭をみつけた。猪は険しい場所へ逃げ込んだ。そこには洞窟があり、巣にしていたのであった。しかしなおその洞窟では安心できなかった猪は、一宇の僧院へ逃げ込み祭壇の後ろに隠れた。僧院は木蔦でびっしりと覆われ、そのため建物がすっかり見えなくなってしまっていた。そこでは三人の修道士が赤貧洗うがごとき暮らしをしていた。その聖なる建物はサン・ペドロという名であった。岩場へさしかかり馬が使えなくなったドン・フェルナンド伯は、手綱を引いて下馬し、猪が逃げ込んだ場所へはいった。すなわち僧院の中へ歩み入ったのだが、祭壇まで進んできてそこがそうした敬うべき場所であるのに気づくと、もはや猪にはかまわず仕留めるのをやめた。

「風や海さえ怖れをいだく主よ――と伯は語りかけた――もし今われがあやまちを犯したとて赦されてしかるべきかと。処女《おとめ》マリアよ、汝に申しあげる、この聖なる場所のことは、聖母よ、知らなかったのだ。汝を立腹させようとここへはいりはせぬ。はいるとすれば捧げ物をするため、あるいは参るため。主よ、われを赦したまえ。われを責め苛む異教徒どもより守り助けたまえ。正しき教えを信じぬ者どもよりカスティーリャを守護したまえ。汝の加護なくばカスティーリャは滅びたも同然」

伯が祈りおえたとき、修道士が一人、粗末な住まいから出てきた。名をペラーヨといい、困窮の日々を送っている人であった。彼は伯に挨拶し、なにゆえこのように奥深い場所へやってきたのかと尋ねた。伯は、猪を追ううちここへ辿り着いた、味方から離れ遠くまできてしまった、運悪くこれがアルマンソルに知れたなら、生きて逃げのびようにもどこにも逃げ場はあるまいと答えた。それを聞いて僧は言った。

「どうか、友よ、よければわが家に宿泊してくれぬか。小麦のパンはないが大麦のパンを出そう。言うまでもないが、汝は敵と戦わねばならぬ身」

知勇兼備の人フェルナン・ゴンサレス伯は、ドン・ペラーヨ修道士の招きに応じた。それからのこの隠者の聖僧の手厚いもてなしに感激。これほどすばらしい宿は生まれて初めてであった。翌日、ドン・ペラーヨ師はわがあるじに言った。

「誉れ高き伯よ、汝に告げよう。神が汝のゆくてを照らしている。汝はモロのアルマンソルの軍勢に大勝利を収めるであろう。正しき教えを信じぬ者どもと大いくさし、累々たる屍の山を築くであろう。多くの土地を奪うであろう。王らの血も流させるであろう。汝のゆくすえの逐一を、さらに語るのはやめておこう。汝の武勇は万人の恐怖の的となるであろう。わが予言はすべて真実と知るべし。汝は二度虜となるであろう。このこと信じて疑うなかれ。汝は三日以内に、将兵が皆怖れおののくのを目にして深く憂慮するであろう。前代未聞の驚くべき徴《しるし》を見、軍勢一の勇者ですら顔色を失うのだ。汝は皆をなるだけ安心させてやらねばならぬ。汝らは女かとも詰ってやらねばならぬ。そうして言葉を尽くして徴の意味を説き明かしてやらねばならぬ。そうすればもはや少しも怖れぬようになるであろう。いざ、わが言葉を胸に刻んで発て。この貧しき僧院を忘れるな。帰ってみれば将兵は嘆き悲しんでいるであろう。泣き叫び、汝を呼び求めているであろう。泣き叫んだとて無理からぬ。皆、汝がモロどもに捕まったか殺されたと、自分らが棟梁をなくし寄る辺ない身の上になったと絶望しているのだ。彼らは汝がいてこそモロどもより守られると信じていたのだ。友よ、頼みがある。衷心よりの頼み。いくさに勝利したあかつきには、この貧苦に喘ぐ僧院を思い出してくれぬか。この貧しき宿を忘れるな。あるじよ、ここに住まうのは三人の修道士。まこと貧しき仲間。日々の暮らしの困窮は比類なく、筆舌に尽くしがたい。もしも神助がなければ当院は烏有に帰すであろう」

　伯は僧に丁重に答えて言った。

「ドン・ペラーヨ師よ、心配にはおよばぬ。望みは申し分なく叶えられるであろう。いかなる者を客に迎えたか知るであろう。天佑を得てこのいくさに勝利したあかつきには、大将の取り分たる戦利品の五[2]分の一をそっくり貴院へ寄進しよう。なおそのうえ、われが死んだときは貴院の幾久しき栄えを願い、貴院に埋葬するようはからっておこう。別に堅牢な聖堂を建立し、中にわが墓所を作るのだ。そこには住居も設け、神に仕えその戒律を守る僧百人以上の住まいとしよう」

　武運めでたき伯はおおいに満足し、上機嫌で僧に別れを告げてララへの帰途についた。帰ってきた伯の姿を見て、それまで嘆き悲しんでいた将兵は喜びに沸いた。伯は家臣らに出来事を語った――隠れ住む僧に出会ったこと、僧に招かれ客となったこと、あれほどすばらしい宿は生まれて初めてであったこと。

十　ララの戦い

翌朝、伯は軍勢に進発を命じた。正しき教えを信じぬ者どもの数は千倍であったが、伯方は寡兵といえど猛者揃い。かつ闘志溢れておらぬ者はなかった。やがてモロ勢とキリスト教勢は指呼の間に近づいた。雲霞のごとき大軍勢、野山を覆い尽くして進んでくるモロどもは、キリスト教徒などひとひねりと意気込んでいた。この正しき教えを信じぬ民は大はしゃぎでラッパを吹き鳴らし、鬨の声をあげて迫ってきた。この不幸な輩の喧噪のすさまじさに山も谷も動くかと思われた。ドン・フェルナンド伯は一刻も早くモロとまみえ、干戈を交えたいと武者震いしていた。しかし悪魔が十字架の戦士らに計り知れぬ恐怖を注ぎ込んでいるのを見て、この日は悪魔の支配する日と信じた。伯の軍勢に加わっていた一人、プエンテ・フィテーロはエントレビニョ生まれの勇者が、立派な駿馬にまたがり、拍車をあて、丘の上から駆け下ろうとした。ところが地面が割れて中に呑み込まれてしまった。それを見て身の毛のよだたぬ者はなかった。

「今起きたことはわれらの罪業のせい。どうやらわれらには神の加護がないらしい。ここは退くのが賢明。神助はモロどもにありと、ありあり見てとれるではないか。ならばどうして敵することができよう？」

それを聞いて伯は言った。

「（……）汝らはそのように臆した素振りを見せてもならぬ。この徴《しるし》の意味を説き明かせば、（……）汝らはこれほど固い地面とて割るつわものということにほかならぬ。されば何者が汝らに敵し得ようか？

見れば肝が縮んでいる様子だが、さればなんのわけあって怯えるのだ。われは今日いくさ場でアルマンソルとまみえ、大いくさするのを心待ちにしていた」

伯は語りおえ、人々は勇気凛々（……）。伯はあたるを幸い薙ぎ倒した。そしてまたドン・ベラスコというリコ・オンブレ（……）。カスティーリャのつわものらは力の限り棟梁を守った、死を怖れず厭わず。主恩の大きさへの思いが死への恐怖を消し去っていた。心正しき者にとってこのうえなき世界が現出していた。彼らのいくさぶりを語るに多言は要さぬ。あれしきの寡兵があれほどの働きをしたためしはない。稀有にして信じがたいことに思えるが、なんと三百騎であれほどの大軍を打ち破ったのだ。騎馬武者も徒武者《かち》も頑強に戦った。一人ひとりが死力を尽くして棟梁を守った。「カスティーリャ！」と棟梁が叫べば、全軍、いちだんと士気があがった。モロどもはこうした勢いに押され、背を向けて逃げだした。伯は何度目かの突撃で敵を圧倒しアルマンソルの天幕に迫った。（……）凶報がもたらされアルマンソルは自軍の敗北を知った――死傷者多数、王らのうちの得がたい者どもも失った――。アルマンソルはみずから戦うべく「馬引け！」と命じた。実際にそうしていればキリスト教徒に討ち取られたか捕虜にされたか――カスティーリャ方には願ってもないなりゆきであったに相違ない。だが、あわれな異教徒どもは彼を止めた。くどくどしくは語るまい。アルマンソル軍は敗れ、それによりメシア[1]の力が証された。伯はダビデ、アルマンソルはゴリアテにほかならなかった。ほうほうの体で逃げながらアルマンソルは叫んだ。

「おのれ、ムハンマド、汝を信じたのがそもそものまちがい！　汝の力など少しも頼むに足りぬ。わがほうはあれほどの大軍であったのに、ことごとく死ぬか捕らえられるか。兵らを死なせ、なにゆえわればかりが生き残ったのだ！」

野は死屍累々（……）。この負けいくさで五体満足な者は皆無であった。

十一　サン・ペドロ・デ・アルランサ僧院への寄進

異教の民は打ち倒され、カスティーリャの人々は勝者となった。フェルナン・ゴンサレス伯とその将兵は、ともに野を越え山を越えて追撃した。彼らは、かくもおおいなる奇跡をあらわしたもうた神と聖母マリアに感謝を捧げていた。追撃戦はまる半日続いた。貧しい城市《まち》はその日を境に貧しさとは無縁になった。アルマンソルが千里の彼方へ逃げ去ったのち、いくさ場にはキリスト教徒がひしめいていた。彼らは神より賜わった財を集めてまわったが、それらはあまりに莫大な量、数えようとて数えきれなかった。天幕の中は宝の山、大量の純金の杯や器――前代未聞の数の財宝がうなっていた。これだけのものが手にはいれば、アレクサンドロス[1]やポロス[2]ですら笑いが止まらなかったにちがいない。また、豪華な鞄や袋も大量にみつかった。もとより中に詰まっていたのはびた銭などではなく金貨銀貨。幾張りもの絹の天幕、多数の幕舎、何振りもの剣や幾領もの鎖帷子、数多くの馬具も捨てられていた。さらにそこには象牙の最高級の小箱もみつかり、それぞれの中身を見れば金銀宝石が詰まっていた。これらの箱は大半がサン・ペドロ僧院へ寄進され、今日なおそこの祭壇に供えられている。こうした金銀財宝は、めいめいが好きなだけわがものとしたが、それでも三分の二以上捨ててゆくことになった。持ってゆけなかったのである。しかし武器については、みつけたものはなにひとつ残さなかった。それから、集めた戦利品を残らず携えてサン・ペドロ僧院へ向かい、着いたのちそこで神に感謝を捧げた。老いも若きも祈りを捧げた。皆で声を合わせて「神に感謝」と唱え、そのあと各人金銀宝石を祭壇に供えた。武運めでたき伯は、神の賜物である戦利品全体の中から五分の一を取り分けさせた。取り分となったものはどれも伯の奮闘の成果。伯はそれを一夜の宿を貸してくれた僧へ贈った。伯とその一党、加えて十字架の軍全軍、揃ってブルゴスの城市《まち》へ帰還した。皆、疲労困憊していた体を休め、そして眠りについた。怪我人には金創医が呼ばれ、手当が施された（いくさで大怪我を負った者のためである）。武勲赫々たるフェルナン・ゴンサレス伯は、このときすでにある知らせを受け、眉根を寄せていた――ナバーラ軍がカスティーリャの村々を荒らしまわった。（……）(3)

十二　ナバーラ王のカスティーリャ侵入と伯による賠償請求

伯が全軍を率いてモロどもと戦い、神のみ心に適っている隙をついてナバーラ王が動いた。カスティーリャじゅうを略奪してまわろうというのであった。一報を聞いたカスティーリャの人々は、黙って耐えるしかあるまいと涙を呑んだ。いわく――

「われらは星のめぐり悪しき時に生まれたあわれな者。それゆえ天下じゅうから攻められる」

これを耳にした伯は情けなさに気の遠くなる思いであったが、やがて荒獅子となって以下のごとく吼えた。

「兵馬に問うて思い知らせてくれよう！」

その言葉にカスティーリャの人々は奈落の底へ落とされた気がした。なにせ救い手たるべき人が、反対に彼らを追い詰めたのである。

「主よ――と、伯は祈った――われを助けたまえ。そうして、このような傍若無人なる所行の根をすみやかに絶たせたまえ」

伯(1)はドン・サンチョ王へ使いを送り、なにがしかの賠償を行なう用意があるか問い質させた、それが道理であり身のためでもあると。また、もしも王が不承知なら、勝負を挑んでくるようにとも命じた。使いの騎士はドン・サンチョ王のもとへいって申し述べた。

「まずは、王よ、御前に謹みたてまつる。われはカスティーリャ伯の使い。伯よりの言葉を残らず伝えよう。伯は汝に対し憤懣やるかたないと知るべし。もしもそれを鎮めれば感謝するであろう。汝は長年カスティーリャに手を出してきた。年に二度襲ってきて略奪を働いた。カスティーリャを荒らし、カスティーリャの者らを滅ぼそうと異教徒と手を組んだ。キリスト教徒相手に不当ないくさをしかけた、汝に従うことを肯んじなかったためだ。ほかにも伯が腹に据えかねていることがある。汝はそれに輪を掛けた傍若無人の所業におよんだ。なんとわがあるじがあちら側、モロの地を駆けまわっている隙に、あるじの領地で卑劣な乱暴狼藉を行なった。この伯の憤懣を鎮めたく思い、道理に則り賠償する用意があれば、それは正しきこと、また身のためでもある。もしもこれを拒むようなら、いくさを挑んでくるべしとの命を受けている」

使者が口上を終え使いの役目を果たすと、今度はドン・サンチョ王が口を開いてこう言いはじめた。

「賠償などびた一文もするものか。ほれ、伯のもとへ帰ってこう伝えるがよい。われに勝負を挑むとは、いやはや驚き入ったしだい。然るべき忠言を言う者がなかったと見える。この賭けに勝てるはずなどありはせぬ。蛮勇をふるいわれに挑むとは、ただその一事であさはかな愚か者とよく知れる。このたびモロどもに勝ったゆえ、それでのぼせあがってこうなったものか。伯に伝えよ。ただちに発って汝を探し求める。城に拠ろうが城壁の内に籠ろうが、わが手からは逃れられぬ。どうしてもと申すなら海の底へでも潜ることだ。なにゆえわれに挑むような真似をしたか、伯めに問い質してくれる」

烈火のごとき王の怒りに触れた使者はほうほうの体で帰り、ありのままを伯に伝えた、いかに激烈な恫喝であったかと。伯は家臣を総呼集した、すべてのリコ・オンブレおよびインファンソン、さらには盾持ち、徒武者《かち》までも。おのおの考えを聞こうというのであった。一同が寄り集まったところで伯は口を開いた。伯の心の内に怒りの炎が激しく燃えあがっているのを感じぬ者はなかった。

「一同、屈辱を晴らすため評定を開かねばならなくなった。われらはナバーラからいかなる仕打ちも受けるいわれはない。一度たりと無法はせず、恥辱とて加えておらぬ。ところがあちらからは非道な仕打ちを山ほど受けてきた。その償いを求めようにも、これまではその折りが皆無であった。彼らはわれらに償う気でいると、無法、非道の罪滅ぼしをする気でいると思っていたが、その実われらの怒りを倍にしたいらしい。われや汝らにいくさを挑んできた。卿らよ、かくのごとき人を人とも思わぬやりように、ただ黙っている法はない。たとえ枕を並べて討ち死にするとも、一矢報いてやろうではないか。ひたすらつらく苦しい思いを堪え忍ぶのは恥だ。いざ、打って出よう、わが家臣たちよ。敵は大軍とはいえ、戦ってこそ道は開けるのだ。その場に臨んでは少しも怯む色を見せてはならぬ。敵におじけるほどの卑怯はない。言っておくがいくさする兵は玉石混淆。百騎で勝つ野戦もある。心をひとつにした百騎は心揃わぬ三百騎にまさるのだ。軍勢の常、敵方にも強兵と弱兵があろう。いざとなれば弱兵は持ちこたえられまい。その綻びをついて強兵をも打ち破れるはず。われら、こうなる様を幾たびも見てきたではないか。なるほど敵は騎馬武者の数、徒武者の数、いずれも遥かにわれらにまさる。加えて一人ひとりがまこと剽悍。槍も投げ槍も用いればし損じず、忠義に厚い盾持ちというよき供も連れている。なればこそわれらは踏み出して戦わねばならぬ。受けて立つのは敵を利するにほかならぬ。われらが怯まぬと悟れば、攻めかかるまえにいくさ場を明け渡すであろう。いまひとつ申すことがある。しかと心に留めておけ。われは討ち死に覚悟。そうならぬまでも、危うい背戸際に追い込まれるかもしれぬが、もしもそれを目にしたらば、カスティーリャの人々よ、そのとき一同がいかに救ってくれるか見せてもらうぞ。持てる力を惜しまず発揮してもらわねばなるまい。どうにかして王の居場所へ達することができたなら、加えた恥辱の償いを求めるつもりだ。命での償いはまぬかれまい。仮にそのとき刺しちがえるはめになろうと本望だ」

十三　エラ・デゴリャダの戦い。サンチョ王の死

武勇の誉れ高き伯は檄を飛ばしおえると、軍勢に進発の号令を発した。そうしてナバーラ領内へはいって一日進んだのち、エラ・デゴリャダでドン・サンチョ王とまみえた。王は伯が憤怒に燃えて来襲したのを知り、その広闊な野に軍勢を展開させたのであった。カスティーリャ伯のその名も高き軍勢は、いたずらに時を過ごさなかった。槍を構え突撃を開始。伯が真っ先駆けたのは、皆様お聞きおよびのとおり。ナバーラ王ドン・サンチョはこうして押し寄せてきたのを目にすると、待ち構えていた自軍とともに迎え撃ちに出て、相手の先鋒へ駆け入った。伯のいるあたりへ全軍が殺到した。両軍、激しく干戈を交えた。ナバーラ軍は苦戦しながらも死にものぐるいで戦った。双方ともすさまじい闘志、戦いの音は遠くまで響いた。槍の折れる音、剣で斬り結ぶ音、兜の打ち割られる音は耳を聾せんばかり。ナバーラ軍は「パンプロナ！」、「エステリャ！」と叫び、カスティーリャの剛の者らは「カスティーリャ！」と雄叫びをあげた。ドン・サンチョ王もときに「カスティーリャ！」と叫んだ、しばしばフランス人が嘲るような調子で。

武勇の誉れ高き伯とナバーラ王は互いを探しまわった。そうして姿を認めあうと、持っていた槍を相手へ向けてぴたりと構え、全速力で突進。強烈な一撃を交わし、互いに串刺しにした。かつて騎馬武者の勝負でこれほどすさまじい一撃の見られたためしはなく、鎖帷子[1]はまったく着けておらぬも同じ。大怪我を負ったナバーラ王は絶望した。一撃のせいでまもなく命を落とすと悟ったのである。蓋世の勇も

たちまち萎え、ほどなく魂が体から離れた。伯もまた一撃を受け重傷を負っていた。右の脇腹をひどく突かれていたのであった。伯は「カスティーリャの人々よ！」と叫んだ。だが駆けつける者は一人としてなく、孤立無援となった。カスティーリャの人々は自分たちはもう終わりだと感じた、積みあげてきた勲しはこの戦いで崩れ去ったと。彼らは取り返しのつかぬあやまちを犯したのを深く悔い、無念の思いに打ちひしがれた。おのおのわがことで手一杯、誰も伯の救援に駆けつけられなかったのだが、しかしやがてこれは恥とたまらなくなり、怖れもなにも忘れ強引に敵中突破を試みた。彼らは敵の猛攻に耐えながら伯のいる場所へ駆けつけた。その間、おおぜいを討ち取った。着いてみると、武勇の誉れ高き伯が深手を負っているのは明らかであった。皆で四方八方駆けまわって敵を討った。カスティーリャの人々が駆けつけ、伯を救いにかかった直後、ナバーラ軍が伯へ向かって殺到した。それを死に物狂いで追い払ったカスティーリャのつわものたちは、伯が死んでしまっているのではとの不安にかられ、血の気が引いた。伯を地面から起こして傷の具合を見て、もうこときれていると誰もが思い込んだ。彼らは悲嘆のあまり気も狂わんばかり。てっきり死んだと信じ、慟哭した。やがて彼らはナバーラ軍にかかってゆき、遠ざけておいて、駿馬にあるじを乗せ、血だらけの顔をきれいに拭った。一同、ふたたび涙を流した。（……）カスティーリャ軍は鬼神のごとく戦い、敵をさんざん苦しめた。処々方々で、太刀風鋭く振り下ろされる剣の兜にあたる音が響いた。処々方々で、槍の強烈な一撃が交わされた。処々方々で、棍棒の強烈な一撃が交わされた。あまりくどくは語るまい。とどのつまりナバーラ軍はいくさ場を去り、あとにはドン・サンチョ王の遺体が残されたのであった。伯はただちにそれをナヘラへ運んでゆかせた。王の話はこれまでにしておこう（主よ、彼を赦したまえ）。一敗地にまみれたナバーラ人はあるじの死を泣いた。誰もが復讐への強い思いにかられていた。君臣の情に動かされ、武勇の誉れ高き伯に対し敵愾心を燃やした。

十四　トゥールーズ伯、ナバーラ王サンチョのかたきを討たんと試みる

ポ[1]アトゥー伯にしてトゥールーズ伯である人は国王の血縁――これは確かな事実にほかならぬ。伯は領地から美々しく華やかな軍勢を呼び集め、カスティーリャへ向かって進撃を開始した。それは大凶の時にあたった。出陣は遅きに失し、戦いには間に合わなかったが、伯はその報に接したあとも急行する考えを変えなかった。誉れ高きナバーラ王のかたきを討たんと、固く決心していたのであった。やがて伯はヘタレラ峠へ着いた。ナバーラ人は雁首揃えて伯を訪ね、戦いの様子を細大漏らさず報告した、どれほどが討ち死にし生き残りは何人か、さらには二日前から伯を待っていたことなども。トゥールーズ伯は彼らを力強く慰めた。こうしてことをうまく運ぼうと考えたのであった。（……）
「（……）なぜならカスティーリャの者どもはわれに対し、このような不埒きわまる所行におよんだゆえだ」

かの伯がすでに峠まで迫ったことは、はやドン・フェルナンド伯の耳に達していた。ドン・フェルナンド伯は大怪我を負っていたが、その体のままそこへ向かった。伯の家臣らは、これは違うと伯に対し

憤懣やるかたなかった。誰もがあるじに大不満。戦いに明け暮れることを強いられていたためであった。ゆっくり休むことはおろか、ひと息つくことすら許されぬのである。彼らは言っていた。

「これはまさしく悪魔どもの日々。悪魔は昼夜を分かたず動きまわって疲れを知らぬ。伯はサタン、われらはその手下さながら。われらはいくさが好物、三度の飯より好き、人の魂を引き抜かねば心が落ち着かぬときている。それにこの世で疲れぬ者はないのに、われらだけが疲れを知らぬとは、悪魔の群れと変わらぬではないか。棟梁はこのような日々を堪え忍ぶわれらに気遣いせぬ。またおのれ自身にも……あれだけの怪我を負っているというのに。考えたくはないが、伯に万一のことがあればカスティーリャは滅ぶ。これほど馬鹿げた滅亡のためしがあったであろうか」

衆議一決、棟梁を諫めることになった、よろしからずとただちに言上することにした、われら武名を輝かさんと逸ってあやまつまい、下手に欲を出して棟梁を失うはめになっては一大事と。ヌニョ・ライーノが言った。

「棟梁よ、汝がそう望むなら、気が向くようであれば、よいと思うなら、当地に留まり養生に努めてはどうであろう、下手に欲を出してあやまつ結果となっては一大事。われらや汝の過ごすこの日々、いったい誰が耐えられよう。汝の欲は途方もなく、われら息つく暇もない。仕えてゆくには足るを知るを忘れねばならぬ。物事はいちどきになるのではない。いくさに臨んでは慎重なうえにも慎重でなければならぬ。さもなくば、遠からぬうち取り返しのつかぬしくじり犯し、そのせいで光り輝く誉れを失うはめになりかねぬ。われらは知る、吹きすさぶ風もやがてはやみ、荒れ狂う波もやがては静まると。されど悪魔ばかりはいつまでも疲れず、休むことを知らぬ。われらの日々は悪魔の日々に似ようとしている。将兵を休ませよ。汝も治療に努めよ。汝は深手を負う。まずは養生が肝心。兵もいまだ集まらぬ。彼らの到着を待つのが上策。いまだ多くの者がきておらぬ。彼らを待つのが賢明。汝の槍傷は十日も経てば立派に治るであろう。それまでには兵も揃うにちがいない。彼らはいくさ場で汝の周りを固めるであろう。そうなればあちらは討ち死にか虜、われはそれを疑わぬ。棟梁よ、言うべきことは言った。これにまさる進言は、棟梁よ、われには思いつかぬ。臆病ゆえの言葉と誤解するな。われはわが魂を守るごとく汝を守りたいのだ」

　ドン・ヌニョが意見を述べおえるのを待って、武勇の誉れ高き伯、かの堅忍不抜の人が口を開いた。彼はソロモン[2]にも負けぬおおいなる知恵者、アレクサンドロスにもけっして劣らぬ大気者であった。いわく、

「ヌニョ・ライーネスよ、なるほどそうだ。今のありようは言うとおり。しかし思うにこのいくさ、先延ばしせよとの進言であろうが、誰に吹き込まれたにせよ、それを信じたのはあやまりだ。なにかの支障のないかぎり、このいくさは先へ延ばすべきではない。人は好機を前にして、また次の好機にと思いがちだが、好機はひとたび失えばもはや二度とは取り戻せぬ。こんりんざいもとへは戻れぬのだ。なすことなく時を過ごそうとする者は、一生便々と過ごすだけ。寝て、遊んで過ごすだけの者。やがて死んだら忘れられて終わり。無為に過ごした者も、労苦のうちに過ごした者も、どのみち死なねばならぬのに変わりはない。どちらもその運命《さだめ》からは逃れられぬ。だが偉業は残って生きつづけ、後の世の範とな

る。古来偉業をなさんと志し、艱難辛苦を経ぬ者はない。三度の飯を食いたくとも食わず、肉の欲も忘れねばならなかった。アレクサンドロスの日常など語られることはない。語られるのはもっぱら偉業と騎士的所業。さらにはゴリアテを討った[3]ダビデ王、ユダス・マタティアスの息子[4]ユダス・マカバイオス、[5]シャルルマーニュ、[6]ボードゥアン、ローラン、ドン・オジェ、ティエリー、ゴンデビュー、アルナルド、オリヴィエ、テュルパン、ルノー、ガスコーニュのアンジェリエ、アストルフォ、そうしてこの列に加わるもう一人の勇者サロモン。この人々、そうして今名を出さなかったほかの多くの人々は、みずからの挙げた勲しにより、永久《とわ》に人の心に残ってゆくであろう。もしもあれほどの勇者でなければ、今は忘れ去られているに相違ない。彼らの勲しは、世の終わりまで語り継がれてゆくであろう。それゆえわれら、残りの日数を数えねばならぬ。あと幾昼夜あるかに思いを致さねばならぬ。無為に過ごした日々は二度と戻りこぬ。ならば一同、よくわかるであろう、卿らの考えはあやまりであると」

　騎馬武者も徒《かち》武者も伯の言葉に納得せざるをえず、誰も異論を唱えられなかった。万事ドン・フェルナンド伯の考えどおりに行なわれることとなった。伯は説き伏せおおえるやただちに進発を命じ、全軍を引き連れて行軍、やがて激流渦まくある河へ至った。それは古来エブロと呼ばれ、今日なお同じ名で呼ばれる河。誰もがそこでの宿営は剣呑きわまりないと感じた。トゥールーズ勢が河畔に布陣していたためである。が、カスティーリャのつわものたちは敵を怖れたわけではなかった。激しい槍合戦を繰り広げ、たちまち向こう岸へ押し渡った。渡河は大きな危険を伴ったため、あらかじめカスティーリャ勢はトゥールーズの将兵を多数打ち倒した。トゥールーズの将兵は抗ったものの、無念にも河のほうへ追い込まれていった。溺れる者、泳ぎ渡る者――。伯は水をかき分けて進んだ。トゥールーズ勢は対岸の河原からも後退を余儀なくされた。伯は砂の河原で隊列をととのえたのち、目を瞠るような猛攻をかけた。武勇の誉れ高き伯は渡河するや、怒りに燃えて攻めかかった。追いつかれた者は運の尽き、ほどなく一族へ訃報が届く結果となった。雄々しき心のドン・フェルナンド伯はトゥールーズ勢の中へ駆け入り、あたるを幸い薙ぎ倒した。伯にかかれば鎖帷子もただの布と同じ。まともに勝負を挑もうが、小細工を弄しようが、伯には通じなかった。そこへわれ遅れじと伯の忠臣らが助太刀に駆けつけた。勇敢なるインファンソンをいくさ場へ多数引き連れていたのであった。生国もひとつ、心もひとつの面々。彼らはトゥールーズ勢を苦しめた。苦しめた、ガスコーニュ勢も。だが敵は大軍、しだいに押し返され大激戦となった。砂の河原には死体の山が築かれていった。ドン・フェルナンド伯は敵をさんざん蹴散らした。が、敵勢の中を憤怒の鬼と化して猛然と駆けまわったにもかかわらず、勝ちきれぬことにひどく苛立って言った。

「なんとしてもなんとしても、このいくさでトゥールーズの者どもによい目など見せてなるものか!」

伯は力の限り拍車をあてながら敵勢の中へ駆け入った、手に槍を握りしめ槍旗はためかせて。

「武勇の誉れ高き伯よ、どこにいる?」と呼ばわりながら駆けまわった。「さあ、出てこい、ここへ、いくさ場へ! ドン・フェルナンドここにあり!」

だが二人の一騎打ちはなかった。そのまえにトゥールーズ勢はことごとく逃げ去ってしまったのである。これほど務めに背く人々はなかった。なにせ怖れおののいて名を汚したのだ。彼らはわれがちに深い森の中へ逃げ込んだ。トゥールーズ伯につき従う者はごくわずか。伯にとって、これほど完膚なきまでに叩きのめされたのは初めて。カスティーリャ伯の怒りはそれほど凄まじかった。

十五　トゥールーズ伯の死と埋葬

トゥールーズ伯は、ドン・フェルナンド伯が怒りに燃えて迫ってくるのを前に、身の毛がよだっていた。しかし家臣から立ちすくんでいると思われてはならじと、躊躇を見せず武具を身につけ、単騎、迎え出た。ドン・フェルナンド伯は元来むごい人ではなかったが、このときばかりは怒りにわれを忘れ情けを忘れた。憤怒の鬼と化し、闘志に燃え、武勇の誉れ高き伯に突きかかった。情け容赦のない一撃を加えるのに、ためらいはなかった。生まれついての戦士であるカスティーリャ伯の槍は、トゥールーズ伯に致命傷を与えた。ガスコーニュの人は深手に耐えかねて叫んだ。

「聖母マリアよ、助けたまえ!」

トゥールーズ伯はこうして深手を負い、たちまち落馬した。もはや口をきかなかった。ほどなく絶命したのである。伯の討ち死には即その軍勢の敗北。トゥールーズの騎馬武者らは脱兎の勢いで逃げた。しかし三百人がカスティーリャ方の捕虜となった。そのほか、多くの者がそのときその場で討ち取られた。この戦いでカスティーリャ戦士の勇名はおおいにあがった。誇り高く心雄々しき伯がトゥールーズ伯をどう扱ったか、それをお聞かせしよう。カスティーリャ伯は手ずから甲冑を脱がせた、実の兄弟にするようにそれは丁重に。すべてを取り去ったあと、体を清め、高価な絹の服をまとわせ、精巧な細工を施した椅子に座らせた。椅子はアルマンソルとの戦いで得た戦利品であった。さらには伯ならではの思いつき、すばらしい出来映えの見事な棺を作らせ、それを赤い布で美々しく覆わせた。使った釘は鏡のようにまばゆく輝く黄金《こがね》色。それから捕虜としていた家臣を解き放たせると、その家臣らにそこへきてあるじの供をするよう言いつけ、しかるべき場所へ着くまでそばを離れぬと全員に誓わせた。型どおり遺体に着せた死に装束は、このうえなく美しく豪華な生地。伯は供奉する者たちにあちらへ着くまでの旅費を渡し、上等の蠟でこしらえた大蠟燭を千本与えた。伯が死に装束を着せたあと、棺は蓋をされ、釘で厳重に閉じられ、ただちにラバの背に積まれた。伯はすぐに出立して領国へ運んでいくよう命じた。トゥールーズ人あわれ、おのれの悲運を泣きながら、沈痛な面持ちで、途方に暮れつつ、やがて伯領の中心トゥールーズへ着くと、そこでまた悲しみをあらたにした。

十六　モロの捲土重来

トゥールーズの人々は、あるじを運んでトゥールーズへ着いた。悲しみに暮れ、途方に暮れるこの人々から離れ、武勲赫々たる伯へ話を戻せば、さらなる悪い知らせが伯の耳にはいっていた――アルマンソルが強大な軍勢を率いて来襲しつつある、鎧兜に身を固めた三万人の家臣がつき従っている、徒武者《かち》にに至っては数えようとて数えきれまい、これだけの大軍がララ近郊のムニョに集結している――。さきに一敗地にまみれたアルマンソルは、無念の涙を呑んでモロッコへ渡り、[1]アフリカじゅうへ召集の触れをまわしたのであった。あたかも聖戦に駆けつけるがごとく、人がわれもわれもと参集した。トルコ人、アラブ人、あの剽悍な戦士たち、いくさで弓を射れば百発百中の彼らは、トルコ弓や鹿角石弓を携え、大小の道を埋め尽くした。[2]ムワッヒドの徒やマリーンの輩も加わった。彼らはラクダの背に竈や石臼を積んでいた。東方のモロもこぞって参陣していた。このような者どもが道々を埋め尽くした。こうした雲霞のごとき言語に絶する大軍勢がそこに集結した。土地も違い考えも違う者ども。族類を引き連れ汚く煤けた地獄から這い出てきたサタンより醜悪な者どもであった。集結が完了すると、軍勢は海を渡りジブラルタルという港へ至った。アルマンソルは武勇の誉れ高き伯への報復を目論み、一刻も早くそれを果たしたいとじりじりしていた。さらにアルマンソルはコルドバ、ハエーンはじめ全アンダルシア、ロルカ、カルタヘナはじめ全アルメリア、そのほかいちいち名前を挙げればきりがないほど数多くの土地から、強大な騎馬軍団を集めた。兵が揃うと進発。アルマンソルは、必ずやスペインを平らげられると固く信じていた。そうしてカスティーリャ伯も逃さず虜にして惨めに死なせるのだとも。呪われた者どもははやアシーナスまで進み、カスティーリャ方は全軍ピエドライタにあった。伯は——伯の魂が業罰を免れんことを——ゆかりのサン・ペドロ僧院を訪ねた。

十七　伯のサン・ペドロ・デ・アルランサ僧院訪問と聖ペラーヨ、聖ミリャーンの出現(1)

伯が僧院を訪ね、ドン・ペラーヨという僧はいるかと問うと、亡くなった、一週間前に埋葬を済ませたとの返事。伯はこのうえなく神妙な面持ちで僧院の中へはいり、ひざまずいて祈った。目から涙を流しながらの祈願であった。

「主よ、われをあやまちと危機より守りたまえ。主よ、われは汝に尽くさんとの熱き思いに突き動かされ、艱難辛苦に耐え、また数々の快楽も遠ざけている。わが身を苛み、汝に犠牲を捧げている。モロやキリスト教徒と激しく争っている。スペインの諸王はモロのアルマンソルに震えあがり、主たる汝を忘れ(……)彼に従う者となった。われは王らがかくのごときあやまちを犯すのを見、死を怖れて唾棄すべきふるまいにおよぶのを見て、以来味方するのをやめた。汝に仕えることを選び、王らの意を迎えるのをやめた。王らに挟まれ孤立無援となるも、死を怖れなかった。同じ罪を犯したくなかったのだ。彼らはわれが寄る辺なしと見るや、それぞれが耐え難い圧力をかけてきた。あの日、ムニョにいるわれのもとへ書状が届いた。あの日、使いが五人やってきた。アンダルシアの王どもが脅しをかけてきたのだ、スペインを統べる者のうち、われ一人が靡かぬのを見て。彼らは陸から海から寄ってたかって攻めかかってきた。われをあの世へ送り出せるものなら送り出したかったのだ。だが主よ、汝に助けられ守られた。主よ、汝の力により彼らを討って勝利した。思うにわれは汝の意に逆らったことは一度たりとない。かつて汝の嘉《よみ》したもうなにかをなしたとすれば、それはわが喜び。われは固く信じている、汝に見捨てられるいわれはないと。イザヤ書の汝の言葉によれば、汝はけっしておのれに従う者を見捨てぬ。主よ、われはわが家臣ともども汝のしもべ、生涯汝のもとを離れまい。主よ、汝に助けてもらわねばならぬ。主よ、カスティーリャを守護したまえ。アフリカじゅうがわれへ向かって押し寄せてきている。主よ、汝の助けなくしてカスティーリャは守れぬ。この身に備わる知恵と武勇がどれほどであれ、とても守ることなどできはすまい。主よ、われに知恵と力と勇気を与えアルマンソルを討たせたまえ、彼に勝たせたまえ」

夜を徹しての祈りで神と言葉を交わすうち、伯は抗しがたい心地よい眠気に襲われ、甲冑を着けたまま横になった。肉体は寝入った。こうして横になり寝に就いた。武勇の誉れ高き伯がまだ深い眠りに陥るまえであったろう、聖ペラーヨ修道士が降臨した。その全身を包む日輪のごとき衣服は未曽有の美しさ。聖ペラーヨはドン・フェルナンド伯の名を呼んで言った。

「寝ているのか。さもなくばなぜそうものを言わぬ。起きよ。汝の道をゆくのだ。今日、味方はおおいに増大する。ゆくがよい。汝の兵が待っている。万物の造り主たる神への願いは申し分なく叶う。汝は異教徒の屍の山を築くであろう。味方のつわものらもそこであまた討ち死にするであろうが、どれほど痛手を受けようと、いくさには勝利するであろう。万物の造り主たる崇高なる神はさらにこうものたまう、汝は神の臣下、神は汝のあるじ、汝は異教徒と戦い、忠義を尽くしていると。神はアルマンソルを迎え撃ちにゆけと命じたまう。いくさのとき、われは汝とともにあるであろう。神がこれを許したもうた。使徒聖ヤコブ(2)も呼び寄せられるであろう。ドン・キリストがわがしもべを助けるべく遣わしたまうのだ。このような天佑によりアルマンソルは打ち破られるであろう、夢まぼろしに見るごとく。それは神より遣わされた天使の一団。おのおの白い具足に身を固め、槍の旗には十字の印。われらの姿を目にしたモロどもは戦慄するであろう。友よ、託された言葉は伝えた。もはやわれをここへ遣わしたかたがたのもとへ戻ろう」

二人の美しい天使が彼を地上から持ちあげ、歓喜のうちに天へ運んでいった。

ドン・フェルナンドは戦慄して目を覚ました。

「これはいったい……主よ、われを助けたまえ！　これは悪魔、われをなにかの罪に陥れようと図っているのだ。キリストよ、われは汝のしもべ。われを守りたまえ、主よ！」

見た夢について伯が思いをめぐらしているさなか、彼を呼ぶ大きな声が聞こえてきた。

「そこから起きよ。ゆくべき道をゆくのだ、ドン・フェルナンド伯よ！　アルマンソルが強大な軍勢を率いて待ちかまえている。なにをぐずぐずしている。ゆくべき道をゆけ。そうしてくれねば、われはつらい目を見ねばならぬ。長く待たされれば、それだけ汝を詰らねばならぬようになる。まちがってもアルマンソルと休戦してはならぬ。和睦などはもってのほか。総勢を三つに分け、汝はそのうち最小の隊を率いて東より攻めかかれ。戦端が開かれたあと、われが戦いに加わるのをその目ではっきり見るであろう。別の一隊は西より攻めさせよ。やがて聖ヤコブがあらわれる。このことまちがいない。残る三番隊は北より攻め入らせよ。(3) 疑うなかれ、われらはあの荒獅子を退治する。もしもこのとおりに行なえば、素手で獅子と格闘したサムソンのごとく打ち勝つであろう。もはや言うべきことは言った。そこから起きて、ゆくべき道をゆけ。この言葉を伝えた者が誰か知りたくば、わが名は聖ミリャーン。イエス・キリストより遣わされし者。いくさは三日のあいだ続くであろう」

ドン・フェルナンドにこれだけのことを伝えおえると、聖なる人ドン・ミリャーンは天へ帰っていった。武勇の誉れ高き伯はただちに僧院に別れを告げ、前日あとにしてきたピエドライタへの帰途についた。伯が忠良な味方のもとへ戻ると、家臣らは烈火のごとく怒って口々に問い質し、かつ凄まじい勢いで罵倒した。（……）皆心配もしていればひどく腹も立てていて、伯を槍玉に挙げぬ者はなかった。

「伯よ――と、異口同音に言った――汝はとほうもないあやまちを犯した。もしもなにか危うい目に遭っても、それは自業自得にほかなるまい。夜働きにゆく盗人でもあるまいに、汝はひとり出歩くのが好きだ。おまけにどこを探してもみつからぬ。われら、これひとつでなにかの窮地に立たされるかもしれぬ。こうも不安にさせられては、妙な考えすら浮かびかねぬ。どうか頼みたい、われらを裏切り者にはするな。われらの父祖は、まかりまちがってもそのような者にはならなかったのゆえ。世にあれほど忠義節を尽くした人々はなかった」

こうして遠慮会釈ない罵倒を受けたあと、ドン・フェルナンドは言った。

「どうか耳を貸してもらいたい。わが行ないにはいささかの悔いもない。われが務めを果たさぬあるじとは思ってくれるな。友を訪い二人で楽しい時を過ごそうと僧院を訪っていたのだ。ところがあちらへ着いて様子を尋ねてみれば、別のお方のみもとにあるという返事。友の死を知り、墓へ案内されたわれは、イエス・キリストに願った、もしも彼がなにか罪を犯したとすれば、広大無辺のみ心もて赦したまえと。それから僧院の内へはいり、そこで神により心の中、胸の内へ注ぎ込まれた言葉で祈った。やがてかの僧がまぼろしのごとくにあらわれて言った、『起きよ、友よ、時がきた。もはやその時』。夢に聞いた言葉であったゆえ、われはこれを信じなかった。目が覚めたが、そこにはなにも見えなかった。すると天より大きな声がおりてきた。どうやらそれは聖人の声。それはこのように告げていた。『フェルナン・ゴンサレス伯よ、そこから起きて、ゆくべき道をゆけ。汝は三日ののち、いくさ場にてアフリカとアンダルシアの軍勢を相手どって、大勝利をあげるであろう』。そしてつづけて、『なにをぐずぐずしている。それは王(4)の中の王に対する罪。汝は彼への愛ゆえに戦っているのではないか。進め、一刻も早く、あの異教徒の軍勢へ向かって。神助があるのだ、なにを怖れることがある』と。ほかにも聞いたが、それは言わずにおこう、あまりに長い話になってしまうであろうゆえ。だが、まもなく卿らは身をもってそれがなにかを示すことになる。そのときまで黙しておこう。あの僧院では、神の寵児たるしもべ、修道士ペラーヨ師からありがたい言葉を聞いた。その言葉によりわれはアルマンソルを打ち負かし、つづいて追撃、その墓をみつけた。汝らもわれ同様わかる時がくるであろう。ゆえにそれまで、われが務めに反したと断じるのは待つがよい。汝らがわれの至らぬせいであやまたぬよう、力を尽くすつもりでいる。われらは神の言葉にも人の言葉にも耳を傾けねばならぬ。さもなくば、アフリカの者どもによいようにもてあそばれるはめになる。アレクサンドロス大王は精強な大軍勢を率いていた。しかしその彼も、生涯一度としてわが軍に比肩する軍勢は集められなかった。

卿らには言うまでもないが、敵とわが勢は千対一。すでに話に出たとおり、われら策を練っておかねばならぬ。われら逃げようとて逃げられず、袋の鼠同然。アラゴン、ナバーラ、それに加えてポアトゥーの者らもわれらが窮地にあると知ったなら、味方するどころかこぞって道をふさぎ、蟻の這い出る隙もないよう図るに相違ない。周りは殺しても飽き足らぬほどわれらを憎む者ばかり。もしもわれらの罪深さゆえにこのいくさに敗れれば、敵に報復されるのは疑いない。われらは虜となり、飢え苦しみを忍ばねばならぬ。われらの子らはモロどもの子とされてしまうであろう。われらの愛し子、息子や娘が虜となるのを手をこまねいて見ているほかはない。ゆけと言われるところへゆかねばならず、それから先息子や娘にもはや二度とは会えまい。虜の身には幸せなどかけらもなく、それどころかもう死にたいという嘆きばかりを口にし、そしてまた訴えかけるだけ、『世を統べる主よ、なにゆえわれから目を背けたまう？ 苦しみと絶望の日々を送らせたまうのだ？』と。ただ死ぬだけならば楽ではあるが、日々死ぬことは耐え難い、くる日もくる日もつらさを忍ぶこと、果てしない苦しみを味わうこと、敵にわがものを乗っ取られるのを見ねばならぬことは。

されど次はまさしくこれを、正しき教えに背く者どもに味わわせてやるのだ。彼らはわれらの土地をわがものとし、力ずくで領有している。だが今は乱れている運命の車の動きもいずれは直り、あの者どもは打ち負かされて、キリスト教は光り輝くことになる。運命の車は常にひとつところには留まらず、人の禍福はあざなえる縄のごとし。運命は幸不幸をまたたくまに逆転させ、貧しき者を富める者へ、富める者を貧しき者へと変えてしまう。こうなるのは万物の造り主たる神のみわざ。われは万物の上に君臨する者なりと、与え奪いたまう。それゆえ負けを重ねた者も、やがては勝者となることもある。このような天主に対し、深き神慮もてわれらを助けたまえと願わねばならぬ。栄枯盛衰、なにごとも神のみ心しだい。なぜなら天佑なくして人はなにもなし遂げられぬゆえ。

卿らよ、わが言葉を胸に刻んでおくがよい。もしも負ければ万事休す。悪党のごとく殺され、土地を失わねばならぬ。今度倒されれば二度とは立ちあがれまい。われ自身いかにふるまう決意でいるか、それを汝らに伝えておこう。虜、囚人《めしうど》にはならぬつもりだ。生け捕られようとしたそのときは、そうなる前にみずから始末をつける覚悟。一同のうちでいくさ場より逃れる者や、死を怖れみずから虜となる者、このような所行におよぶ者があれば、裏切り者の汚名を着るがよい。死んでのちはユダ(5)とともに地獄で苦しむがよい」

伯の言葉を聞いた十字架の戦士らは、打てば響くように異口同音に叫んだ。

「殿よ、われら一同、汝の言葉に従おう。敵に後ろを見せる者はユダと地獄で抱きあうがよい!」

それまで生きた心地のしていなかった人々は、伯の言葉を聞いて勇気百倍、騎馬武者も徒武者《かちむしゃ》も。伯はこの偉大な戦士らに命を下した。

十八　陣形——火中の大蛇

伯は明日はいくさに備えよと命じた、夜の明けしだい全員鎧兜に身を固め、野に出て陣形を作れと。あの異教徒の軍勢に野戦を挑もうというのであった。サラスの人ドン・グスティオ・ゴンサレスとその息子たちに先陣が委ねられた。また、この親子と並んでドン・ベラスコにも。彼もまたその川沿いの地方の住人で、死を怖れず突進するのは疑いなかった。この先陣にゴンサロ・ディアスも加わった。評定においてはたえて激することのない立派な人物ながら、いくさに臨んでは猛きこと荒獅子のごとく、挑む者あれば堂々受けて立った。このとき伯は二人の甥を騎士に叙任し、やはり先陣に加えた。両人とも剽悍なつわもの、血に飢えた狼との異名をとっていた。グスティオ・ゴンサレスの手勢、この卓抜な騎馬武者の数は二百。伯は彼らに一方から攻め込むよう命じた。彼らは全軍中比類なき人々であった。この先陣には徒武者六千がつけられた。[1]ラ・モンターニャの剽悍な一団で、しかるべくいくさ支度していれば、たとえ三倍のモロ相手でも退かぬ人々。万全の備えを終えた先陣についてはこれぐらいにしておこう。率いる者にとってはこれ以上を望むべくもあるまい。いかなる軍勢もこれを破るなどまずできまい。他方、別の陣もすでに準備がととのっていた。これは質実剛健なるビスカヤの人ドン・ロペに委ねられた。この陣にはドン・ライーノの息子や、ドン・マルティノという名のラ・モンタニャの人がいた。ラ・ブレーバの人々からもトレビニョの人々からも、剽悍無比な騎馬武者が加わっていた。みずから数々見事な働きをしてきたカスティーリャ・ラ・ビエーハのつわものらも顔を揃えていた。またカストロヘリスの猛者連や、彼らとともに山岳の人々も加わっていた。さらにはアストゥリアスの戦士らも。いくさの手練れ、武勇にすぐれ、知謀にかけても非の打ちどころなき人々であった。この騎馬軍が本隊。この二百騎がカスティーリャ軍の精鋭。翌朝、全軍が野に展開した。モロどもにとっては地獄の一週間のはじまりとなった。先陣には加勢として徒武者六千が与えられていたが、これは彼らがひと塊になって敵陣へ分け入り、敵を散らしたところで、騎馬武者が適当な隙をみつけてうまく攻め入るため。武勲赫々たるドン・フェルナンド伯は、その日従士二十人を騎士に叙任した。この二十人は武勇の誉れ高き伯と同じ陣に加わった。総勢五十騎という少人数のこの陣に、そのほか加わっていたのはララ[2]特別区の住人のうちルイ・カビアとヌニョ、加えて山の住人、すなわち伯が以前モロどもから奪いとったある険しい山地に置いていた人々。さらには、その日伯により騎士に叙任されたベラスコス一族の人々もいた。この陣につけられた徒武者は三千人で猛者揃い。死をものともせず向かってゆくであろう人々。東の果てから西の端まで探しても、これにまさる勇者はみつかるまい。

一同に対し伯は次のようにせよと指示した——もしも一日で勝負を決められねば、角笛の合図でいくさ場から総引き揚げし、わが旗のもとへ集うべし——。武勇の誉れ高き伯はしかるべく陣立てを行ない、将兵を配置し、準備万端ととのえた。各人、それによりどう戦いをはじめればよいかしっかり飲み込み、わが天幕、わが寝場所へ戻った。十字架の戦士らは夕食をとり、かつくつろいだ（……）誰もが喜び心に満ち、時に臨んでは尊き力を発揮して、われらを助けたまえと天に祈った。その夜、彼らは想像を絶する光景を見た。なんと空に一頭の猛り狂う大蛇が出現したのであった。そのおぞましい怪物は全身血まみれ、深紅に染まり、耳を聾さんばかりに吼え狂っていた。どうやら傷を負っている様子であった。その咆哮に空は割れんばかり。吐き出す炎は軍勢を照らし、われらを焼き殺しにきたかと将兵は怖気をふるった。軍勢の中のいかなる勇者といえど、顔色をなくして震えあがった。腰を抜かしてへたり込む者も少なくなかった。十字架の戦士は誰もが恐怖に震えた。人々はすでに寝入っていた伯を起こしにいった。伯が外へ出てみると、すでに大蛇は消えたあと。見れば将兵は皆生きた心地もない様子。大蛇があらわれたときの様を尋ねると人々は、これこれこのようであったとその一部始終を語った――あの猛々しい怪物は傷を負っているかのごとくすさまじく吼えていた、そして体が紅蓮の炎に包まれていた、地を焼かぬのが不思議なぐらいであった――。彼らが見たままを語る様子を前にして、伯はその恐怖の大きさをひしひしと感じた。同時にそれが悪魔の作り出した魔物で、キリスト教戦士を動揺させようとのたくらみと見抜いた。さらには、モロどもを助けるためあらわれたのだ、悪魔どもがこうしてキリスト教戦士を脅そうとしたに相違ない、そうしてわれらに火を放ち、退却させようと目論んだのだと信じた。武勇の誉れ高き伯は家臣を集めさせ、顔ぶれが揃ったところで話を聴くよう促した、これから大蛇の示すものがなにかを説き明かすゆえと。そうして占星術師について語りはじめた。

「汝らには言うまでもないが、モロどもが導き手とするのは神ではなく空の星。星を頼むのだ。星を新たな創造主として崇め、星をとおして多くの驚異を見ると言う。あの者どもの中には魔法に通じた者もいて、術を使って雲や風を操り極悪非道の行ないにおよぶのだが、その知恵を与えているのは悪魔にほかならぬ。このたび悪魔どもが呪文で呼び出され、あの者どもと額を集めて相談したのだ。悪魔どもにおのれらの父祖のしくじりをあらいざらい打ち明けた。この嘘だらけ、地獄の煤だらけの者どもが寄り集まって相談した。魔法を知るどこかの薄汚れたモロめが、悪魔を大蛇の姿に変え、われらの意気を挫こうとした。このペテンでわれらを動揺させたかったのだ(3)。賢明な汝らのことゆえ言うまでもあるまいが、悪魔はかつて持っていた大きな力をドン・キリストにとりあげられた。もはやわれらに対してなにができるわけもない。思うがよい、悪魔を信じる者の愚かさを。この世の万物に力をおよぼすことのできるお方はただひとり。われら皆、そのお方にのみ従わねばならぬ、なにせ生殺与奪はみ心のままであるのゆえ。われら、かくのごときあるじを畏れねばならぬ。このあるじを捨てて悪魔を信じる者は、思うに烈火のごとき神の怒りを買い、その魂は、あわれ、さまよい歩くはめになる。このような者は誰もが悪魔の思う壺。目下のことへ話を戻せば、われらはおおいに働いた。それゆえ体を休めておかねばならぬ。夜が明けたら野へ出て敵とまみえよう。おのおの手筈どおり配置につこう」

人々は幕舎へ戻り、寝に就いた。やがて鶏が羽ばたきだすころ、いっせいに起き出してミサにあずかり神に告解、罪を打ち明けた。皆々祈りを捧げ、犯したあやまちを悔い、聖別された聖体(4)を拝領し、心の底から天佑を願った。そうこうするうちに夜が明け、十字架のもとに戦う人々は揃って鎧兜に身を固めると、指示どおりの隊列を作った。おのおの自分がどう配置されたか、しっかり呑み込んでいた。

十九　アシーナスの戦い

全将兵遅滞なく隊列を組み、部隊ごとにいっせいに進撃を開始。陣形をととのえ、攻防した。双方、多数が討ち死にした。ドン・フェルナンド伯、この律儀なる棟梁、全将兵の中に聳える堂々たる城の観のあるこの人は、敵の先陣を大きく切り裂いた。そのとき伯の盾には無数の矢が立った。伯は目前にあらわれる隊列をつぎつぎと撃破。伯の向かうところ退かぬ敵はなかった。伯が槍をふるう音は遙か遠くまで響いた。（……）伯が敵勢の中を駆けまわる様はさながら飢えた獅子。伯は敵を討ち、倒すことに、それほど執念を燃やしていた。ゆく先々一面血の海となった。そのとき伯は数多くの魂を悪魔に渡したのであった。アフリカの諸王の中に、ひとり大力無双の者があった。他の王らに混じれば巨人のように見えた。その王が伯を探し求めていた。伯もまた彼を探した。アフリカの王は伯の姿を認めると、前に立ちはだかるべくそちらへ向かった。相手が全身から怒気を発して近づいてくるのに気づいた伯は、馬に拍車を入れ迎えに出た。双方槍を構えると相手めがけて突進し、塔をも割らんばかりの猛烈な一撃を交わした。ともにその場に釘づけになった。深手を負い、気を失いかけた。口が利けなかった。それほど激しく突かれていた。どちらもすさまじい一撃により傷を負った。ドン・フェルナンド伯は深手を負いつつも、相手が正気に戻りきるまえに再度激しく突きかかった。すると相手はたまらず馬上から地面へ転落。それを目にしたモロの王の家臣らは、武勇の誉れ高き伯を取り囲んで激しく攻め立てた。そのときカスティーリャ戦士らも手をこまねいてはいなかった。猛然と戦い、あるじを救出した。カスティーリャ伯はもとより、以前は怖れおののいていた家臣らも、このときには一騎当千の勇士となっていた。伯の乗馬は深く槍で突かれ、はらわたが蹄《ひづめ》までぶら下がっていた。伯の忠実な愛馬は死ぬ運命にあった。馬を失うのにこれ以上間の悪いときはなかった。退くもならず逃げるもならず。伯の焦りは言いあらわしようがなかった。下馬した伯の周りを家臣が取り囲んだ。伯は盾を胸の前に構え、剣を抜いた。

「キリストよ――と伯は祈った――その尊き力もてわれを助けたまえ。今日のこの日カスティーリャを見放すなかれ」

モロ方は大軍、伯を十重二十重に取り囲んだ。武勇の誉れ高き伯は、徒《かち》立ちながら武勇の士の本領を発揮し、四方八方斬りまくった。伯の忠臣らも遅れず助太刀した。やがて伯は求めていた馬を渡された。伯はおおいに喜び、神に感謝を捧げた。

「主よ、かくも大きなお恵み、感謝してもしきれまい。絶体絶命の窮地にあるわれを、よくぞお助けくださった」

伯はそれまでにもまさる働きをした。羊の群れの中に飛び込んだ狼さながらであった。ここでいったん伯から離れよう。(……)先陣を率いていたドン・グスティオ・ゴンサレスの向かうところ、おびただしい血が流れた。それは泉から湧き出る水のごとき大きな流れとなった。彼はこの荒夷《あらえびす》どもを討って討って討ちまくった。その間モロどもも手をつかねておらず、徒《かち》武者の屍の山を築いていた。おお、両軍、数えきれぬほどの討ち死に! 剣戟の音に山も鳴動した! ドン・ディエーゴ・ライーネスは、二人の兄弟とともにカスティーリャ兵を率いて別方面から攻め、異教徒に大打撃を与えていた。モロ、キリスト教徒、つぎつぎ折り重なって斃れた。一進一退の攻防がまる一日つづいた。勝利への執念はすさまじかった。際立つ働きをしていた者は武運めでたしと満足していたが、中でもドン・フェルナンド伯は圧巻。全身全霊を傾けて戦い、無数の異教徒を討ち取った。

「キリストよ、慈悲深き父よ、われを助けたまえ――と、伯は祈った――今日汝のお力により、キリスト教世界の賛美されんことを!」

伯は口の中も周りも土埃だらけになっていた。「今日は勇め、家臣よ、縁者よ! 勇者たちよ、今日がいかなる日かに思いを致せ！」そう叫んで督戦しようにも、ほとんど言葉を発することができなかった。伯は言った。

「手厳しく攻めよ、わが忠実なる味方の人々よ。卿らは幾たびもアルマンソルのため苦汁をなめた。恨み晴らさんと一心に念じよ。忘れるな、われらはそのためここへきたのだ」

日が沈み宵闇が迫るころになっても勝負はつかなかった。そこで伯が角笛を吹かせると、いっせいに伯の旗のもとへ引きあげてきた。カスティーリャ戦士はじめ十字架のもとに戦う人々は、モロどもを幕舎から叩き出していた。ドン・フェルナンド伯とその一党の騎士団は、おかげでその夜全員が居心地よく過ごした。伯とその一党が奪い取ったのは願ったり叶ったりの寝場所。要るものはすべて揃っていた。彼らは鎧兜のままひと晩じゅう寝ずに過ごした。翌朝、正しき教えを信じぬ者どもは、いくさ支度して野に出てくると、耳を聾する雄叫び、凄まじい喊声をあげた。山も谷も揺れんばかり。かたやドン・フェルナンド伯と麾下のつわものたちは、朝、揃ってミサにあずかったあと、一時課[1]の鐘の刻限、いっせいにいくさ場へ押し出し、野を進んで布陣した。そうして栄光に包まれた使徒聖ヤコブを呼び求めつつ、前日の戦いの続きを開始した。両軍対峙し、やがて矛を交えた。いくさはカスティーリャ人の得意とするところであった。伯の旗を掲げる旗手オルビタは、襲いかかる敵の攻撃に巌のごとく耐えた。勇士ティエリー・ダルデンヌ[2]といえど、旗手たることにおいてこれにまさるものではなかった。（オルビタは現在サン・ペドロ・デ・カルデーニャ修道院に眠っている。神よ、その魂を赦したまえ。）心強き人、人々を教え導くあるじ、気高さの鑑ドン・フェルナンド伯は、片時も手を緩めず異教徒を攻め立てた。そのとき伯は味方をこう励ましていた。

「一同、貧苦を力のもととせよ！」

大蛇《おろち》よりも猛きドン・フェルナンド伯は、灼熱の日輪に煽られるようにおおいなる武勇を発揮。悪しき者どもにかかっていって討ちまくった。そうして正しき教えを信じぬ者どもの屍の山を築いた。ここで、奮闘する伯のもとをいったん離れよう。伯はまさしく空前の武勇の士であった。他の人々へ話を移せば、この興亡のかかった一戦、誰もが死にものぐるいで戦っていた。両軍、激しく矛を交えた。ああ、双方なんと多くが討ち死にしたことか！　やがて日が暮れ、両軍矛を収めた。どちらもそこまで出張ってきた目的を達成できなかった。将兵は傷つき腹を空かせ、天幕へ戻った。過酷な一日を過ごし疲労困憊していた。その日の死傷者は数えきれなかった。夕食を摂り、鎧兜を外さぬまま朝まで寝た。武勲赫々たるドン・フェルナンド伯は、宵の口に一党の騎士を呼び集めた。皆ただちに伯のもとへ馳せ参じた。疲れ傷ついてはいたが、伯の言葉を聴くべく寄り集まった。

「一同――と伯は言った――どうか気力を振り絞ってくれ。いかに苦しくともめげてはならぬ」

伯の激励。三日目のいくさの開始(1)

「一同、どうか気力を振り絞ってくれ。いかに苦しくともめげてはならぬ。明日、第九時(2)までにまちがいなく大きな助けがあらわれる。そうして汝らは勝利を収め、いくさ場をわがものとする。もしも勝とうと思うなら、明朝、日の出まえにいくさ場へ出て、全身全霊を傾け息つく暇も与えず猛烈に攻め立てよ。そうすれば敵はいくさ場を明け渡さざるをえぬ。討ち取られるか、あるいは打ち負かされて、必定われらからは逃れられまい。ひとたび勝ちを得て、敵をいくさ場より追ったらば、逃げる敵のあとを追い、なめた辛酸の恨みを晴らそうではないか。なんの、われら負けはせぬ。そうなるまえに一人残らず死を選ぶであろう、生け捕りにされるのをよしとはすまいゆえ。これが最善の道と信じている」

人々は伯の言葉を聞きおえたあと、各自の宿所へ戻り、寝て心身を休め翌日に備えた。やがて未明になると起き出し、甲冑を身に着けた。モロどももいくさ支度していくさ場にあらわれた。キリスト教戦士らは顔の前で十字を切り、「この敵との戦いに臨むわれらを加護したまえ」と一心に神に祈った。祈り終えると、槍を構え、「[3]聖ヤコブ！」と叫びながらモロどもめがけ突撃を開始。彼らはそれまでの二日間の戦いで疲れきっていたが、戦いをはじめるにあたり前の二回のときより意気は盛んであった。剛勇無双のドン・フェルナン・ゴンサレス伯は、あたるを幸い敵を薙ぎ倒した。すると、しまいには前に立ちはだかろうとする者がいなくなった。味方のほかのつわものらも傍観してはいなかった。槍で突きあう音、柄で叩きあう音、そのようにして振るわれる槍の折れる音は耳を聾せんばかり。それは遥かかなたへまで届いた。各人闘志満々、槍も剣も休むときがなかった。兜は打たれ、打たれた音は響き、剣は砕け、鎖帷子は千切れた。誰もが皆伯から目を離さず、神の使いを守るように彼を守っていた。「カスティーリャ！」と励ます伯の声を聞き、力の湧かぬ者はなかった。その声のたび元気横溢した。誠実なる隊長ドン・グスティオ・ゴンサレスは、敵の先陣を大きく切り裂いた。しかしアフリカの王の一人で剛の者が兜を真っ向一撃。太刀風鋭く振り下ろされた刃は、兜やその下の鎖頭巾、(4)兜下を二つに切り、目のあたりまで達した。この一撃でドン・グスティオは討ち死に。そこで死んで倒れたのは彼一人ではなかった。彼の隊にいた伯の甥も、武勇を誇るあるモロと戦って命を落とした。その男はモロ軍一のつわものであった。このとき、ほかにもキリスト教徒が多数討ち死にした。しかしただ斃れたのではなく、異教徒を数えきれぬほど討ち取り、その武勇伝はのちのちまで語り継がれた。一報がドン・フェルナンド伯のもとへもたらされた——抜きん出た人々が命を落とした、皆衝撃を受け意気阻喪している、もしも伯が駆けつけねば総崩れになってしまう——。それを耳にした伯は、すわ一大事とただちに馬を駆って駆けつけた。着いてみると場は大混乱に陥っていた。伯が駆けつけていなければ、皆生け捕られるか殺されていたに相違ない。伯はただちに敵勢に襲いかかった。追いつかれた者で無事済んだ者は稀であった。伯は叫んだ。

「カスティーリャ伯ここにあり！　奮い立て、カスティーリャのつわものたちよ！　容赦せず猛烈に攻め立てよ、味方の人々よ、者どもよ！」

苦戦していたキリスト戦士らは、そういう伯の姿に、追い込まれていたにもかかわらず恐怖を忘れ去った。あるじの勇姿を見て誰もが勇気百倍、異教徒の軍勢を猛然と攻め返した。心雄々しきカスティーリャ伯は叫びつづけた。

「かかれ、つわものたちよ！　すでに勝ったも同然。今日奮い立たねばいかにしてパンを得る。奮い立てぬぐらいであれば、はじめから生まれてこぬほうが遥かにましだ！」

伯の言葉を聞いて、なお怖れをいだく者のあったためしは知らぬ。伯と行をともにする者に悪心など起こりようがなく、伯と寝食をともにすれば誰もが類いなき忠誠の士となった。少しまえにグスティオ・ゴンサレスを討ち取った男は、伯とだけは遭遇したくなかった。そうできればありがたかった。が、カスティーリャの棟梁とまともに出くわしてしまった。そのアフリカの大王は伯に敵する者はないと聞きおよんでいた。それゆえ逃げられるものなら逃げたかった。しかし伯はその時を与えず襲いかかった。間髪を容れず突進して王の盾を割った。研ぎすまされた穂先がさらに鎧を貫くと、モロの王は死を免れず落馬した。これはアフリカ勢にとって大きな衝撃。それでなくてさえ武勇の誉れ高き伯に、皆さんざん痛めつけられていたのである。百騎あまりが伯へ向かって殺到した。戦いはいっそう激しさを増した。カスティーリャ方の討ち死には四十人以上、そこかしこに空鞍の馬がさまよっていた。ドン・フェルナンド伯にとってこれほど家臣を失ったのは痛恨の極み、カスティーリャの滅亡は避けがたいと本気で信じた。ドン・フェルナンド伯は焦りの色を濃くしていた。いざ負けいくさとなったときに備え死ぬ覚悟を決めていた。天を仰ぎ万物の造り主たる神に願った。眼前にいるかのごとくにこう語りかけた。

「この戦いに武運拙く敗れるのであれば、たとえ落ちのびられようとそれはすまい、これにまさる痛恨事は二つとあるまいゆえ。死に場所を探し、そこに飛び込む覚悟はできている。カスティーリャはあるじを失い、砕け散るであろう。この惨めな罪びとは、このような痛恨の思いを胸に立ち向かってゆく。モロのアルマンソルの虜となってしまいかねぬが、そうなるまえにいっそ死を選ぶほうがまし。主よ、なにゆえわれらにこうまで怒りたまう？　われらに罪あるとてスペインを滅ぼしたまうな。われらのせいでスペインが滅ぶのは人々の目に理不尽と映るであろう。よきキリスト教徒においては類例があるまい。父よ、世のあるじよ、まことの救い主イエスよ、汝はわれへ告げた言葉をなにひとつ叶えたまわなかった。汝はわれに加勢すると約束なさった。汝に背いた覚えはないのに、なにゆえ言葉を違えたまう？主よ、われは汝に見捨てられた。なにかの咎で汝の不興を買ったのだ。主よ、せめてわが伯領をその手にお収めあれ。そうせねば、またたくまに荒らしつくされてしまうであろう。されど、このようにただ見放されて死ぬのはいかにも無念。その前にモロどもにひと泡吹かせてやる所存。傷を負い、疲れてもいるこの身ながら、世の終わりまで語り継がれる勲しを打ち立ててみせよう。もしも汝から大きな恩寵を賜り、アルマンソルへ近づけたなら、なんの生きて逃がしなどするものか。わが命失う恨みをわが手で晴らすつもりだ。このいくさ場で果てた家臣皆のかたきを、今日あるじの手で討つことになる。この伯は彼らと天国でまみえ、おおいなる栄誉を与えるであろう」

二〇　使徒ヤコブの出現と勝利。討ち死にした人々のサン・ペドロ・デ・アルランサ僧院への埋葬

ドン・フェルナンド伯は神に憤懣を吐き出したのち、ひざまずいて祈願した。と、伯を呼ぶ大きな声が響いてきた。

「カスティーリャのフェルナンドよ、今日汝の軍勢は大軍となる」

誰が呼ぶのかと見あげると、頭上に聖使徒の姿があった。使徒は騎馬武者の大軍を率いていた。伯の

目には、どの武者も武具に十字の印をつけていると映った。その軍勢は隊列を整然とととのえると、モロの軍勢めがけ攻めくだってきた。かつてこれほど勇ましい軍勢のあったためしはなく、これを前にモロのアルマンソルとその麾下の軍勢は、なす術なく立ち往生した。彼らはひとつの旗のもと、これほどの大軍が集まっているのを見て戦慄した。恐怖に震えた。それがどこから攻め寄せてきているかも脅威であったが、なにより衝撃を受けたのは各騎が十字の印をつけていること。(1)アルマンソル王は言った。

「信じられぬ。伯めのこの強力な援軍はどこから湧いて出たのだ。今日、伯を殺すか捕らえられると信じて疑わなかった。ところがかえってこちらが伯の軍勢に攻め立てられるとは！」

　あわれキリスト教戦士の面々は疲れ果て、もはや命はないものと諦めきっていたが、使徒の降臨で元気横溢。それまでにないほど活力が漲った。勇気百倍、恐怖は雲散霧消、異教徒どもを討って討って討ちまくった。アフリカ軍はたまらず背を向け、いくさ場から離脱していった。ドン・フェルナンド伯は、敵が命惜しさに背を向けていくさ場から逃げてゆく様を見て、味方ともども靴に拍車を着け、手に鞭を持ち、厳しく追撃しはじめた。彼らはモロ軍を追いつつアルマンソルの間近まで迫った。多くを虜とし、多くを討ち取った。追撃は一日と二晩間断なくつづいた。やがて三日目にアシーナスへ引き返し、討たれた味方を調べてまわったが、累々たる遺体はどれも血まみれで、誰が誰と判別しがたかった。人々は埋葬のため遺体をそれぞれの在所へ運ぼうとした。しかし明徳の人ドン・フェルナンド伯は言った。

「卿らよ、それはよいやり方とは思えぬ。亡骸を運んでどうなるのだ。それは故郷の人々へ深い悲しみを運ぶだけ。死んだ者が生きている者の妨げとなってはならぬ。泣いて死んだ者が帰ってくるわけでもない。この近くによい僧院がある。思うにそこへ埋葬するのが上策。死んだ者らにとってこれほど名誉な場所はあるまい。おのれの埋葬も頼んでいるのだ。死んだのちは遺体をそこへ運んでくれ。あの僧院の格をとりわけ高くするつもりでいる」

一同、伯の考えを諒とし、討ち死にした味方の遺体をそこへ運んでこのうえなく丁重に埋葬。それを終えたのち帰路についた。

二一　レオーンの王国議会——鷹と馬の売却

サンチョ・オルドニェス王は武勇の誉れ高き伯へ書状を送り、こう命じた——王国議会を開くゆえただちに馳せ参じよ、すでに国じゅうから参集している、汝一人がきておらず、そのせいで開けないでいる——。ゆかねばならなかったが、伯はまったく気乗りがしなかった。王の手に接吻するのにとても抵抗があったのである。

「天にましまする主なる神よ、われを助け、カスティーリャをこの軛より脱さしめたまえ」

王とその家臣団は伯を丁重至極に迎えた。武勇の誉れ高き伯を総出で大歓迎。宿所まで送ってゆき、門前で挨拶をして帰った。老いも若きも城市《まち》じゅうが伯の到着を心から喜んでいた。ただ、王妃ひとりはいまいましさを抑えられずにいた。殺しても飽き足らぬほど伯を憎んでいたのである。この王国議会へは数えきれぬほどの人々が参集していたが、伯の到着後、会議はほどなく終了した。武勇の誉れ高き伯が私的に、あるいは公の場で、そのつど的確な意見を述べたためであった。

ドン・フェルナンド伯は羽替[1]わりした鷹を持参していた。それはカスティーリャ一の名鷹であった。また、アルマンソルが乗馬としていた馬も引き連れていた。王はこの鷹と馬に垂涎し、なんとしてもわが物としたく思い、そこで伯に買い取りを申し出た。

「あるじよ、汝に売るわけにはゆかぬ。汝はただ受けとればよい。売るのではなく献上しよう」

王は伯に、もらうわけにゆかぬ、鷹と馬は買い取りたい、もしも売ってくれるなら、その代金として財産から千マルコ渡そうと言った。両者合意に達して取引が行なわれ、代金支払いの期日が定められた。また、もしも期日に遅れれば、例外なく一日ごとに金額が倍になることも。その場で割[2]り符型の契約書が作成され、そこに取り決めの内容があまさず記され、末尾にはこの取引の場に居合わせた全員の名が証人として書かれた。人も羨む名馬を手に入れた王であったが、それから三年後、この取引はとてつもなく高いものとなった。返済金がフランスじゅうの富を総ざらえしても払いきれぬほどの額になり、それによりわがものであったカスティーリャ伯領を失ったのである。議事がすべて終了し、王国議会が解散すると、カスティーリャの一行は揃って帰途についた。（……）

二二　シルエニャ会談とナバーラ王の罠

伯が発つまえ、ドン・サンチョの姉[1]でレオーン王妃である悍婦が、武勇の誉れ高き伯にある約束をした。それは罠だったが、結局は木兎《ずく》引きが木兎に引かれる始末となった。その計略は悪魔がにわかに吹き込んだもの。王妃が伯に縁組みを約束したのである、姪をめあわせいくさを終わらせたい、そうせねば互いの損は計り知れぬと。武勇の誉れ高き伯は願ってもない縁組とうなずき、喜んで話を受けようと即答した。王妃はナバーラへ使いを送った。口述してみせた書状に並んでいたのは偽りの文句。裏では次のように伝えていた。

「われ、ドニャ・テレーサより、汝、ガルシア王へ。われは汝の父である王を亡くした。われの愛してやまぬ人であった。われが汝のかわりに王であったなら、とうにかたきを討っているところだ。しかしいまや好機到来、汝はわが兄の恨みを晴らすことができる。このはかりごとによりあの身の程知らずの伯を虜とし、ふさわしい報いを与えてやるのだ。あの手強いカスティーリャ人を生かしておいてはならぬ」

この縁談を聞いて誰もが、願ってもない組み合わせ、和平への道、その礎になると喜んだ。だが、地獄の煤にまみれた悪魔が企みをめぐらしていたのであった。赴くべき会談の場所が定められた。すなわち双方が合意し、おのおの五人ずつを伴ってシルエニャで寄りあうことになった。そこで互いに話をし、意見を出しあうはずであった。フェルナン・ゴンサレス伯は家臣の中から五人を選んだ。いずれ劣らぬ忠義の士、間然するところなきインファンソン、(2)人並みすぐれた家系に連なる勇者たち。(……)彼らは取り決めを守ってシルエニャへ向けて発った。つまりカスティーリャ伯を含む六人のみでそこへ至ったのであるが、ナバーラ王とナバーラ人は約束を違え、六人ではなく三十人あまりでやってきた。ドン・

フェルナンド伯は王がこうしておおぜい引き連れているのを見て、しまったと臍を噛んだ。「聖母マリアよ、助けたまえ！　はかられた。約束を鵜呑みにして裏切られた！」

伯は吼え、その声は雷霆のごとく轟いた。いわく、「まさに世も末。王たる者のこのような手ひどい裏切りにより、われはかの修道士の予言どおりの目に遭うのだ！」(3)

伯はわが身の非運を呪いつつ、盾や槍を構える余裕もないまま、ある僧院へ逃げ込んで難を避けた。そうしてそこに朝から晩まで籠もって動かなかった。伯の従士が忠臣ぶりを発揮した。正面の壁の中程に窓が切ってあるのに気づくと、僧院へ忍び寄り、玄関をよじのぼって伯らの剣を投げ入れたのである。それが、できる精一杯のことであった。伯に従ってやってきた従士らはあるじを救出できぬと悟ると、皆急いで馬に乗って逃げ、カスティーリャへ急を知らせた。僧院はドン・ガルシア王により厳重に包囲されていた。神聖な場所といえど遠慮会釈なかった。だが少しも王の望んだとおりにはいかなかった。武勇の誉れ高き伯は固く門を閉ざしたのである。はや日は傾き、没しようとしていた。ドン・ガルシア王は使いをやって、降れば死一等を減じよう、誓うゆえそのつもりはないかと伯に質した。伯は身の安全の保障の誓いを受けたあと降った。こうしたたとえようもない理不尽は神の怒りを買い、孔雀の鳴くような声が響いたかと思うと、祭壇が縦に真っ二つに割れた。今日この教会が二つに割れているのは、かつてこのような神変がその中で起こった事実に起因する。思うに世の終わりまでこのままであろう。どうにかしようとしてどうにかできる類いの出来事ではないからである。

しかるのちドン・フェルナンドは鎖をつけられた。そのとき伯はあまりの無念さに気を失ったが、しばらくしてわれに返ると言った。

「世を統べる主よ、なにゆえわれを見捨てたもうたのだ？　主なる神よ、いくさ支度してナバーラ方と会う果報をわれに望みたもうたのなら、これぞ天の恵み、いつくしみと感謝したであろうにこのありさま。汝に見放されたと感じている。もしも汝が地上におわせば面罵するところだ。われはなにをした覚えもなく、見放されるいわれはない。このままでは悲運に泣き、惨めな死を迎えるはめになる。よしんばわれが汝の心に背いたとしても、報いはもう十分与えたはずではないか」

二三　カストロビエホ捕囚

武勇の誉れ高き伯はカストロビエホへ引いていかれた。殺しても飽き足らぬほど憎まれていたせいで手酷い扱いを受けた。ほどを知らぬ人々がほどを知らぬ仕打ちをした。それでもなお家臣らは伯から離れたがらなかった。伯はガルシア王にこう訴えた。

「あの家臣らを捕らえていても無益。われ一人を捕らえていれば、家臣皆を捕らえているも同じ。彼らに構いたもうな。彼らに罪はないのだ」

ドン・ガルシア王は家臣らを解き放った。彼らがカスティーリャへ帰って事情を告げると、かつて聞いたこともないような凶報に誰もが衝撃を受け、気も狂わんばかりになった。そうしてカスティーリャじゅうが嘆き悲しんだ。至るところで喪服や頭巾が引き裂かれた。至るところで額や頰をかきむしる姿が見られた。屈辱の思いがおのおのの心に深く刻まれていた。人々は泣き叫んだ、「われらは運に見放された！」。そうして万物の造り主たる神への憤懣をこれでもかとばかりに言い募った。「神はわれらが艱難辛苦から抜け出るのを欲せず、孫子の代まで奴隷であれと求めたまう。われらカスティーリャ人は神に対して憤懣やるかたない。なにゆえわれらにかくも大きな苦しみを与えたまうのだ。われらはスペインじゅうから憎まれ、カスティーリャはあばら屋同然になってしまった。それでもこの苦しみを前に、万物の造り主たる神に訴えるほかわれら術を知らぬ。万物の造り主たる神はわれらの声に耳を傾けたまうはず。伯のもと、この苦しみから抜け出られると信じていたのに、またもとの木阿弥になってしまったが」

嘆き悲しむカスティーリャの人々からひとまず離れよう。彼らのもとへはいずれまた戻ってくることになる。彼らは寄りあって方策を相談している。こうして鳩首協議させておこう。この人々のことはしっかり心に留めておかねばならぬが、いったん切った伯の話へ戻ろう。伯はカストロビエホで獄に繋がれ、ナバーラ方の厳しい監視下にあった。人がこれほど耐え難い幽囚の日々をしいられたためしはなかった。

二四　ロンバルディア伯とフェルナン・ゴンサレス伯の対面。この異国の貴人による王女の一件のとりなし

伯は曠古のつわものなりとの評判がこの地を覆っていた。伯に会った者はこのうえない果報と喜び、いまだ会わぬ者は会うことを望んだ。ロンバルディアの名を冠するあるとりわけ誉れ高い伯が巡礼を思い立ち、家臣の中から選んで一大随行団を編成、サンティアゴへ向け出発した。巡礼の途上、このロンバルディア伯はカスティーリャ伯の居場所を尋ねた。すると虜となっていることや、いかにしてそのようになったかなど、事実がありていに語られた――カスティーリャは大損害を被っていたので、伯はなんの疑いもなく偽りを信じ込んでしまった。家臣らも罠にかけるつもりなどなく、よかれと思って伯を会見へ案内してゆき、そこであるじを虜にされてしまった。以来まる一年が経つ――。ロンバルディア伯は、どうにかしてカスティーリャ伯と会えぬか、ぜひ会いたい、会えれば自分になにかできぬものかわかるであろう、これほどの人物が獄に繋がれているのは忍びない、と言った。伯はカストロビエホへゆき、門番に多額の礼を渡すと約束して、（……）家臣二人だけを供として彼に会わせてくれぬかと頼んだ。伯は城へ案内され、門が開かれた。両伯は対面が叶ったことを互いにおおいに喜び、長い時間話し込んだ。やがて話をやめて別れたが、ともに滂沱の涙の別れとなった。獄に残ったドン・フェルナンド伯は塗炭の苦しみに逆戻り。くる日もくる日もそれに耐えねばならなかった。神よ、われを苦しみより救いたまえと願わぬときはなかった。かのロンバルディア伯は、別れたあともカスティーリャ伯のこ

とはなおざりにせず、ことの原因となった王女を訪ねた。伯はその王女の夫となるという話だったのである。いざ訪ねてみると目の前にあらわれたのは美しい乙女。この世の花と驚くばかり。伯はさっそく声を潜めて王女と密談した。汝にもの申したいことが山ほどあると言った。

「王女よ——と伯は話しかけた——汝はまこと不幸な人。世の婦人の中で汝ほど不幸な人はおらぬ。カスティーリャじゅうが汝に対し恨み骨髄に徹している、今の途方もない苦境は汝のせいだと。情けもなく深き思慮もない王女よ、汝には善悪いずれのふるまいも可能だ。伯を死の淵より救おうとせねば、カスティーリャは汝のせいで滅ぶ運命にある。汝はこれ以上ないほど異教徒を助けている、なにしろ伯は彼らがまったく手も足も出ないようにしていたのだ。汝ゆえにキリスト教徒は皆意気が萎えかけ、そのぶんモロどもは喜び勇んでいる。汝の評判は地に落ちている。このたびのことで多くの人々に指弾されよう。これが世に知れ渡れば、なにもかも汝のせいにされてしまうであろう。もしも汝があの伯の妻となるなら、なんたる果報者よと世の婦人に羨まれ、スペインじゅうから称えられるのは請け合い。これほど見あげたふるまいをした婦人はあるまい。汝が分別ある人ならばそうするにしくはない。もしもこれまで汝が人に恋したことがなくとも、伯に心惹かれるのは疑いない、皇帝にすら見向きもせず。武勇にかけて、あれにまさるつわものはこの世にない」

やがてロンバルディア伯はいとまを告げ、一行を引き連れてふたたび旅路についた。そうしてサンティアゴをめざし、巡礼の目的を果たした。他方、王女はもっとも信頼する侍女の一人に伝言を託し、ドン・フェルナンド伯のもとへ遣った。ほどなくして侍女は、伯の塗炭の苦しみ、窮状を訴えるその言葉を携えて戻ってきた。王女への返事を携え飛んで帰ってきた侍女は、伯は苦しみに喘いでいたと告げた。「伯の言葉を聞いてとても心が痛んだ。伯は天主に向かって姫を難じている、姫ひとりが自分の死を望んでいる、姫が望みさえすれば自分は逃げられるのだと。あるじよ、腹心としての願い、伯を訪ね、安心させよ。あれほどの人を見捨ててはならぬ。あのまま死なせてしまえば罪は大きい」

それを聞いて王女は侍女に答えた。

「侍女よ、よく聴くがよい。われは幸せではない。伯の災いのいちいちにとても胸が痛む。しかし、やがて時がくれば伯の晴れやかな顔が見られるであろう。われは伯のためあることをしようと思う。彼への強い愛に抗うまい。大死一番、会いにゆくつもり。思いの丈を伝えるのだ」

二五　サンチャ王女による伯の救出

ドニャ・サンチャ王女はすぐさま城へいくと、さすが知勇兼備の人、なんのためらいもなく中へはいった。そして伯の姿を見て心強く感じた。

「王女よ——と、伯は言った——なにゆえここへきたのだ?」

「武勇の誉れ高き伯よ——と、王女は答えた——ここへきたのは愛のまことゆえ。女は愛ゆえに恥も怖れも忘れ、愛する人ゆえに親きょうだいも忘れる。愛する人の喜びこそなににもまさる喜び。伯よ、その耐え難い苦しみはわれへの愛のため。汝はいまだなにも与えぬ者のため、耐え難き苦しみを味わう。

伯よ、嘆くな。おおいに安堵せよ。ここから汝を助け出して苦しみを取り去り、胸を撫でおろしてもらうつもり。今すぐここから出たければ、この手の中に手を置き忠誠と臣従の誓いをせよ、われを捨てて世のほかの女のもとへゆかぬと。ともにミサにあずかり、結婚の祝福を受けよ。もしもそれが嫌なら獄に繋がれたまま死ぬだけ。八方ふさがりとなり、死ぬまでここから出られまい。それに、気の毒な人よ、もしも分別があるなら考えることだ、おのれのあやまちゆえにこれほどの娘を失い、惜しいものか惜しくないものか」

　話を聞いて伯は助かったと喜び、そしてすべてが早く叶わぬものかと心の中で呟いた。

「王女よ――と、伯は答えた――心からの願い。わが妻となれ。われは夫となろう。誓いに背いて汝を裏切る者は天に裏切られよ。正しき教えを信じぬ偽り者の汚名を着て死ぬがよい。頼む、王女よ、どうかどうか口にした言葉を忘れてくれるな」

　そしてドン・フェルナンド伯は、称えるべき言葉をつけ加えた。

「汝が言ったとおりにするつもりであれば、汝がこの世にあるかぎり、誓ってほかに妻は持たぬ。言葉を違えたときは、聖母に言葉を違えられてもかまわぬ」

　こうしたことをすべて誓いあったのち、王女はただちにドン・フェルナンド伯を解放した。

「さあ、ゆこう。準備は万端ととのっている。誉れ高きドン・ガルシア王にみつかってはならぬ」

　フランス街道[1]は諦めざるをえず、左へ逸れて一面に広がる樫の森の中へはいった。ドン・フェルナンド伯は歩くことができず、王女に背負われるようにして進まねばならなかった。夜が終わり朝が訪れるころになると、人目につくまえに、見えてきた木々の密生した山へ向かい、分け入って、そこで夜を待った。

二六　邪な主席司祭(1)

藪の中に潜む二人……。皆様方はこれから神が彼らにいかに厳しい試練を与えたまうか、それをご覧になることになる。狩りに出ていたある邪な主席司祭の猟犬どもが、二人の跡を追ってそこへはいってきたのである。すぐに犬どもは藪の中の二人のいる場所を嗅ぎつけた。伯と王女は絶体絶命の窮地に陥った。他方、邪な坊主は悪巧みを思いついて舌なめずりした。(2)アッコとダミエッタ(3)を手に入れたとしても、これほど喜びはすまい。

首席司祭は二人の姿を見ると言った、このように――

「裏切り者のご両人、もはやこれまで。誉れ高きドン・ガルシア王からは逃げられまいぞ。両人とも無残な死を遂げる運命《さだめ》だ」

伯は手を合わせた。

「後生だ、情けをかけてわれらのことは黙っておいてくれぬか。国境から離れた城市《まち》をカスティーリャでひとつ与え、永代汝の所領としよう」

信心なき偽り者は冷酷無比、猛犬にも劣らぬ情け知らず。

「伯よ、黙っていて欲しければ、王女を貸して思いどおりにさせることだ」このような無体な求めを聞いた伯の無念は、槍の一撃を受けるのにまさるとも劣るまい。伯は言った。

「理不尽にもほどがある。わずかな働きに途方もない見返りを求めるのか」

王女は坊主頭に対して罠をしかけた。

「主席司祭よ、喜んで汝の意に沿おう。そうすればわれら身も伯領も失わぬ。失うぐらいであれば、のちのち三人で罪の償いするほうがまし」

それから王女はつづけた。

「裸になるがよい。服は伯が見ていてくれる。伯が見るに堪えぬものを見ずに済むよう、主席司祭よ、離れた場所にしてくれぬか?」

主席司祭はそれを聞き、涎を垂らしてほくそ笑んだ。この恥知らず、信心皆無の偽り者は、他人相手にうまくやろうとして、かえってしてやられたのであった。

二人で少し離れた場所へいった。主席司祭はすぐに思いが遂げられると信じ、王女を抱こうとした。両手を広げ体を抱きしめにかかった。ドニャ・サンチャ王女はことのほか慎重な人ながら、また比類なく大胆でもあった。相手の髪を掴むといっきに引き倒して言った。

「犬畜生殿よ、思い知れ!」

太い鎖をつけられて歩くのがままならず、王女を救えなかった伯であったが、ここに至って短剣を手にそばへゆき、王女と二人でその悪僧の息の根を止めた。こうして邪な者は果てた（万物の造り主たる神よ、けっして彼に恵みを与えたまうことなかれ)。神意によりラバと衣服と換羽した鷹が、遙かに立派な持ち主のものとなった。ラバはひとまず一日じゅう繋いだままにしておいた。やがて日が暮れ夜が訪れた。二人はすっかり暗くなるを待って、石畳の道を人目を気にせず歩きはじめた。

二七　カスティーリャの人々による棟梁救出の企て——伯との再会

道をゆく二人。めざすカスティーリャは指呼の間。二人から離れ、カスティーリャ人、この剽悍な人々について語ろう。彼らはなにひとつ合意できずにいた。これがよいと誰かが言えば、いや、こちらのほうがと他の者が異を唱える。棟梁なき一党、意見の一致は困難を極めた。生まれながらの知者にして、武勇に秀で忠義の心厚い騎士ヌニョ・ライーネスが口を開いた。彼が述べはじめたのは誰をもうなずかせる卓見であった。

「硬い石で伯に似せて瓜二つの像を作り、これをわれらの棟梁とし、それに皆で誓おうではないか。伯と思って手に接吻するのだ。そうしてそれを車に載せて押し立ててゆこう。武名高き伯への忠義の印に像を棟梁としよう。それに一同で忠誠と臣従を誓おう。像が逃げぬうちはわれらも踏みとどまろう。伯を連れ帰らぬかぎり、二度とふたたびカスティーリャの地は踏むまい。勝手に戻る者は裏切り者と見做そう。カスティーリャの旗を像の手に持たせよう。伯は強き人。ならばわれら、強き棟梁を押し立ててゆくのだ。カスティーリャ伯を迎えにゆこう。しかるのちは皆であちらに居座るか、さもなくばこちらへ伯を連れ戻すか。ぐずぐずするのは名折れの極み。われらはカスティーリャ伯を仰ぎ見てやまぬ。伯の名は日々高まり、われらは名を失ってゆくばかり。伯は孤軍奮闘し、われらはいつまでも手を束ねているかのごとくだ。――ドン・キリストよ、罪深きわれらを赦したまえ。――考えてもみよ、われらがひとりのお方にいかに頼っているか。われらはゆうに三百人、伯はただ一人《いちにん》。されど、伯なくばわれらは木偶の坊になり果ててしまう。名はたちまち潰え去るものだ」

ヌニョ・ライーノが考えを述べおえると、誰もがそれに心底納得した。武名高きインファンソンらが間髪を容れず口々に叫んだ。

「われら一同、同意する。まこと道理に適う考え」

そこで今しがたの意見に従い、伯に似せた瓜二つの像を作った。そうしてそれを、とても頑丈な材木でこしらえた車に載せた。こうして準備をととのえおえると出陣。誰も皆石像に誓い、本物の棟梁同然にそれを護持した。一行はナバーラへ向かう道をとり、一日目の終わりにアルランソンに着いた。翌日この勇者の一団は、誉れことのほか高いあるじを先頭に立て、栄光に輝く旗を掲げてモンテス・デ・オカの険しい山道を踏み越えた。カスティーリャ軍といえばスペインきってのつわもの、常に変わらず精兵揃い。カスティーリャの騎馬武者勢、この艱難辛苦を耐え抜いてきた人々は、やがてベロラドへ達し、(1)そこで二晩目を過ごした。ここでの宿営は予定どおりの行程であった。次の日は未明に行軍を再開。一レグアもゆかぬうち、夜のとばりがあがって明るくなった。一方、王女と連れ立って困難な逃避行をつづけていた伯――。彼らの旗を見やって総毛立った。先にみつけて怖気をふるった王女が、とっさに告げたのであった。

「伯よ、どうすればよい。大きな旗が見える。われには何色か見分けがつかぬ。兄の旗であろうか、それともモロのアルマンソルの旗か」

二人は頭を抱え、立ち往生してしまった。見渡しても森はなく、どこへも逃げ込みようがなかった。二人は焦った。どうすればよいかわからなかった。なにしろどこにも身を隠す場所が見あたらなかったのである。これほど追い込まれた気持ちになったのは生まれて初めて。森に身を隠せるものならそうしたかった。そうできれば、せめて山小屋にでも潜めたであろう。伯は旗を凝視し、何者の一団か見極めようとした。そうして甲冑でキリスト教徒とわかった。また、異教徒でないうえにナバーラ勢でもないとも。伯は知った、あれはカスティーリャの人々、あるじを異国の者どもの手から取り戻しにきたのだと。

「王女よ」と伯は言った。「心配無用。あの人々は争って汝の手に接吻するであろう。あれはわが旗、目に映る甲冑姿のあの人々はわが一党。今日汝をカスティーリャ人の棟梁の妻としよう。汝を迎えて誰もが喜び勇むであろう。老いも若きも、汝の手に接吻しようと列をなすに相違ない。カスティーリャの地で汝に城と領地を与えよう」

不安に思って生きた心地もなかった王女であったが、伯の言葉を聞いて胸を撫でおろし、かつ喜んだ。無事カスティーリャへ着いたと知ったときは、よくぞ導きたもうたと神に感謝を捧げた。人々が伯を出迎えるのに先立って使いが送られ、以下のように告げられた、伯が欣々然と満足げな様子で帰ってきている、王女を連れている、ただ憔悴しきっていると。棟梁の帰還の知らせを聞いたカスティーリャの人々は、それが事実であるのを疑わなかった。皆、手の舞い足の踏むところを知らず。誰もが喜び、神に感謝を捧げた。夢かと思うほどの大きな喜びであった。人々は力の限り駆けに駆けた。そうして遠目に伯と認めると、そばへ駆け寄って抱きしめた。ついで、われもわれもとわが棟梁の妻の手に接吻にゆき、こう言った。

「いまやわれらカスティーリャ人は富める者となった。ドニャ・サンチャ王女よ、汝はよき時に生まれた人。ならばわれら一同、汝を棟梁の妻に迎えよう。汝はわれらを助けた。これほど大きな助けは覚えがない。(……)それがどれほどありがたかったか口で言おうにも言えぬ。(……)汝がおらねば伯を取り戻せなかったのは疑いない。汝は脱しがたい幽囚よりカスティーリャを解き放った。汝がキリスト教世界全体にとっておおいなる救いとなり、モロどもの悪夢となったのは疑いを容れぬ。栄光の玉座にある王者キリストが汝にしかるべく報いたまわんことを」

皆が、そして皆とともに王女も、うれしくてたまらず泣いた。死んで生き返ったも同じと感動した。天にましますを祝福し賛美した。それまでの涙はおおいなる歓喜に変わった。一同打ち揃ってベロラドへ引き返した。それは伯領の端の城市《まち》。急いで腕のよい鍛冶屋が呼ばれ、ドン・フェルナンド伯の鎖が外された。

二八　伯の婚礼

それから二人は一路ブルゴスをめざし、到着後、日を置かず盛大に婚礼を催した。先延ばしせず祝福を受けた。老いも若きも皆歓喜に沸いた。貴族はこぞって的当て(1)に興じ、従士はチェッカーやチェスを楽しんだ。他方、勢子は牛を殺し、多数の楽人がチターやヴィオラを奏でた。それはそれは賑やか、これ以上ないほどの賑やかさ。カスティーリャの人々は、ひとつならぬ二つの祝いごとを行なっていたのであった――ひとつはあるじを取り戻した祝い、もうひとつは二人の婚礼の祝い。

二九　ナバーラ王ガルシアのカスティーリャ侵攻と伯の捕囚

祝いの途中、はじまってまだ一週間と経たぬとき、ドン・フェルナンドへあらたな一報がもたらされた――ガルシア(1)王が雲霞のごとき大軍を率いて向かってきている。ただちに伯は人々にいくさ支度を命じ、ととのうと迎え撃ちに向かった。すなわち伯領の境へ向かい進軍したのである。全軍一丸となって戦わねばならなかった。いくさ場へ着くと迅速に動いて陣形を作った。軍勢の指図は伯の役割。手慣れた務めであった。一方、ナバーラ王も満を持して出陣してきていた。両軍のあいだで激戦が開始された。文書にはこうある。文書は以下のように伝えている。一進一退の攻防が半日あまりつづいた。両軍とも疲れ、戦いに飽きた。が、やがてナバーラ軍が雪辱を果たす寸前となった。カスティーリャ方の多くの将兵を討ち取り、圧倒した。投げ槍や槍で激しく攻め立て、短時間のうちにおびただしい血を流させた。(2)ドン・フェルナンドは味方が劣勢に立たされ、疲れて全体の士気が下がっているのを感じ、激しく叱咤した。

「われらのせいで、今世にある者もやがて生まれくる者らも、今日ことごとく破滅へ至るのだ！ 汝らはこうして務めを擲ってしまうつもりかもしれぬが、われが否でも応でも勇者にしてやろう！ 今日われが死ねば、汝らは生まれてこぬほうがよかったと後悔するはめになる。あるじに死なれて不忠者と知れ渡ることになるのだ！」

人々はこの伯の叱咤を聞き流さず言った。

「この場で枕を並べて討ち死にしようではないか。ドン・フェルナン・ゴンサレス伯にこのていたらくを詰られるのは耐えられぬ。ついぞ犯さぬあやまちをいまさら犯すまい」

退かぬ覚悟を決めた人々は、いくさ場へ戻って突撃を開始。多くの馬から乗り手を奪った。剣戟の音が遥か遠くまで鳴り響いた。名を惜しむ勇者たる伯は、妻の兄が野のただ中にいるのを認めた。伯は槍を握りしめ、彼に対峙して叫んだ。

「一騎打ちでいくさの決着をつけようではないか、(3)義兄《あに》よ」

よく知る敵どうしである二人は、殺気を漲らせ、槍を構え、槍旗を翻して突進。やがて猛烈な勢いで相手の盾を突いた。カスティーリャの棟梁の繰り出した強烈な一撃に、ナバーラ王ガルシアはたまらず落馬した。槍が深々と胸に突き刺さり、穂先が背中から出ていた。ドン・フェルナンド伯はナバーラ王をねじ伏せて捕らえた。ナバーラ方は王を助けられなかった。王はかのブルゴスの城市《まち》へ連行され、到着したのち伯の命により鎖に繋がれた。そのままる十二箇月が経った。このうえなく過酷な虜囚の日々であったが、カスティーリャ側はいかなる捕虜との交換にも頑として応じなかった。彼らが虜囚をつらいものとしたのは異とするに足りぬ。しかし伯夫人には耐え難かった、自身ドン・フェルナンド伯の妻という身ながら、血を分けた兄であり、かつ名君で治世ことのほかめでたかった人を、虜囚の身に置いて苦しめておくなどとは。夫人はついにカスティーリャの人々に話した。簡にして要を得た話しぶりであった。

「カスティーリャの人々よ、王を虜囚の身から解き放とうではないか。今われはナバーラの人々から責められているのだ。われはドン・フェルナンド伯を幽囚から解き放った。しかるに伯は今なにゆえわれに対し、これほど貴族らしからぬふるまいをする？」

伯夫人[1]ドニャ・サンチャ、父親[2]であるナバーラ王の解放をカスティーリャの人々に求める。彼らのとりなしにより、フェルナン・ゴンサレス伯は虜囚の身のその人を、礼を尽くして国へ送り返す

（……）父親が虜囚の身となっていることにひどく心を痛めた伯夫人ドニャ・サンチャは、カスティーリャの人々と話をした。そのとき彼女はこう言った。

「一同、卿らの棟梁である伯はわが父ドン・ガルシア王の虜であった。汝らも知るとおり、それを助け

出したのはわれ。だが、それにより父やナバーラじゅうの人々から激しく責め立てられている。今日のこの苦境をわれのせいと考えているゆえだ。今、伯はわれに対しひどいあやまちを犯している。父を引き渡そうとするどころか、幽囚から解き放ちさえせぬ。それゆえ汝らに頼みたい。賢明に判断し、伯に頼んで欲しい、懇願して欲しいのだ、父をわれに引き渡すようにと。もとより頼みを聞いてくれれば一生恩に着る。これまで卿らへはなにも頼んだことはないはず」

カスティーリャの人々はいかにも承知と答え、ただちに伯のもとへ赴いて言った。

「棟梁よ、汝の賢明さを見込んでの願い、われらの話を聴け。頼む、棟梁よ、どうか聞き入れてもらいたい、ドン・ガルシア王をその姫のドニャ・サンチャへ引き渡すこととし、解き放ちを命じてくれぬか。そうすれば殿はまこと正しい行ないをしたことになり、人がそれを知ればかならずや褒めるであろう、いうまでもないが、われらも棟梁も王女には大恩ある身。そうして、棟梁よ、もしもそうせねばかえって汝のためにはよくあるまい」

人々は懸命に伯を説いた。懸命に道理を説き、恩義を説いた。そうして伝記が以下で述べるようなことを承知させ、行なわせた。すなわち伝記にいわく――そのとき伯は、卿らがよいと考え、望むのであれば、たとえこれ以上のことでも行なうのにやぶさかではないと答えた。伯はただちにドン・ガルシア王の鎖を外させた。それからはフェルナン・ゴンサレス伯、伯夫人ドニャ・サンチャすなわち王の娘、カスティーリャの貴族一同総出でドン・ガルシア王を下にも置かず歓待。手厚くもてなした。やがて伯は王やその家臣らに衣服、馬その他必要なものを十分に与え、国へ帰した。

王は帰国後エステリャへ向かった。そして国じゅうの貴族へ使いを送り、同地で御前会議を開いた。集まった人々を前に王は言った。

「聴け。皆も知るとおり、余はフェルナン・ゴンサレス伯に辱めを受けた。わが恥辱は汝らの恥辱。よく承知しておくがよい、われにとっては恥辱を晴らすか、さもなくば死ぬ（……）」

レオーン王ドン・サンチョ、モロ軍に国を侵されて城市《まち》を囲まれ、フェルナン・ゴンサレス伯に救援を求める

こうしたことのあと、レオーン王ドン・サンチョがフェルナン・ゴンサレス伯へ使者を送り、雲霞のごとき大軍を率いたコルドバ王アブデラマン(1)に国を侵されていると伝え、助勢を頼むと矢の催促をした。使者の口上を聞いたフェルナン・ゴンサレス伯は、一刻も早く駆けつけようと、いつもの手勢の騎馬軍団を率いて急行した。同時に使者を伯領の四方へ送り、書面や口上で、その場にいなかったほかの騎馬武者全員に対しあとにつづけと命じた。レオーン王は伯の顔を見るとそれはそれは喜び、大歓迎した。よくぞ遅れず駆けつけてくれたと感激したのであった。一週間後、伯の軍勢が勢揃いした。このあと衆議一決、三日後に野に打って出てモロ軍に決戦を挑むことになった。籠城より上策と判断したためで（……）

三〇　コルドバのモロ王がティエーラ・デ・カンポスを略奪。そのあとフェルナン・ゴンサレス伯がモロ軍を追いまくり、略奪されたものを奪い返す

伯が大騎馬軍団を率いて駆けつけたとの報がモロ方へ届いた。コルドバのモロ王は、すぐその日のうちに城市《まち》の囲みを解いて矛先を転じた。陣をたたみ、サアグンを囲みに向かったのであった。そうしてティエーラ・デ・カンポス一帯を隈なく駆け、略奪してまわった。その報に接した伯は、手勢を残らず引き連れて出陣することを決意。一騎当千のつわもの揃いであったレオーン勢も、伯を守護すべくともに出陣しようとした。が、伯はそれを望まず引き返させた。レオーンの人々はこれを深く恨んだ。ドン・フェルナンド伯がすべての手勢とともにサアグンへ着いてみると、城市はすでに包囲されていた。伯は激しく敵に襲いかかり、猛烈に攻め立てた。これにより城市の囲みはその日のうちに破れた。ティエーラ・デ・カンポスじゅうが荒らされ略奪されていた。あまたの人々が捕らえられ連れ去られようとしていた。加えて牛馬その他の家畜も無数に、数えきれぬほど奪われようとしていた。阿鼻叫喚すさまじく、祖父母、親、子、皆捕らえられ、母親は膝の子もろとも、父親は子もろとも殺された。モロ軍は莫大な分捕りに喜び満足していたものの、進むのもままならぬほど疲労困憊していたせいで、武勇の誉れ高き伯に容易に追いつかれてしまった。迫りくる伯の姿を前に、兵卒の端に至るまで激しく動揺した。伯は獲物に襲いかかる荒鷲さながら。わずかな余裕も与えず電光石火攻め入った。モロ勢は「カスティーリャ！」という喊声を聞いて動揺した、コルドバへ飛んで帰れるものなら飛んで帰りたいと。分捕ったも

のは、たとえ手放しがたくともその場に捨ててゆくほかなかった。先んじて逃げおおせた者は幸運と感じた。その点あまり運に恵まれなかったコルドバ王は、ようやっと逃げきったときムハンマドに感謝を捧げた。神算鬼謀の人、知恵に秀でたドン・フェルナンド伯は異教徒に大鉄槌をくだした。彼らに襲いかかり思うさま討ち取った。奪ったものもなにひとつ持ち帰らせなかった。だが——討ち取った者ばかりは無理ながら——生け捕りにした者には全員帰国を許してやった。モロどもは口々に言った。

「フェルナン・ゴンサレス、神が汝を王となしたまわんことを！」

ドン・フェルナンド伯は奪われたものをそれぞれの持ち主へ返してやった。伯とその軍勢はまこと輝かしい遠征を行なった。武勇の誉れ高き伯はこのあとレオーンへ帰還した。

三一　伯に対するレオーン人の敵意。伯による鷹と馬の代金の請求

帰ってみるとレオーン人は憤懣やるかたない様子であった。伯に同行を拒まれたのを根に持っていたのである。レオーン人とカスティーリャ人は口を極めて罵りあった。そのとき悪魔どもが彼らを支配しようとしていたのは疑いなかった。ナバーラの人であるレオーン王妃は、殺しても飽き足らぬほどカスティーリャ人を憎んでいた。弟を殺され恨み骨髄に徹していて、カスティーリャ人の命を奪うことのみをひたすら念じていたのである。王妃はカスティーリャ人に屈辱を与えようとの執念に燃え、レオーン人に彼らとの戦いをけしかけた。できることなら弟の恨みを晴らしたかったのだが、これぱかりは誰も

王妃を責められまい。王妃は双方に十分火が点いたのを見てとるとほくそ笑んだ。悪魔が企みの大きな大きな布を織りあげていた。しかし誉れ高き王によって争いは抑えられた。レオーン人とカスティーリャ人は相互に相手から激しく罵られ、皆互いに挑み挑まれていたのであったが。やがてカスティーリャ人は本拠地へ引き揚げ、このあと二年のあいだ御前会議へ出向かなかった。その一方で、武勇の誉れ高き伯はレオーンへ使者を送り、未払いの代金を請求した。ドン・サンチョ王の返答はこうであった。

「わが近習らが徴税からまだ戻らぬ。戻りしだい真っ先に伯に支払うつもりでいる」

使者は伯のもとへ帰って報告した——喜んで支払いたいところだが、しかしいまだ税が納入されておらぬゆえ遅れてしまっているのだとの王の返答——。伯は支払いが大幅に遅れると聞き、わが意を得たりと喜んだ。望みのものが手にはいると読んだのであった。というのも、支払いが遅れればそれだけ多く受け取れるため、期日が過ぎるのは大歓迎だったのである。他方、誉れ高きサンチョ・オルドニェス王は悠々然とかまえていた。さて、期日がきてから三年が過ぎた。その間、返済金は莫大な額にふくれあがっていた、たとえヨーロッパじゅうの人間が束になっても返せまいほどに。ここでサンチョ・オルドニェス王から離れよう。やがて王は武勇の誉れ高き伯へ返済金を送るが、ドン・フェルナンド伯は受け取りを拒み、どういう約束になっていたか伝えることになる。

三二　ナバーラ王ガルシアの捲土重来。バルピレの戦い

こうしたあれこれはひとまずおいて、ナバーラへ戻ろう。依然ナバーラ人から目を離すわけにゆかぬ。文書で読むところに従い、いったん話を切った場所、エステリャからまた語りはじめよう。

ナバーラ王は宮廷にあった。（……）群臣を前に、ドン・フェルナンド伯から無体な扱いを受けたと憤懣やるかたなかった。王は言った、無礼者の伯めにさんざん無体な目にあわされた、それをこのままにしておいてなるものか、彼に対して望むものはほかにない、恨みを晴らすか死ぬかだと。

王は全軍を率いてエステリャを進発し、カスティーリャへ侵入すると略奪をはじめた、荒らしまわりだした。そのとき伯はレオーンへ出向いていて、防戦する者がいなかった。ナバーラ王はブルエバ一帯、ピエドラ・ラダ一帯を荒らし、うるわしき土地と評判の高いモンテス・デ・オカ、小麦が豊富に蓄えられたウビエルナ川流域を荒らしまわったあげく、ブルゴスの城門の前に陣を張った。連れ去れるものなら伯夫人を連れ去り、伯をあざ笑いたかった。だが夫人は（……）、そしてわが身をよく守った。（……）ガルシア王は伯領を荒らしまわって数多くの物、数多くの家畜を奪った。こうして山のような戦利品を携えて国へ帰還した。しかし、ほどなく王は大きな代償を払わざるをえなくなる。

ドン・フェルナンド伯がカスティーリャへ戻ってみると、領国は荒らされ略奪されたあと。人も家畜も多数連れ去られていた。（……）ドン・フェルナンドはただちに使者を送って厳しく迫った、持ち去ったものを返さねばナバーラへ攻め入って家畜を奪い返すつもりでいる、そのとき誰か前に立ちはだか

れる者があるか見させてもらおうと。使者はガルシア王のもとへゆき、しかるべく役目を果たした。そのときの王の返答は、びた一文返すものか、かかってくるというなら望むところだ、というものであった。どちらも迅速に行動し、大至急軍勢を集めた。双方とも大軍が集結。やがて王とドン・フェルナンドは互いを求めて出陣した。両軍はある深い谷で対峙した。そこは兎のよい狩り場、臙脂の染料の材料となる貝殻虫の宝庫。谷底を白波立つエブロの奔湍激流が貫いていた。今日そこはバルピエレと呼ばれる場所だが、これは当時も同じであった。王と伯はそこで相対し、互いに相手に向かって進撃した。こうして激しい野戦が開始された。倒すか倒されるか乾坤一擲の大勝負。ために血で血を洗う熾烈きわまりない戦いとなった。伯も王も死力を尽くした。両軍とも力の限り戦った。凄まじい攻防であったが、それより遥かに凄まじかったのは剣戟の音。人の叫び声も聞こえまいというほど。もし聞こえたとすれば、耳をつんざく雷鳴並みの声の持ち主であったろう。個々の声はもとより、大喊声すらかき消されていたにちがいなかった。渾身の力を込め、岩も砕けよとばかりふるわれる槍や剣。互いに力を振り絞った。いたるところで人が地面に突き落とされ、二度と立ちあがらなかった。血が幾筋もの川となって流れ、大地を広く覆った。ナバーラの騎馬武者はつわもの揃い。いついかなるときであれ、なるほど勇者と人もうなずく誇り高き戦士の中の戦士。しかし伯の前に立てばことごとくその餌食となった。この強さは天の賜物。伯は武勇の誉れ高く無敵であった。(……)

レオーン王が伯へ使者を送り、御前会議へくるか伯領を返上するかの二者択一を迫る

このレオーン王ドン・サンチョの治世となって七年が過ぎた。これは九七一年(1)にあたる。またこの年は主の受肉から九三一年目、ローマ皇帝ハインリッヒの治世の十六年目であった。

前述のように、フェルナン・ゴンサレス伯はドン・ガルシア王を破って伯領へ凱旋した。その伯のもとへレオーン王から書状が届き、そこには御前会議へくるか、さもなくば伯領を返上せよとあった。王の送ってきた書状を読んだ伯は使者を送り、カスティーリャじゅうのリコ・オンブレその他の貴族を召集。集まってきた人々を前に次のように述べた。

「一党の人々よ、一族の面々よ、われは一同の地生えのあるじ。あるじに進言するのは忠臣の務め。ひとつ意見を聞かせてもらいたい。レオーン王から書状が届き、そこで伯領を返上せよといってきた。ならば返上してもかまわぬ。無理にわがものとしておくのは正しくあるまいし、仮にそうしたとなれば王はよい口実を得て、われのみならず孫子までも誇るに相違ない。それにわれは土地を横領するような男ではない。そもそものような悪事などせぬのがカスティーリャの流儀。もしもわれらがレオーン王から土地を横領したとの評判がスペインじゅうで立ったなら、そのせいで、これまで打ち立ててきた勲しはことごとく水泡に帰してしまうであろう。なぜなら、たとえ人間、百の善を行なおうと、のちにただ一度でもあやまてば、以前の百の善は語られず、そのただひとつの悪を責められるはめになるからだ。これはひとえに妬み心のなせるわざ。およそこの世に生まれた者で、他人を見る目に偏りのない者はな

い。ゆえに人はときに大悪を善と言い、善を大悪と言うのだ。艱難辛苦に耐え、天の思し召しで思いもよらず得たこの果報、こうして失えばわれらのこれまでの苦労、なにもかもが水の泡となるであろう。常に忠義を誇りとしてきたわれら、これからも永劫それを貫かねばならぬ。それゆえわれが御前会議へ出向くことにつき、一同の賛同が得られればそうしようと思う。出向けばわれらは謗られまい。一党の人々よ、家臣たちよ、面々は今われが述べた胸の内を聞いた。これにまさる考えがあれば、どうか聞かせてもらいたい、われがあやまてば一同の大きな罪となるのゆえ。

あるじにとってなによりありがたいのは、よい進言をしてくれる家臣。いくさ働きのよい者より遥かに役に立つからだ。なにせ物事のなるならぬは進言しだい。あるじは折に触れよく意見を聞いて、誰かの掘った落とし穴にはまらぬよう努めねばならぬ。ただしあやまった進言に耳を貸せば、いかにもがこうともはや取り返しのつかぬ大きなあやまちを犯しかねぬ。よき進言持つ者はあるじに対し、怖じず恐れず事実ありのまま、あるいは正しいと信じることを言わねばならぬ。だが中には進言するどころか阿諛追従を常として、あるじが喜びそうだと思うこと、誰もが最善と口を揃えることのほかなにひとつ言おうとせぬ者、言えぬ者がある。このような輩はこれにより途方もない罪を犯すのを免れぬ、なぜなら立派な人物が悪しき進言に乗せられ、転落する場合があるからだ。だがあるじによき進言をしたければ、まずは物事全体をありのままに見ねばならぬ。あるいは、それがとどのつまりどこへゆきつくかを考えねばならぬ。加えて党派心に捕らわれておりはせぬかとも、心の内で用心せねばならぬ。さらには怖れにも気後れにも、それがいかに強かろうと敵意や好悪の情にも、物にもなにかの約束にも屈してはならぬ、あるじに正しい進言をしたく思えば。いちいちこうして語ってみせるのは、皆がせっかく得ている名を損なう始末となってはならぬゆえ。物事をしくじり、失うに至った名を取り戻すのは至難のわざ。一同よ、忠義を忘れぬのはとりわけたいせつ。たとえ肉体が消え去っても犯した悪事は未来永劫消え去らず、さらには子々孫々に至るまで、そのまったくありがたからぬ遺産を受け継ぐはめになる。

われは面々が正しくふるまい、あやまちに陥らぬ道を詳らかに示した。それというのもほどなく面々が苦境に陥り、知勇を発揮せねばならぬ日がやがてくる、それがこの目にはっきり見えるからだ。卿らが知るように、われは王に蛇蝎のごとく嫌われている。それゆえわれは虜とされるのを、あるいは責め苛まれるのを万にひとつも免れまい。卿らがいかにしてわれを救うか、いかなる知恵を発揮して助け出してくれるか、かの地にあって見届けるつもりだ。言っておくが、御前会議へ赴かねば軍勢を差し向けられても不思議はない。だが卿ら一同もよく知るとおり、罪ある者が戦うのは禁物。なにせ天佑神助を得られぬゆえ。それに、われが道に背いたせいでのちのち一族が誇りを受けるぐらいであれば、死ぬか虜となったほうがまだましだ。卿ら一同が諒とするならこのようにしたく思う。ただちに発つつもりだ。わが子ガルシアのことはよろしく頼む」

これだけのことを言うと、伯は人々に別れを告げて旅立った。供に連れるのはわずかに七騎。やがてレオーンへ着いたものの出迎える者はなく、伯はこれを悪い前兆と感じた。翌日、伯は王宮へ赴き、王の手に接吻しようとしたが、王はそれを許さず言った。

「下がれ、伯よ。無礼千万、なにゆえまる三年も御前会議へ出てこなかったのだ？　おまけにわが手から伯領を奪い取った。ならば軍勢を差し向けられても文句は言えまい。これをのけてもわが意に染まぬふるまい、道に外れた所業に幾たびもおよび、しかも一度たりと償わぬ。この借り、利息をつけて返さずに、この場を去れる望みは万に一つもないと思え。だがわれへの無礼の数々、御前会議の指示に従い償うと申すなら、しかるべき保証人を立てることだ」

王の言葉が終わると伯は答えた。分別も知恵もすばらしく備わった人の言葉であったが、このときばかりは少しも役に立たなかった。次のように述べたのだったが――

「陛下、汝はわれが土地を奪ったと詰った。身に覚えのないことだ。そもそものような所業、われが住まう土地の流儀にあらず。なにせわれは忠義、ふるまい、なんら欠けるところない者と自負している。ところがさきにはレオーンの人々から耐え難い辱めを受けて帰った。御前会議へ参上しなかったのはそのためだ。とはいえ、たとえ伯領をわがものとしても、道に外れたことにはなるまい、しかるべきわけがあるのゆえ。なにせ陛下はまる三年もわが財をとりあげたままではないか。いかなる約束を交わしたかは覚えているはず。それについて陛下と二人で作った証文もある。そこには、期日までに代金を渡さねば日ごと額が倍になると定めてある。わが財の代金につき、証文どおりの支払いを保証するための人を立てよ。こちらも同様に誰かを立て、われが御前会議の指示に服し、汝がわれに持つ不満が残らず解消するのを保証してもらおう」

王は伯に激怒し、その場で捕らえさせて鎖に繋がせた。

フェルナン・ゴンサレス伯の脱出

伯が虜となったことを知ったカスティーリャの人々は大きな衝撃を受け、そのため、あたかも伯が死んで眼前に横たわっているかのごとく嘆き悲しんだ。伯夫人のドニャ・サンチャもまた、知らせを聞くと気が遠くなって床にくずおれ、その日長い時間死人のように横たわっていた。後刻正気に返った夫人に人々は言った。

「夫人よ、泣き喚いてどうなるのだ。泣き喚いて、伯のため、われらのため、なにになる。それより皆で、なにか伯を取り戻す方策を考えるほうが先、力ずくであれ、策を用いるのであれ、なにによるのであれ」

なるほどそのとおりということになり、そこで伯を救い出す方策について熱心に話しあった。その際おのおのよいと思う考えを述べたが、それでも依然、首尾よくことをなし遂げるための妙案は浮かばなかった。なにかを望むとき、人の心はそれを果たす道がみつかるまでかたときも静まらず、どうすべきか考えつづける。こうして難しいこともやがては容易に行なえるようになる。一念岩をも通すからである。棟梁たる伯を、虜囚の身から助け出したいと強く願っていたカスティーリャの人々は、これ以上ないと思える策を思いつくに至った。やがて凛々しい騎馬武者姿となった五百騎が集結。伯夫人と行をともにし、伯の救出を試みることを全員でありがたい福音書に誓った。こうして誓いを済ませたあとカスティーリャを進発。夜行軍であった。また、人に見られたりみつかったりせぬよう、街道は使わずそれから離れた山や谷を進んだ。やがてマンシリャ・デル・カミーノへ至り、それを右に見て通り過ぎソモーサへ登ると、顔前に広がるのは鬱蒼とした森。軍勢はそこを夜営地とした。

ドニャ・サンチャ伯夫人は人々をそこに留まらせ、みずからは首から小さな籠を下げ、杖を手に巡礼姿となって、騎馬武者二人だけを伴いレオーンへ向かった。夫人は王にサンティアゴ巡礼[1]の途中と言い送るとともに、伯との面会の許しを願い出た。王は人を差し向けて喜んで許すと返答し、みずからおおぜいの騎馬武者を引き連れ、たっぷり一レグアも城市《まち》から出てきて迎えた。それから揃って城市へ引き返したあと、王は住まいへ戻り、夫人は伯に会いにいった。夫人は伯を見ると駆け寄って抱擁し、滂沱と涙を流した。そのとき伯は慰めて言った、悲しむな、艱難辛苦はまさに神が人に与えたまうもの、王や貴族がこのような目に遭うのは珍しくないのだ、と。後刻、夫人は王のもとへ人を遣わし、足を縛られた馬はどうあがいてもうまく子はなせぬと訴え、汝を賢明にして情けある人と見込んでのせつなる願い、伯の鎖を外させよと伝えた。すると王は「なるほどそれは道理」とうなずき、鎖を外すようその場で命じた。

そののち伯夫妻は同衾して夜通し愛しあった。また、そのとき二人のなすべきことについてじっくり語りあい、天のお導きを得られれば、事前の目論見に従ってあれこれを、これこれこういう具合に取り運ぼうと決めた。夫人は朝まだき、朝課[2]の時刻に起き出すと、伯に自分の服を一分の隙もなく着せた。このように姿を変えた伯は、婦人のふりをして市門へ向かった。そばに付き添う伯夫人はなるだけ、できるだけ正体がわからぬようにした。門に着くと夫人は番人に開門を求めた。番人は答えた。

「婦人よ、そうであれば、まずは王からの指示をもらわねば」

それを聞いて夫人は言った。

「頼む、門番よ、われがここで足止めされ、このあと一日の旅程をまっとうできなくなったところで、汝に一文の得もないではないか」

門番は、相手は婦人で、かつその本人が外へ出るものと思って門を開いた。ところが出たのは伯。夫人は番人の目を避け、門の影に隠れて中に残ったので、最後まで伯は気づかれなかった。

門を出た伯は別れの挨拶はもとより、いかなる言葉も発しなかった。ひょっとして声で気づかれ、そのせいで自分と夫人の企てに支障が出るのを防ぐためであった。それから伯は夫人の指示どおり、ある家の玄関へまっすぐ向かった。そこでは家臣であるあの二人の騎馬武者が、馬を一頭用意して待っていた。伯はそこまでくると、ただちにその用意の馬にまたがった。三人は進みはじめ、万が一にも気づかれぬよう用心しながら城市を出ると、あとは一路軍勢の留まっている地点をめざし、ひたすら駆けた。ソモーサへ至ると、例の人々が待ち受けるあの森へ向かった。やがて一同の姿が望見されたとき、脱出してきた場所が場所なだけに、伯は心の底から安堵の吐息を漏らした。


伯の逃亡を知った王がいかに伯夫人に対したか

ドン・サンチョ王は伯の逃亡と、そのため夫人がいかなる手を用いたかを聞いて、国を失ったにも等しい衝撃を受けた。だが、夫人に制裁を加えようとは考えなかった。王は頃合いを見計らって、夫人が夫と一夜を明かした宿所へ彼女を訪ねていった。そしてそこで夫人と膝を交えて話そうと、ともに椅子に掛けた。王は伯の逃亡について夫人に尋ねて言った、なにゆえこのようなだいそれた真似をしたのか、伯をここから逃がすなどとは、と。伯夫人は答えて言った。

「王よ、伯が苦しみに喘いでいるのを見かねたゆえ、覚悟を決めてここから逃がしたのだ。それにわれにとって、首尾よくゆく見込みがあればなすべきことでもあったのだ。加えて、汝に無礼を働いたとはいえ、悪しきことをしたとは少しも思っておらぬ。われは王女であり、ことのほかやんごとなき人の妻でもある。あるじよ、われに対してはよき主人、よき王としてふるまえ。無体はするな。われは汝の子らと血の繋がりとりわけ濃き者にて、わが恥辱は汝の大きな傷ともなろうかと。汝は博学明智の人、最善の道を選べ。人の誇りを受けぬよう心せよ。正しきふるまいしたゆえに、悪しき目に遭うのは理不尽」

伯夫人が言いおえると、ドン・サンチョ王は次のように答えた。

「伯夫人よ、汝はあっぱれな働きをした。貞女の鑑というにふさわしい。汝の働きは世々語り継がれてゆくであろう。わが家臣に命じ、総出で汝の供をさせよう。伯の居場所まで送らせ、汝が今晩伯と過ごせるようはからおう」

レオーンの人々は王命に従い、このうえなくやんごとなき婦人に対するにふさわしく、丁重しごくに伯夫人を送っていった。伯は妻の姿を見ておおいに喜び、これぞ天の恵みと感謝を捧げた。こうして伯は軍勢を引き連れ、夫人とともに伯領へ帰還した。

フェルナン・ゴンサレス伯が使者を送って代金を請求し、王はそれにかえて伯領を譲渡する

カスティーリャ伯の位に就いてからというもの、フェルナン・ゴンサレス伯は席の暖まる暇もなかった。モロ勢やモロの諸王、キリスト教徒の王らに平穏をかき乱されたのである。このたびも今述べたようなことがあったが、その後レオーン王ドン・サンチョへ使者を送って次のように伝えた、汝はわれから買った馬と鷹につき負債がある、これを返済せよ、さもなくばなんらかの抵当《かた》を出してもらわねばなるまい、と。ドン・サンチョ王は伯の納得のゆく返答を与えなかった。そこで伯は全軍を召集し、集まってきたところで出陣してレオーン王国へ攻め入ると、各地を荒らしまわって人や家畜を多数連れ去った。それを知ったドン・サンチョ王は、宮宰に巨額の金を持たせ、伯のもとへいってそっくり渡してくるよう命じた。あわせて、思うにあのような借財に対し、あのような返済はしかるべき形ではあるまいゆえ、わが王国から持ち去ったものを残らず返すよう求めよ、とも。宮宰は伯のもとへいって支払いを行なおうとした。しかし伯とともに計算してみたところ、一日ごとに返済金は倍という取り決めにより、それが膨大な額にのぼることが判明した、もはやスペインじゅうの人々が束になっても返しきれぬほどであると。それほど途方もなく膨れあがっていたのであった。宮宰はむなしく帰るほかなかった。

報告を聞いた王は、こうした事態を前に立ち往生してしまった。そのとき、どこを見まわしてもよい知恵を貸してくれる者はなかった。以前の契約をもう一度結び直せるものなら、喜んでそうしたであろう。あの契約のせいで国を失いかねぬと怖れたのであった。契約が深刻な事態を招来、負債がいかにし

ても返しきれまいほど巨額になっているのを知った王は、家臣らと相談し、その結果負債にかえて伯領を譲渡するということで意見がまとまった。王自身も後継の代々の王も、あの伯領からそれほど巨額な収益は見込めまいし、また伯領の人々との争いも絶えまいというのが理由であった。カスティーリャ戦士とはそう思わせるほど誉れ高き勇者であり、かつ権利については一歩半歩も譲らぬ人々であった。この申し出が伯に対してなされ、王は負債にかえて伯領を差し出した。伯はそれを願ってもない話と考え、喜んで受けた。加えてこの取引により伯は安寧を手に入れた。深刻な外圧とは無縁になったと悟ったし、また律法の王すなわち教皇を除き、もはやこの世の誰にも臣従せずに済むであろうゆえであった。

ここに語られたようなしだいで、カスティーリャの人々は圧迫から隷従から、レオーン王国やレオーン人の軛から脱した。

わがシッド(1)の歌

[(訳者注) 今日まで伝わっている作品の唯一の写本は、冒頭五十行ほどが欠落していると推定されるが、一三〇〇年ごろ編纂された『カスティーリャ年代記』には、それを散文化したと思しい次の一節がある]

物語にいわく——シッドは親しい人々や一族郎党を残らず呼び集めると、九日以内に国を出よとの王命が下ったと告げ、そして申しました。

「そこで、そなたらのうち、誰がわたしと行をともにする覚悟があるか知りたい。ともにゆこうと申すなら、神、これを多としたまわんことを。もし国に残りたければ、それはそれでかまわぬ」

するとドン(2)・アルバル(3)・ファネスが申しました。これはシッドの従兄弟。

「シッド、われら一同、殿につき従ってまいり苦楽をともにする所存。生きて無事でいるかぎり、けっしておそばを離れませぬ。殿のため、ラバも馬も、金も衣服も惜しみませぬ。まことの味方、忠義の臣として、常に変わらずお仕えする覚悟」

すると一同はアルバル・ファネスの言葉に口々に賛同。ミオ(4)・シッドはよくぞ言ってくれたと深く感謝いたしました。

財産をまとめ、一党を引き連れてビバールを立ち去るシッド。ブルゴスへ向かうよう指示いたしました。シッドの目に、ものもなく住む人もいなくなった屋敷、鷹のおらぬ止まり木、長椅子の置かれぬ玄関が映ると……

第一歌

シッドは無言で血の涙を流しながら頭《こうべ》をめぐらし、館を見ました。目に映るのは、錠が取り去られ扉があいたままの玄関。また、空しくたたずむ衣文掛けも……。そこには毛皮のチュニックもマントも掛かっておらず、換羽[1]を終えた隼も大鷹も止まっておりません。ミオ・シッドは断腸の思いに溜め息をつきましたが、やがて悲しみをぐっとこらえ、毅然とした声で申しました。

「ありがたや主よ、天にましますく父よ！　こうして邪な敵どもの術中にはまってしまうとは！」

それから一行は手綱を緩め、馬に拍車をあてました。ビバールの境を出るとき、一羽[2]の鴉が右手にあらわれました。ブルゴスへはいるとき鴉は左手に――。ミオ・シッドは肩[3]をすくめ、頭を振って、

「めでたいな、アルバル・ファネス。われらは追放されたぞ！」

ミオ・シッド＝ルイ[4]・ディアスはブルゴスの城市《まち》へはいりました。六十騎が従っておりました。シッドを見ようと皆出てまいります。ブルゴスの民がつぎつぎと窓辺に立ちます。誰もが深い悲しみにはらはらと涙を落としながら、異口同音に呟いておりました。

「ああ、よいあるじに恵まれれば、どれほどよい家臣になられることか！」

常であれば誰もが喜んで迎え入れるところ。けれど今はその勇気のある者はございません。それだけ

ドン・[5]アルフォンソ王の怒りはただならなかった。前日、正式な封印のある王の書状が厳重な警護のもとブルゴスへ届き、そこにはこう記してありました——ミオ・シッド＝ルイ・ディアスに宿を貸すべからず、背いた者は財産没収のうえ両眼をくり抜き、なおそのうえ身も魂も失うであろう、以上まことの言葉と心得るべし——。誰もが深く心を痛めておりましたが、言葉をかける勇気のある者はなく、ミオ・シッドからつぎつぎと姿を隠してゆきます。[6]カンペアドルは定宿へ向かいました。しかしきてみると扉は固く閉じられております。アルフォンソ王を怖れてそうしたのでございました、押し破られでもせぬかぎり開くまいと。ミオ・シッドの家臣らが呼ばわっても中から返事は返ってまいりません。ミオ・シッドは馬を進めて扉の近くへ寄り、鐙から足を抜いて、どんと蹴りました。固く閉じられた扉は、やはりびくともいたしません。そのとき九つばかりの娘が前にきて、

「[7]よき星のめぐりのもと剣を帯びしカンペアドル！　王様がお禁じになったのです。ゆうべ、正式な封印のある王様のお手紙が厳重に守られて届きました。扉を開いて殿様を中へお入れするなど、とてもできぬこと。もしそれをすれば家も財産も失ってしまいます。そのうえ顔からは二つの目までも。シッド、わたしたちを酷い目に遭わせても、なんの手柄にもなりません。けれど、どうか神様が尊いお力を惜しまず発揮なさり、殿様をご加護くださいますよう！」

　娘はこれだけ言うと、わが家へ帰ってゆきました。

　王からなにも期待できないと悟ったシッドは、扉の前を離れてブルゴスの城市《まち》を進みました。そして、サンタ・マリア大聖堂へ着くと下馬し、ひざまずいて一心に祈願。祈願を終えるとまたただちに馬に乗り、

城市の門を出てアルランソン川を渡りました。そうして城市の近くの石の河原で野営の支度。天幕を立てさせ馬をおりました。ミオ・シッド＝ルイ・ディアス＝よき星のめぐりのもと剣を帯びし人は、いまや誰一人宿を貸す者もなく、石の河原に身を横たえねばならぬ身でございます、忠臣たちに囲まれながらも。まるで森の中にいるかのごとく、こうして夜を過ごします。おまけにブルゴスの城市で食べものを買うことが、いっさい禁じられておりました。ゆえに、たとえひとかけらのパンすら売る勇気のある者はございません。けれど万事そつのないブルゴス者マルティン・アントリネスが、ミオ・シッド主従に酒食を提供いたしました。買ったのではなく持っていたもので、おかげで食べ物の心配がまったくなくなり、ミオ・シッドとこの人につき従う者たちは皆喜びました。マルティン・アントリネスが口を開きます。お聴きあれ、なんと申したか。

「[8]よき星のめぐりのもと生を受けしカンペアドルよ。わたくしは今晩ここで休み、夜が明けたらばともに発とうと。わたくしは殿をお助けした。いずれ咎め立てされ、アルフォンソ王のお怒りに触れる仕儀となりましょう。されど殿に従い、無事生きて切り抜けられたなら、早晩陛下はまたおそばに迎え入れたもうはず。たとえそうならなくとも、ここに残していくものなどなんの惜しいことがございましょう」

　ミオ・シッド＝よき星のめぐりのもと剣を帯びし者は申しました。

「マルティン・アントリネス、千軍万馬のつわものよ。わたしが死なぬかぎり、いずれ俸給[9]を倍にしよう。ところで有り金残らず使い果たし、これこのとおり無一文になってしまったのだが、皆のため金が要る。そこで気乗りはせぬがやむを得ぬ、まったく気の進まぬことではあるが。もしも承知してくれるなら、櫃を二つ用意しようと思う。そうしてそれに砂を詰めるのだ。これでずしりと重くなる。それから櫃を模様を打った[10]革で包み、飾り釘をしっかり打ちつける。革は赤革、釘はきらめく黄金《きん》の釘がよい。これからすぐにラケールとビダスを訪ねていって申してくれ、陛下のお怒りを買い、ブルゴスでものを買うことを禁じられた、されど手持ちの財宝はあまりに重く、運んでゆきかねる、これを抵当《かた》に相応の額を貸してはくれまいか、財宝は人目につかぬよう夜陰に紛れて運んでいってくれ、とな。天も照覧、そのしもべたる聖人方も皆照覧、これは急場しのぎ、本意ならざることだ」

マルティン・アントリネスは、ただちにラケールとビダスのもとへ急ぎました。ブルゴスの城市《まち》を進んで城の内へはいり、急いで二人を訪ねました。二人はいっしょにいて、さて稼ぎはいくらかと金勘定の真っ最中。やってきたマルティン・アントリネスはそつなく、

「ラケールにビダスよ、どこにいる、わが親愛なる友よ？　内密の話があるのだが」

三人は急いで場所を変えました。

「ラケールにビダスよ、二人とも約束してもらいたいのだが、これから言う[11]ことはひとつ他言無用に願いたい。これからずっと左団扇、貧乏とはおさらばの儲け話[12]をもってきたぞ。カンペアドルが貢物を受けとりにいって莫大な財を渡された。それは途方もない量だ。その中から値打ちものを、あれもこれもと懐に収めたままではよかったが、あとで露見して咎めを受けてしまった。だが実はな、上物の金の詰まった櫃をまだ二つ隠し持っているのだ。そなたらもとうに承知しているとおり、シッドは陛下のお怒りを買い、領地も家屋敷も捨てるはめになったのだが、この二つの櫃、持ってゆくにゆかれぬ。持ってゆ

こうとすれば見つかってしまうのが落ち。そこでカンペアドルはそなたらに預けたいとおおせだ。これを抵当に相応の金を貸してはくれぬか。櫃を引きとり、たいせつに預かっておいてくれ。ただし、二人とも、年内は中をあけて見ぬと約束し固く誓ってもらわねばならぬ」

ラケールとビダスは額を合わせてご相談——

「この儲け話を逃す手はない。なるほどなるほどやつはモロの地へゆき、がっぽり懐へ入れたのだとか。[13]なにせしゃれにならぬぐらい抜き取ったらしいからな。お宝を抱えていては夜もおちおち寝られまい。櫃を預かり、誰にもわからぬ場所に隠しておこう。——で、シッドでございますが、いくらならよいとおおせで？　今年いっぱいお預かりするとして、利息はいくら出そうと？」

マルティン・アントリネスの答えはそつがございません。

「ミオ・シッドは相応の額であればよしとなさろう。しっかり櫃を預かってくれさえすれば多くは望まれまい。だがシッドのもとへは、ほうぼうから食いつめ者が集まってきている。六百マルコぐらいは必要だろうなあ」

ラケールとビダスは「はい、はい、結構。ご用立て申しましょう」と返答。

「そら、もう日が暮れる。シッドはお急ぎだ。金を渡してくれぬか」

するとラケールとビダスは、

「商いとはそうしたものではございませぬ。まずは受けとりそれから渡す、これが習い」

マルティン・アントリネスは、

「よかろう。では二人して名高きカンペアドルのもとへまいるがよい。むろんそのあとそなたらを手伝い、誰にも気づかれぬよう櫃を運んで、無事家まで届けてやろう」

ラケールとビダスは答えて、

「それは助かるでございますな。では、六百マルコは櫃を運び込むのと引き換えに」

マルティン・アントリネスはしめしめとほくそ笑み、ただちに馬に乗ってラケールとビダスを連れて発ちました。途中、ブルゴスの人々の目につかぬよう、橋を避けて浅瀬を渡りました。やがて、それ、名高きカンペアドルの天幕の前に――。ラケールとビダスは中へはいってシッドの手に接吻。ミオ・シッドは笑顔をつくって話しかけます。

「やあ、ラケールにビダスご両人！　すっかりお見かぎりだったではないか。陛下のお怒りを買って国を去らねばならぬ仕儀となったが、どうやらそのわたしからいくらか儲けるつもりらしいな。これでご両所は一生貧乏とは縁切りか」

ラケールとビダスご両人はミオ・シッドの手に接吻。マルティン・アントリネスが契約をまとめました――櫃を抵当《かた》に六百マルコ融通すること。櫃は年末までしっかり預かること。期日までは中を見ぬと約束し誓った以上、違反した場合もはやミオ・シッドはびた一文利息を支払う義務を負わぬこと――。

マルティン・アントリネスが申しました。

「ラケールにビダスよ、さあ積み込むがよい。持っていってだいじにしまっておいてくれ。わたしも金を受けとりについてゆこう。なにしろミオ・シッドは鶏が鳴くまえにお発ちにならねばならぬのでな」

ごらんあれ、櫃を積みにかかる両人の笑いの止まらぬあの様子。櫃は屈強なるご両所が持ちあげかねるほどの重さがございました。ラケールとビダスは「黄金《きん》」を預かりほくほく顔。なにしろこれで一生金に埋もれて暮らせると、そう胸算用したからでございます。ラケールはミオ・シッドの前へいって手に接吻し、

「なにとぞ、よき星のめぐりのもと剣を佩きしカンペアドル。カスティーリャを去って異郷へ赴いたのちは、さぞやご武運隆盛、山ほど財を分捕られるかと。モロの作る美しい朱色の毛皮のチュニック、シッド、一着お持ちいただければありがたく存じます」

「よかろう、承知した――とシッドは胸を叩きました――今この場で約束しよう。もしもあちらから持ってきてやれねば、その分を借金の利息に上乗せしてかまわぬぞ」

［(訳者注) ラケールとビダスの家］ラケールとビダスは部屋の中央に絨毯を広げ、その上に真っ白な亜麻布のシーツを重ねると、三百マルコ分の銀貨をざっとぶちまけました。ドン・マルティノはそれを目分量で確かめ、重さは計らず引きとりました。残り三百マルコは金貨で渡されました。ドン・マルティノは、そのすべてを供の従士五人に分けて背負わせました。引きとりを終え、さあドン・マルティノが申すには、

「なあ、ラケールにビダスご両人、櫃はそちらへ渡したな? 儲け話を持ってきたのはこのわたし。靴下ぐらいくれても罰は当たるまい」

ラケールとビダスは二人だけで離れた場所へゆき、

「確かに世話になった。礼をはずんでも悪くない。——名高きブルゴスの人マルティン・アントリネス、ごもっともなお言葉。礼をはずませていただきましょう。それで靴下や贅沢な革のチュニック、それにぱりっとしたマントでもお作りなさいませ、お礼に三十マルコお渡しいたしますので。殿にはお世話になりました。これぐらいはあたりまえ。契約の証人にもなっていただかねばならぬことでございますし」

　ドン・マルティノは礼を言って受けとりました。そうしてその家から引き揚げようと二人に別れを告げたのち、ブルゴスをあとにしてアルランソン川を渡り、よき星のめぐりのもと生を受けし人の天幕へ戻りました。喜色満面で迎えるシッド——

「戻ったか、マルティン・アントリネス、わが忠臣よ！　いつか報いてやらねばな」

「カンペアドル、なるだけ用心して戻ってまいりました。殿の六百マルコに加え、別にわたくしも三十マルコ手に入れました。夜明けに[15]サン・ペドロ・デ・カルデニャ修道院に着けるよう、今すぐ天幕を畳んで発ちましょう。あちらで、やんごとなき賢婦人たる奥方様にお会いくださいませ。けれどそこも早々に切り上げて国を出ねば。どうにもいたしかたのないこと。期日が迫っております」

　この進言のあと、ただちに天幕が畳まれ、ミオ・シッド一党は馬に飛び乗りました。ミオ・シッドはサンタ・マリーア大聖堂の方角へ馬首を向けると、右手をあげて顔の前で十字を切りました。

「万物を統べたまう神よ、感謝したてまつる！　栄光に輝く聖母マリアよ、そのお力もてわれを守りたまえ。勅勘をこうむり、今カスティーリャを去りゆくこの身、生きて戻れる日があるかどうかもわかりませぬ。どうかそのお力もてわが旅路を守りたまえ、栄光満てるマリアよ。片時も目を離さず、われを守り助けたまえ。もしも願いが聞き入れられ、武運に恵まれたあかつきには、御身の祭壇に豪華な供え物を山と積みましょう。なおそのうえ、そこでミサを千回執り行なわせるとお誓い申します」

智勇兼備の名将が、心を込め気持ちを込めて別れを告げたあと、一党は手綱を緩めて馬を進めはじめました。ブルゴス生まれのマルティン・アントリネスが申します。

「心ゆくまで妻と別れを惜しんでまいりたく。留守を守る者らにもあとのことを申しつけておかねば。たとえ陛下に財産を召し上げられようとかまいませぬ。日の出前には殿に追いついておりましょう」

マルティン・アントリネスはブルゴスへ引き返し、一方ミオ・シッドは一路サン・ペドロ・デ・カルデニャ修道院をさして駆けます。鶏があわただしく時を告げ、夜が明けそめようとするころ、剛勇カンペアドルは心服してつき従うつわもの[16]たちを引き連れ修道院に到着。その夜明けの時刻、神に仕えるキ[17]リスト教徒ドン・サンチョ修道院長は朝課の最中。そこには五人の忠義の侍女とともにドニャ・ヒメーナの姿もあり、神と聖[18]ペテロに祈りを捧げておりました。

「万人を導きたまう主よ、ミオ・シッド＝カンペアドルを加護したまえ」

戸が叩かれ、修道院の人々はシッドの到着の知らせを受けました。いや、ドン・サンチョ修道院長の喜ぶまいことか！　僧らは手に手に松明や蠟燭を持って中庭へ飛び出してきて、よき星のめぐりのもと生を受けし人を大歓迎いたしました。

「いや、これはうれしゅうございますな、ミオ・シッド！——と、ドン・サンチョ修道院長は申しました——せっかくおいでになったのだ。ぜひとも当院にご逗留あれ」

シッドは、

「かたじけない、修道院長殿。お言葉、ありがたく存じます。われら主従、腹ごしらえさせていただきましょう。ところで、このたび国を去らねばならぬ仕儀となりましたが、それにあたり五十マルコご寄進いたしておきます。もしもしばし命永らえることができましたなら、別に同じだけご寄進申しましょう。また、貴院に一マルコたりとご迷惑をおかけするのは本意ではない。ここにこうして百マルコ、ドニャ・ヒメーナの費用としてお渡しいたしておきます。これで妻と娘、それに侍女らの今年の世話をお頼み申します。お預けしてゆく娘[19]二人はまだ幼い。たいせつに面倒を見てやっていただきたい。ドン・サンチョ修道院長殿、どうか娘たちをよろしくお願いいたします。妻と娘、くれぐれもお頼み申します。この金が尽きて多少不足が出ても、けっして不自由させませぬようにな。お願いいたしましたぞ。お立て替えいただいた分は四倍にして貴院へお返し申しますゆえ」


修道院長は深くうなずいて引き受けました。そこへ、それ、ドニャ・ヒメーナが娘たちと……こちらへ歩いてまいります。娘たちはそれぞれ侍女に手を引かれ、シッドの前へ連れてこられました。ドニャ・ヒメーナはカンペアドルの前に両の膝をつくと、はらはらと涙を流しながらその手に接吻し、

「どうすればよいのでしょう、よき星のめぐりのもと生れいでし[20]カンペアドル！　邪な讒臣のせいであなたは国を追われる。どうすればよいのでしょう、ああシッド、立派なお髯の人！　お前には、ここにこうしてわたくし、そして年端のゆかぬ幼いあなたの娘たち、それにわたくしに仕えてくれるこの侍女たちも。見れば旅立たれるご様子。こうしてあなたと生き別れにならねばならぬとは。後生でございま

す、お教えくださいませ、どうすればよいのか！」

美髯公は手を差し伸べてわが子らを抱きあげ、愛情のほとばしるままひしと抱きしめました。はらはらと流れ落ちる涙、漏れ出る深い溜め息。

「ああ、ドニャ・ヒメーナ、そなたはまこと得難い妻。どれほどたいせつに思ってきたことか！　それがこのとおり生き別れ。わたしは去り、そなたはここに残らねばならぬとは。神よ、聖母マリアよ、この娘たち、この手で嫁がせたまえ！　その日までわたしに運を授け、この命、しばし永らえさせたまえ！貞淑な妻よ、そなたにもよい思いをさせてやらねばな」

剛勇カンペアドルに心尽くしの馳走が供され、修道院の鐘が高らかに打ち鳴らされました。

他方、ミオ・シッド＝カンペアドル国を去るの報がカスティーリャじゅうを駆け巡ると、家屋敷を捨てて領地を捨て、その日百十五騎がアルランソン川にかかる橋に集い、口々にミオ・シッド＝カンペアドルのいどころを尋ねあいました。そこにマルティン・アントリネスが合流し、ともによき星のめぐりのもと生まれいでし人のいるサン・ペドロ修道院へ向かいました。ビバールの人ミオ・シッドは一党の人数が増えたと聞くと、これぞ身の誉れと馬に飛び乗って迎えに出ました。一行の姿が目にはいったとき、口もとに笑みがこぼれました。一行はシッドの前へくると、かわるがわる進み出てその手に接吻。(21)ミオ・シッドは喜び勇んで申しました。

「よくぞ家屋敷を捨て領地を捨て、わがもとへ馳せ参じてくれた。霊のおん父たる神に祈ろう、この命あるうち、一同に多少なりと報いることができるようにと。一同が捨ててきたものを倍にして返させたまえとな」

一党の数が増えたことはミオ・シッドにとって喜びであり、すでに一党に加わっていた者たちにとっても同じでございました。

退去のため与えられた日数のうちすでに六日が過ぎ、残り三日となっておりました。そう、わずかに三日！　王はミオ・シッドの監視を厳命しており、仮に期限を過ぎて国内で捕らえようものなら、たとえ万金を積まれても赦さぬつもりでございます。日が暮れ夜の帳がおりるころ、ミオ・シッドは一党の全員に集まるよう命じました。

「一同、気を落とさず聞いて欲しいのだが、手持ちの金は多くない。だが、ともかくこれを皆へ配ろうと思う。おのおの、なすべきことをようく自覚しておいてくれ。明朝、鶏が鳴いたらきびきび動いて馬に鞍を置くのだ。サン・ペドロ修道院では、徳の高い修道院長が朝課の鐘を打ち鳴らし、われらのためミサを執り行なってくださる。これは尊い三位一体のミサとなる。それが終わりしだい出立だ。期限は近い。道のりは遠い」

各人、ミオ・シッドの言葉どおり行なうはずでございます。

夜が過ぎ、朝が訪れようとしておりました。二番鶏の声を聞き、一党は鞍を置きはじめました。朝課を告げる鐘があわただしく打ち鳴らされるなか、ミオ・シッドと妻は教会へ向かいます。ドニャ・ヒメーナは祭壇前の階《きざはし》にひざまずき、ミオ・シッド＝カンペアドルを悪しきことどもより守りたまえと、万物を造りたまいし神に一心に祈りました。

「ああ、栄光に輝く主よ！　天にましますく父よ！　あなたははじめに天と地を造り、三日目に海をお造りになりました。次に星と月を造り、地を温める太陽をお造りになりました。あなたは聖母マリアのご胎内に宿り、ベツレヘムでお生まれになりました、それがみ胸であったゆえ。羊飼いらはあなたを褒め称え、東方の三賢者メルキオル、カスパル、バルタザルは来たりてあなたを礼拝し、黄金と乳香と没薬を捧げました、それがみ胸であったゆえ。あなたはお救いになりました、海へ投げ込まれた(24)ヨナを。あなたはお救いになりました、獅子どものうごめく怖ろしい牢獄より(25)ダニエルを。あなたはお救いになりました、ローマで(26)聖セバスティアヌスを。あなたはお救いになりました、偽りの訴えより(27)聖女スザンナを。

　霊のおん父よ、あなたは三十二年のあいだこの世にあって、人の語るべき奇跡の数々をあらわしたまいました。あなたは水を葡萄酒に、石をパンに変え、(28)ラザロを甦らせたまいました、それがみ胸であったゆえ。ユダヤ人どもにわが身を捕らえさせ、カルヴァリオの丘というところ、ゴルゴタなる場所で十字架につけられたまいました。そのとき、(29)左右でともに十字架にかけられていた盗賊二人。一人は天国にあり、もう一人はその門をくぐれませんでした。

　あなたは十字架上でも、まこと偉大な力をお示しになりました。生まれつき盲《めしい》であった(30)ロンギヌス、槍であなたの脇腹を突いて流れ出た血はその柄を伝って流れ落ち、手を濡らしました。その手をあげて顔を触ると目が明いて、あたりを見まわしたロンギヌス、そのときあなたを信じ、おかげで悲運より救われました。墓にあったあなたは復活し(31)（……）陰府《よみ》へおくだりになりました、それがみ胸であったゆえ。あなたはその門を破り、義人をお解き放ちになりました。あなたは王の中の王、万人の父。あなたを衷心より崇め信じます。――聖ペテロにお願い申しあげます。ミオ・シッド＝カンペアドルを悪しきことどもより守りたまえとの神への願いに、なにとぞお口添えくださいますよう。――今日別れ別れになるわたくしたち、生きてふたたび会う日を迎えさせたまえ！」

　祈願は終わり、やがてミサも終了。一党は教会を出て、いよいよ馬に乗ろうというところ。シッドはドニャ・ヒメーナを抱きしめました。ドニャ・ヒメーナはシッドの手に口づけいたしました。心もとなさに、ドニャ・ヒメーナの目からはらはらと涙がこぼれ落ちました。シッドは幼いわが子らを見やり、

「娘たちよ、そなたらのことは神に、霊のおん父に託そう。こうして別れ、今度いつまた会えようなあ」

　声なき涙をとめどなく流しながら、爪が肉から剥がされるように家族は別れました。

　ミオ・シッド主従は馬に乗りはじめました。全員が乗りおえるのを待つあいだ、幾度も振り返るミオ・シッド。(32)ミナーヤ＝アルバル・ファネスが叱咤いたしました。まこと当を得た言葉でございました。

「シッド、日ごろの覇気はどうなさった？　殿はよき星のめぐりのもと母御のご胎内より生れ出たお方ではありませぬか。さあ、われらの道を進みましょう。未練がましいことはやめだ。やがてこの悲しみが、そっくり喜びに変わるときがまいりましょう。われらに魂を与えたもうた神が、きっとお助けくださるはず」

　ドン・サンチョ修道院長は、ドニャ・ヒメーナと二人の娘、そして母娘《おやこ》に仕える侍女の一人一人に至るまで、たいせつに世話をするよう念を押されました。あわせて、礼は十二分にする、確かに約束するとの言葉も繰り返されました。戻ろうと背を向けるドン・サンチョにアルバル・ファネスが声をかけます。

「修道院長殿、われらに加わりたいとやってくる者があれば、跡を辿って追ってゆけとお伝え願えませぬか。いずれどこかで追いつけようからと」

一党は手綱を緩め進みはじめました。国を去らねばならぬ期日が迫っておりました。その日はエスピナソ・デ・カンまでゆき一泊。その夜、つわものが四方からぞくぞく駆けつけてまいりました。翌朝カンペアドルはふたたび出発。二心なき家臣が国を追われてまいります。威容を誇る城市《まち》サン・エステバンを左手に見て進むと、やがて右手には塔の林立するアリロン、モロの城市。それからアルクビリャを過ぎれば、そこはもうカスティーリャの果て。なおも進んでキネーア街道を横切り、ナバス・デ・パロスのあたりでドゥエロ川を渡り、フィゲルエラへ至ってミオ・シッドは野営にかかりました。引き続きいたるところからつわものが集まってまいります。

夕食のあとシッドは身を横たえました。心地よい眠気に襲われ、深い眠りに落ちたとき、大天使ガブリエルが夢枕に立ちました。

「いざゆけ、シッド、万夫不当の猛将よ。かほどめでたき門出はない。そなたがこの世にあるあいだ、めでたく運ばぬものはない」

夢から覚めたシッドは顔の前で十字を切りました。顔の前で十字を切り、神に一身を託しました。夢のお告げに胸が躍りました。翌朝ふたたび出発。その日は期限の日。さあ、もうあとはない。次はミエデス山中で野営するつもりでございました。日暮れ前、まだ明るいうちにミオ・シッド＝カンペアドルが一党の人数をあたらせると、徒《かち》の猛者は別にして三百人。各騎、旗槍(33)を持っておりました。

「万物を造りたまいし神の救いが一同にあるよう！　馬には今のうちに飼い葉をやっておけ。食いたい者は食い、そうでない者は騎乗せよ。これから山越えをする。山は高く険しいが、これで今夜のうちにアルフォンソ王の国を出ることができる。それからあとも、跡を追ってくる者があればわれらを見つけられよう」

夜の山越え――くだりにかかったのはしらしら明けのころ。やがてミオ・シッドは鬱蒼たる深い森の中で一同に野営を命じ、馬に飼い葉を与えさせ、かつ夜行軍の予定を告げました。皆いずれ劣らぬ忠臣揃い。異議を唱える者など一人もおりません。主命はなんであれ従う覚悟でございます。

やがて暗くなるまえに出発。ミオ・シッドが夜行軍を決めたのは人に気づかれぬためでございました。休息なしの夜の強行軍。やがてエナーレス河畔のカステホンというところの近くへ至ると、ミオ・シッドは一党とともに身を潜めました。よき星のめぐりのもと生を受けし人は、ミナーヤ＝アルバル・ファネスの進言に従い、その晩はそのまま動きませんでした。

「いかがでございましょう、よき星のめぐりのもと剣を佩《は》きしシッド。カステホンへは皆で朝駆けし、しかるのち殿はわが勢より百騎を率いて（……）

「そなたは二百騎率いて遠征にゆくがよい。アルバル・アルバレス、アルバル・サルバドレスはむろんだが、荒武者ガリーン・ガルシアも連れてゆけ。ほかにも猛者どもをつけてやる。勇猛果敢に暴れまわれ。怯んでなにも奪いそこねてはならぬ。イタをくだり、グアダラハラを抜け、アルカラまでも蹂躙し、奪って奪って奪いまくれ。モロどもに怯んでなにも奪いそこねてはならぬ。わたしは百騎を手もとに置いて後詰めを務め、カステホンをしっかり押さえて守っていよう。遠征の途中で危うくなったらすぐさま後詰めへ、わたしへ知らせてよこせ。スペインじゅうの語り草になるほどの加勢をしてやるぞ！」

遠征にゆく者と、ミオ・シッドのもとで後詰めにあたる者が分けられました。

さあ夜が明けます……朝の訪れ……日が昇る……ああ、なんと光り輝いていることか！

カステホンでは起きだした住民が城門を開き、作物や畑の様子を見に外へ出てまいります。皆出たあと門は開きっぱなし。そのうえ中にはわずかな人数しか残っておりません。外へ出た者たちは思い思いの方向へ散ってゆきました。カンペアドルは潜んでいた場所から姿をあらわしますと、カステホンの方角へ一直線に駆け、モロの男女を捕まえ、周囲にいた家畜を片端からかき集めました。やがて城門へ馬首を向けるミオ・シッド＝ドン・ロドリゴ。自分たちへ向かってくるのを目にした門番らは、恐れをなして逃げ去りました。ミオ・シッド＝ルイ・ディアスは城門をくぐって中へはいり、抜き身を手にモロどもを追いまくって十五人を討ち取りました。こうしてカステホンを奪い、金銀を得たのでございます。やがて家臣らも分捕ったものを持ってやってきて、なんの惜しげもなくミオ・シッドへ差し出しました。

さて、その後遠征に出た例の二百と三人。果敢に駆けまわり（……）ミナーヤの旗はアルカラまで達しました。そうしてそこから、分捕ったものを携え引き揚げにかかります。エナレス川沿いに駆けのぼり、グアダラハラを抜けます。山のような分捕り品——牛、羊、衣類その他おびただしい財物。ミナーヤの旗は威風堂々翻り、追いすがる勇気のある者など一人半人もございません。この成果をあげて遠征隊は帰還。カステホンへ到着すると、そこではカンペアドルが待っておりました。シッドは城の守りを万全にしておいて馬に乗り、手勢を従えて迎えに出ました。両手を広げてミナーヤを迎えます。

「戻ったか、アルバル・ファネス、そなたはまさしく一騎当千！　任せてまちがいのない男だ。持ち帰った分と前の分を合わせ、よければ全体の五分の一[34]をそなたに与えようではないか、ミナーヤよ」

「名高きカンペアドル、お言葉、まことにかたじけなく。わたくしにやろうとおおせのその五分の一、カスティーリャのアルフォンソ王へご献上申せば、さぞかしお喜びいただけようかと。お申し出はご辞退いたします。なにとぞご放念を。わたくしにとりましては、頼もしいわが愛馬に打ちまたがり、いくさ場で心ゆくまでモロと戦うほうが先。名高き闘将ルイ・ディアスの馬前にて、槍をふるい、剣を抜き、肘を伝って敵の血の滴り落ちるまでに。神に、天にましますお方にお誓い申します、それまでは殿からびた一文頂戴いたしますまい。微力を尽くし、なにがしか財と申せるほどのものを殿に得ていただくまで、そのときまではその五分の一[35]は殿がお収めを」

　戦利品が集められました。アルフォンソ王の軍勢が押し寄せてくるのではないか、王が全軍を率いて征伐にあらわれるかもしれない、そうした考えがミオ・シッド＝よき星のめぐりのもと剣を佩《は》きし人の頭をよぎります。ミオ・シッドは、得たものを残らず分配せよ、役目の者はどう分けたかを書き留めておけと命じました。これで騎馬の者はひと財産得ました。各自銀百マルコの割り当て。徒《かち》の者にはちょうどその半分が配られました。全体の五分の一はびた一文欠けずミオ・シッドの手もとへ。しかしその場所では売るもならず贈るもならず。捕らえた男女も一党とともに連れてゆくわけにまいりません。そこでカステホンの者たちと話したうえで、イタとグアダラハラへ使いを出し、支払ってもたっぷりもとがとれる額でかまわぬとの申し出を添え、そのシッドの取り分をいくらで買う用意があるか尋ねさせました。するとモロ側は銀三千マルコと見積もってまいりました。ミオ・シッドはこの額で承知し、金は三日後、確かに渡されました。

ミオ・シッドとその一党は、このままカステホンには居続けられまいと判断いたしました、防御はできても水の便に難があると。

「約定書が作られている以上、ここのモロは敵ではない。アルフォンソ王が全軍を率いてわれらを征伐にこられよう。カステホンから退去するにしかず。——聴いてくれ、ミナーヤよ、近臣たちよ。これから申すこと、不承知でなくばありがたい。カステホンにはこのままいられまい。ここはアルフォンソ王から近く、征伐にこられるに相違ない。だが城市《まち》を傷めるのは本意ではない。退去にあたっては、モロの男女百人ずつを解き放とうと思う。城市を奪ったことで、かれらに悪く言われたくない。一同、分け前は受け取った。一人も漏れてはおらぬはず。明朝、発とうではないか。アルフォンソ国王陛下はわが主君、できれば干戈を交えるのは避けたい」

シッドの言葉に異論は出ませんでした。おのおの富を手にして奪った城から去ってゆくシッド一党を、モロは総出で祝福いたしました。

その後一党はエナーレス川の川筋を上流へ向かって駆けに駆け、アルカリアを突っ切って進み、アンギタの洞穴地帯を通り、川を渡り、カンポ・タランスへ至ると、そこを馬蹄を轟かせて駆けくだりました。ミオ・シッドはその日の野営地をアリーサとセティーナのあいだに定めました。途中、各所で得た戦利品はおびただしい量にのぼりました。モロ側はシッド一党がなにを目論んでいるか計りかねておりました。翌日ビバールの人ミオ・シッドはふたたび移動。アラーマを望みつつ過ぎ、渓谷をくだり、ブビエルカ、その先のアテカを経て、アルコセルに近い要害の地、まるく大きな丘に陣取りました。そこは近くをハローン川が流れていて、水を断たれる心配がございません。ミオ・シッド＝ドン・ロドリゴはアルコセルに狙いを定めたのでございます。

ミオ・シッドは丘にでんと腰を据えると、手勢の一手を山側、もう一手を川へ向けて配置し、堅陣を構えました。次に、よき星のめぐりのもと剣を佩きし剛勇カンペアドルは全員に命じ、川に接するように丘の周囲に堀を掘らせました。奇襲に対する備えに万全を期し、かつそこから動かぬ構えであるのを示すため。この報は一円に伝わりました——ミオ・シッド＝カンペアドルがキリスト教徒の地を追われてモロの地へやってきて、かの場所に腰を据えた——。あたりでは野に働きに出なくなりました。ミオ・シッドは一党とともに威圧をつづけ、やがてアルコセルの城市《まち》は貢納をはじめました。アルコセルにつづいてアテーカ、そしてテレールの城市も同じくミオ・シッドに貢納を開始。カラタユドにとっては、いやはや衝撃と申すもおろか。

ミオ・シッドがその場所に拠点を定め、まる十五週が経過いたしました。ミオ・シッドはアルコセルが開城に応じるつもりがないと見ると、一計を案じ、ただちに実行に移しました。天幕をひと張りだけ残してあとはすべて畳ませ、鎧を着用し帯剣した姿で、旗を掲げてハローン川沿いに下ってまいったのでございます。まさに知恵者、相手を罠にはめるための機略。それを目にしたアルコセルの者どもの、なんと馬鹿な喜びよう！

「ミオ・シッドめ、兵糧も飼い葉も尽きたのだ。四苦八苦して天幕を担いでゆくのはよいが、なんとひと張りお忘れだ。まるで落ち武者と変わらぬざま。追いかけていってがっぽり稼いでやれ。テルエルの者どもに遅れをとるな。先を越されたらこっちにはびた一文まわってこないぞ。とられた貢物を倍にしてとり戻してやろうではないか」

　アルコセルから目の色変えて飛び出してくるモロども。ミオ・シッドはそれを尻目に見ながら退却する体を装って駆け、ハローン川の下流の方向へ進んでまいります。一党と駆けくだります。アルコセルの者どもは「それ獲物を逃がすな！」と口々に叫びあいながら、われもわれもと外へ飛び出してまいります。奪いとりたい、ただその一心。城門は開け放したままで守備する者は誰一人おりません。剛勇カンペアドルは振り返り、相手が城からたっぷり遠ざかったのを見てとると、旗手を反転させました。全騎激しく拍車を入れます。

「かかれ、者ども！　皆、怯むな！　われらに天祐あり！　富はわれらのもの！」

　一党は野のまっただ中で追手に襲いかかりました。ああ、その日の朝の一同の武者震いのさま！　真っ先駆けるはミオ・シッドとアルバル・ファネス。いずれの馬も駿馬、それはもう思いのままに駆けます。やがて二人は相手と城のあいだにまわり込みました。一方ミオ・シッドの家臣らは敵に容赦なく襲いかかり、たちまちその場で三百人を討ち取りました。その一方、伏兵となっていた一隊がありました。このときその一隊は本隊をあとに残し、大喊声をあげながら城へ向かうと、抜き身を引っさげ城門のあたりに陣取りました。やがて敵を打ち負かした味方が到着。ミオ・シッドは、実にこうした策を用いてアルコセルを奪ったのでありました。

ペロ・ベルムデスが旗を手にやってきて、城の高み、てっぺんに立てました。ミオ・シッド＝ルイ・ディアス＝よき星のめぐりのもと生を受けし人は申しました。

「これも天にましますますと神と、なみいる聖人方のおかげ。これからは人馬ともにましな場所で寝起きができようというものだ。――アルバル・ファネスはじめ一同に相談がある。この城を手に入れ大きな富を得た。モロは死屍累々、生き残った者はわずかだが、この男女、売るもならず、かといって首を刎ねたところでなんの得もあるまい。それよりわれらがあるじとなったこの城へ入れ、わが家としたかれらの家で使うのが得策ではあるまいか」

アルコセルに入城して財を得たミオ・シッドは、丘に残していた天幕をとりにいかせました。

アテーカにとっては大きな痛手。テレールにとってもおもしろからぬ事態。カラタユドも同様。三つの城市《まち》はバレンシア王へ使者を立て、ミオ・シッド＝ルイ・ディアス・デ・ビバールなる者が、アルフォンソ王の不興を買って国を追われてやってきて、アルコセルを狙って要害の地に陣を構え、ついには策を弄して城市を奪いました、と訴え、

「もしもお助けいただかねば、陛下はアテーカ、テレールも失われましょう。カラタユドもまた同じ。しょせんは逃れられませぬ。そうなればハローンの川筋は総崩れ。次はあちら側、ヒローカ川沿いも同じ運命を辿ろうかと」

タミーン王は口上を聞いて怒髪天を衝きました。

「今わがかたわらに控える将軍三名のうち二名、即刻発ってあちらへ向かえ。三千騎にいくさ支度させて率いてゆくのだ。国ざかいを守る者どもにも加勢させよ。シッドを生け捕り、わが面前に引き据えよ。わが領土に押し入った罪、きっと償わせてくれるぞ！」

こうして進発した三千騎、日暮れにソゴルベに着き宿営。翌朝進軍を再開、セリャに到着して宿営。国ざかいを守る部隊へ伝令が発せられました。われ遅れじと各地から兵が馳せ参じてまいります。翌日、軍勢はセリャ、いわゆるセリャ・デ・カナールを発ち、終日休まず進み、その夜はカラタユドで宿営。四方へ陣触れがなされると、ファリス、ガルベという二人の将軍のもとへ雲霞のごとき大軍が馳せ参じ、いよいよ勇将ミオ・シッドの守るアルコセルを囲みに向かいます。

モロ勢は天幕を立てて野陣を張りました。膨大な人数が集結し、ますます勢い盛ん。モロ軍の立てた見張りは鎧兜に身を固め、四六時中目を光らせておりました。びっしりと配置されたその見張りの背後には、底知れぬ数の軍勢が控えておりました。モロ勢はミオ・シッド軍に対し、さっそく水を断つ作戦に出ました。ミオ・シッドの家臣たちは打って出ようと逸りましたが、よき星のめぐりのもと生を受けし人は厳にそれを禁じました。こうして囲まれたまま三週間が経過。三週間が過ぎ四週目にかかるころ、ミオ・シッドは家臣団と軍議を開きました。

「水は断たれ、やがて兵糧も尽きよう。夜陰に紛れて抜け出そうにも蟻の這い出る隙もない。といって戦いを挑むには多勢に無勢。さあ、どうすればよい。考えを聞かせてくれ」

あっぱれなるもののふミナーヤが口火を切りました。

「大カスティーリャを追われ当地にあるわれら、モロと戦わずしていかに糧を得られましょうや。なるほどわれらは六百余人、されど誓って思案の余地などあるはずもなし。明朝を期して打って出るべし」

するとカンペアドルは、

「わが意を得たり。さすがだ、ミナーヤ。その言葉、待っていたぞ」

この密議が漏れぬよう、モロを全員城外へ出すよう指示が出されました。それから一同、片時も休まず支度を急ぎます。

翌朝、まもなく日の出という時刻、ミオ・シッド以下全軍がいくさ支度を済ませておりました。指示を出すミオ・シッド。それ、このように――

「城門の守りに徒《かち》の者二名のみ残し、あとは全軍一丸となって城外へ打って出る。いくさ場で斃れれば城をとられ、勝ちいくさならいっそう富を積む。――そなた、ペロ・ベルムデスよ、わが旗を持て。そなたは一騎当千、あずけてまちがいはあるまい。だがこの役目を与えるからには、よいと言うまで旗を突出させてはならぬぞ」

ペロ・ベルムデスはシッドの手に接吻して旗を受けとりました。

城門が開かれ、いっせいに外へ押し出します。それを目にした見張りが後方へ急を知らせますと、モロの陣営の動きがにわかにあわただしくなりました。鎧兜を身にまとう。戦鼓を打ち鳴らす。その響きに大地は鳴動せんばかり。それ、モロ兵がいくさ支度し、つぎつぎと隊伍を組んでゆく。軍勢の中に二旒の大将旗が立てられ、それぞれのもとに軍団ができあがってゆく。各軍団に翻る種々の旗——いやその数の夥しいこと！　やがてモロ軍はミオ・シッド主従を捕らえようと進撃を開始いたしました。

「皆、この場、このところを動くな。命じるまで飛び出してはならぬ」

　しかしかのペロ・ベルムデス、逸る気持ちを抑えかねた。シッドの旗を握り締め、馬に拍車を入れんとしつつ、

「万物を造りたまいし神のご加護を、至誠の人シッド＝カンペアドル！　あの本隊の真っただ中に殿の旗を立ててごらんにいれる。主従の義理を立てるべき人々よ、旗をお守りあれ。お手並み拝見！」

　カンペアドルは「待て。ならぬ！」ととめましたが、ペロ・ベルムデスは、「是非もなし！」と言い捨て、馬に拍車を当て敵の本隊へ突っ込んでゆきました。モロ方は迎え撃ち、旗を奪おうと怒濤[36]のごとく攻めかかったものの鎧袖一触。「加勢を！　急げ！」と叫ぶカンペアドルの声に、全騎、盾を胸の前に構え、旗槍を水平に倒し、体を鞍の前橋の上へ傾け、勇猛果敢に突進。よき星のめぐりのもと生を受けし人は大音声をあげました。

「かかれ、者ども！　全身全霊を傾けよ。——われこそはルイ・ディアス、シッド＝カンペアドルなり！」

　全騎ペロ・ベルムデスの奮戦する本隊めがけ突進。槍はその数三百。そのどれにも槍旗がひらめいております。各騎、一撃で一人ずつを仕留め、反転してさらにもう一騎ずつ討ち取りました。あれ、あのようにあまたの槍が構えられ、立てられ、あまたの盾が貫かれ、貫き通され、あまたの鎧[37]がちぎれ、ねじ切れ、あまたの槍旗の白地が血で赤く染まり、あまたの太く逞しい馬があるじを失ってさまよい、モ

ロは「ムハンマド！」と叫び、キリスト教徒は「聖ヤコブ！」(38)と叫び――。たちまちのうちに千三百のモロの死体が転がりました。

ミオ・シッド＝ルイ・ディアス、万夫不当のつわものよ。黄金《こがね》の鞍に打ちまたがりて縦横無尽に敵を討つ！　ソリータ領主ミナーヤ＝アルバル・ファネスにマルティン・アントリネス＝頼もしきブルゴス者、シッドの養い子(39)たるムニョ・グスティオスにマルティン・ムニョス＝モンテ・マヨール治める者、加えてアルバル・アルバレスにアルバル・サルバドレス。アラゴンの勇士ガリン・ガルシア、カンペアドルの甥フェレス・ムニョス、さらに加えてそこに轡《くつわ》を並べるつわものども、こぞって旗をば守り、ミオ・シッド＝カンペアドルをば守ったり。

ミナーヤ＝アルバル・ファネスは馬を殺られましたが、味方がすばやく駆けつけました。ミナーヤは折れた槍を捨てて剣を抜き、徒立《かち》ちながら果敢に斬りまくります。それを見たカスティーリャ戦士ミオ・シッド＝ルイ・ディアス、良馬にまたがる一人の敵に馬を寄せ、右手に持った剣を太刀風鋭く一閃すると、相手は腰から真っ二つ。地面に上体が転がりました。シッドはミナーヤ＝アルバル・ファネスに馬を渡しながら、

「乗るがよい、ミナーヤ。そなたはわが右腕。今日のこの日、そなたにはおおいに助けてもらわねばならぬ。モロ勢は手強い。いまだいくさ場より落ちぬ」

ミナーヤは剣を手に馬を駆って敵勢の中へ突入して奮戦。追いつくはじから討ち取ってゆきました。

他方、ミオ・シッド＝ルイ・ディアス、よき星のめぐりのもと生を受けし人は、敵将ファリスに三太刀。

二度までは外したものの三度目は仕損じず、鎧を血が流れ落ちました。いくさ場を脱しようと馬首を返すファリス。この一撃が戦いの勝敗を決しました。一方マルティン・アントリネスはガルベを剣で一撃。兜のてっぺんを飾るルビーが飛び散り、刃は兜に食い込んで頭まで達しました。ガルベにしてみれば、もう一太刀待つ勇気は、いや、とてもない。こうしてファリス、ガルベ両将は敗走し、モロ勢は総崩れ。キリスト教世界にとってはまことめでたい日となったのでございます。追撃に移るミオ・シッド勢。ファリス将軍はテレールへ逃げ込みましたが、ガルベはそこには入れてもらえず、カラタユドめざして死に物狂いで駆けました。カンペアドルはガルベを逃がさじと、カラタユドまで跡を追ってゆきました。

駿馬にまたがるミナーヤ＝アルバル・ファネスは、逃げるモロを三十と四人まで討ち取りました。快刀乱麻、腕は真紅に染まり、血が肘から滴り落ちます。ミナーヤはひとりごちました。

「いや、めでたい。ミオ・シッド＝ルイ・ディアス、野戦に勝利という吉報がカスティーリャへ届くことになる」

モロどもは果敢な追撃を受け、討ち取られてゆきました。無数の死体が転がり、生き残った者はわずか。やがてよき星のめぐりのもと生を受けし人のつわものらは、引き揚げにかかります。太くたくましい愛馬の背に揺られるミオ・シッド。兜下[40]には鎖のかたがくっきりと。それにしてもその髯の、いやなんと見事！ シッドは鎖頭巾を背中に垂らし、抜き身を手に、味方がぞくぞく集まってくるのを眺めながら、

「神に、天にましますお方に感謝したてまつる！ おかげでわれら大いくさに勝利した！」

このあとミオ・シッド軍は、モロ方の陣営に残されていたものをかき集めにかかりました。盾などの

武具をはじめ財物が山のようにございます。追撃から戻って見つけたモロの軍馬は五百十頭。味方の討死にが十五人を出なかったことは、キリスト教徒の人々にとって大きな喜びとなりました。持ち帰った金銀も莫大な量。キリスト教勢はこれだけの財物を得て誰もがおおいに潤いました。アルコセルのモロたちはふたたび城内へはいることを許され、あまつさえミオ・シッドの指示により、いくばくかのものが与えられました。家臣らと大きな喜びを分かちあうミオ・シッド。やがて貨幣そのほかの莫大な財物の分配を命じました。ミオ・シッドは軍馬百頭をわが取り分とし、家臣一人ひとり、それに徒《かち》の兵、騎馬の兵に実に手厚く報いてやりました。よき星のめぐりのもと生を受けし人の分配は公正で、従う誰もが満足。

「これミナーヤよ、そなたはわが右腕。天に賜ったこの財物から、わが手で好きなだけとるがよい。ところで、カスティーリャへ使いしてきてはもらえぬか。われらがこのたびのいくさに勝ちを収めたと、そうお知らせしてきて欲しいのだ。また、わたしは陛下に国を追われている身ながら、軍馬を三十頭ばかりご献上申したく思う。一頭一頭鞍を置き、とりわけ立派な馬衔《はみ》と手綱をつけ、鞍橋《くらぼね》には剣をひと振りずつ吊るしてな」

「かしこまりました」と、ミナーヤ=アルバル・ファネスは答えました。

「それからここに金銀を用意した。長靴に縁までいっぱいに詰めてある。ブルゴスのサンタ・マリア大聖堂へ寄って、ミサ千回分の寄進をしてきてくれ。残りはわが妻と娘たちに。折りに触れわたしのため祈ってくれるよう伝えてくれ。もしも生き永らえることができたなら、三人には栄耀栄華を味わわせてやるつもりだ」

役目に勇躍するミナーヤ＝アルバル・ファネス。供も選ばれ、夜には馬に飼い葉が与えられました。ミオ・シッド＝ルイ・ディアスは旅立つ者たちと申し合わせました。

「ゆくか、ミナーヤ、大カスティーリャへ。われら天祐を得ていくさに勝った、そう友の人々に胸を張れるな？　帰ってきたとき、われらがここにいればよし。さもなくば居場所を探して追ってこい。われらは馬上、糧を得るほか道はなく、もしそうせねば地味の痩せたこの土地では生きてゆかれまい」

準備万端ととのえ、翌朝ミナーヤは発ってゆきました。カンペアドルが家臣と残るその土地は、なるほど地味が痩せ、ことのほか作物の実りの悪い土地でございました。

国ざかいのモロもバレンシアのモロも、シッドの動静に日々神経を尖らせておりました。ファリス将軍は傷が癒えると評定を重ねました。他方アテーカ、テレールの城市《まち》、中でも一頭地を抜くカラタユドの者たちは、寄りあって次のように見積もり、それを文書にいたしました。すなわち、アルコセルを銀三千マルコで買い取ったのでございます。アルコセルへ戻ったミオ・シッド＝ルイ・ディアスは、家臣に対し実に手厚く報いてやり、おかげで騎馬のつわものも徒のつわものも相当な富を得ました。もはやシッドの軍勢の中に赤貧をかこつ者など、ただの一人も見つかりますまい。寄らば大樹の陰とやら。

ミオ・シッドが城市を去るとき、モロは総出で別れを惜しみました。

「いってしまうのか、ミオ・シッド！　皆であなたのため祈っている。殿よ、一同、あなたのはからいをありがたく思う」

いよいよビバールの人ミオ・シッドがアルコセルを去ろうというとき、涙を流さぬモロは一人もございませんでした。

旗を掲げ、カンペアドルは出発。ハローン川沿いをくだります。前へ駒を進めてまいります。ハローン川を離れるとき、鳥がおおいなる吉相をあらわしました。テレールの城市は喜びました。カラタユドはさらに。シッドから大恩を受けていたアルコセルが悲しんだのとは反対に。ミオ・シッドは駒を進め、先へ先へと進んでゆき、そして最後はモンレアル近くの丘に腰を据えました。その丘は高く大きく、さあ、どこからも攻められる恐れのない絶好の要害。シッドはまずダローカ、それから転じてモリーナ、さらにその先にあるテルエルに貢納を誓わせ、同様にセリャ・デ・カナールも手中にいたしました。ミオ・シッド＝ルイ・ディアスに神の恵みあれ！

さてミナーヤ＝アルバル・ファネス――。カスティーリャへ使いし、王に軍馬三十頭を献上いたしております。王はそれを見てにこりと微笑み、

「これは誰がくれたものだ？　教えてくれぬか、ミナーヤよ？」

「よき星のめぐりのもと剣を佩きしミオ・シッド＝ルイ・ディアスでございます。陛下、シッドは先のいくさでモロの将軍二人を打ち破り、莫大な富を手に入れました。誉れ高き陛下、その中よりこれをご献上申しあげるしだい。シッドは陛下のおみ足と両の御手にご接吻申し、伏して君寵を乞い願いたてまつると」

王は申しました。

「まだ早かろう。君寵を失い追放された者、三週間ばかりで赦すわけにはゆかぬ。だが馬は、モロから奪ったものとあれば受け取っておこう。のみならず、ミオ・シッドがそれほどの富を得たこと、うれしくすら思うぞ。加えて、ミナーヤよ、そなたを赦そう。封土も土地も返してつかわす。王国との行き来も勝手次第。今日よりこれを許す。だがシッド＝カンペアドルについては、まだなにも言うまい。ミナーヤよ、さらに申しておく。わが王国じゅうの勇士勇者で、ミオ・シッドに加勢したい者があれば好きにしてかまわぬ。そういたしても土地は召しあげぬ」

ミナーヤ＝アルバル・ファネスは王の手に接吻し、

「国人のあるじたる陛下、幾重にもお礼申しあげます。今はこれをしてくださり、先ではまたさらなるお慈悲をおかけくださるのではと」

「ミナーヤよ、通行は勝手次第。安んじてカスティーリャ内を通ってゆけ。ミオ・シッドのもとへ帰り、富を積むがよい」

さて、よき星のめぐりのもと剣を佩きし人へ話を戻します。シッドが陣を張ったくだんの丘は、のちのちまで「シッドの丘」と文書に記されることになりますが、シッドはここを本拠として広く荒らしまわり、マルティン川の川筋一帯に貢納を約束させました。シッドの動きはサラゴサへ伝わり、モロどもはおもしろからぬ事態に震撼いたしました。シッドがその丘を本拠としてまる二週間が経過。知仁勇備えた武人はミナーヤがなかなか戻らぬのを見て、全軍を引き連れ夜陰に紛れて移動。陣を払って丘をくだり、テルエルを過ぎ、テバルの松林に腰を据え、その一帯をしらみつぶしに荒らしまわりました。これでサラゴサも貢納することに。シッドがこれだけのことをおえてから三週間後、ミナーヤがカスティーリャから戻ってまいりました、[42]剣を帯びた者を二百人連れておりました。徒《かち》の者となると、いやもう数えきれぬほど。ミオ・シッドはミナーヤの姿を遠目に見るや、馬を飛ばして駆けていって固く抱擁。そして口に、目に接吻。ミナーヤがなにごとも隠さずあらいざらい報告すると、カンペアドルはにこりと微笑み、

「これぞ神のお恵み、神の尊いお力の賜物だな！　そなたがいてくれるかぎり万事ならざるはなしだろうな、ミナーヤよ！」

こうして帰ってきたミナーヤ＝アルバル・ファネスが、各自の残してきた親類縁者の言づてを伝えると、ああ、つわものらの喜びはいかばかりであったか！　ああ、美髯公の喜びはいかばかりであったか、アルバル・ファネスからミサ千回分の寄進をしてきたと聞いたとき、そして妻と娘の言づてを聞いたとき！　ああ、シッドはどれほど満足し、喜びをあらわにしたことか！

「そうか、アルバル・ファネス、実によくやってくれた！」

よき星のめぐりのもと生を受けし人は、それからただちに行動を再開。アルカニス一帯を草木も生えぬようなありさまにし、その周辺をもことごとく略奪してまわり、三日後に出撃した本拠地へ帰還いたしました。

やがてこの報が一帯を駆け巡り、モンソンとウエスカの城市《まち》は頭を抱えました。一方、サラゴサは胸を撫でおろしておりました、すでに貢納しているので、ミオ・シッド＝ルイ・ディアスからなんら危害

を加えられる心配もないと。

軍勢は戦利品を携えて帰陣。運び込まれた財物の山に陣営は喜びに沸きました。ミオ・シッドは満足、アルバル・ファネスは大満足。知仁勇兼ね備えた人は笑みを浮かべ、皆に申しました。話すべき潮時でございました。

「聴いてくれ、一同！　そなたらにまことのことを言うが、動かざる者は身上を潰す。明朝、ここを動こうではないか。陣を払って先をめざそう」

こうしてシッドはアルカント峠へ移動。そこを根城にウエーサとモンタルバンを襲撃いたしました。この遠征に十日を費やしました。報が四方へ飛びました――カスティーリャを追われてきた者が城市をつぎつぎ馬蹄にかけている――。四方へ伝わった報は、バルセロナ伯の耳にも飛び込みました――ミオ・シッドことルイ・ディアスが伯の領域を手当たりしだいに荒らしまわっている――。顔に泥を塗りおったと、伯は怒り心頭に発しました。空威張りが服を着て歩いているような人物である伯は、このときもまた大言壮語。

「ミオ・シッド、ビバールのやつめには、以前ひどい無礼を働かれた。わが宮廷で赦し難い狼藉、甥を殴打し、あまつさえそのあと償わぬ。今度はわしが保護しておる地を荒らしまわるか！　やつめには戦いを挑んだ覚えもなければ、和平を拒んだ覚えもないぞ。だが望みとあれば償わせてくれるわ！」

こうして強大な力を誇る伯のもとへ、われ遅れじと兵が集結。やがてモロとキリスト教徒からなる大軍勢ができあがりました。軍勢はミオ・シッド＝ビバールの勇者を追って三日と二晩行軍したのち、テバルの松林で追いつきました。いざシッドめをわが手で生け捕らんと伯の鼻息荒らし。ミオ・シッド＝ドン・ロドリゴが山のような戦利品を携えて山をくだり、麓へ着こうというとき、ドン・ラモーン伯の使いがやってまいりました。その口上を聞いてミオ・シッドはみずからも使者を立てることにし、

「伯へはこうお伝えせよ。悪くおとりになるな、伯のものはなにも奪っておらぬ、このまま無事いかせていただきたい、と」

　それを聞いた伯は、

「しらを切るか！　以前の所業、このたびのふるまい、まとめて償わせてくれるわ！　流れ者めが、誰の顔に泥を塗ったか思い知れ！」

　使いした者はほうほうの体で戻ってまいりました。というわけでビバールの人ミオ・シッドは、ここは一戦交えねば済むまいと腹を括りました。

「一同、聴け。分捕ったものはいったん置いて、急ぎ支度せよ。鎧兜を身に着けるのだ。ドン・ラモーン伯がキリスト教徒とモロよりなる大軍を率い、われらに大いくさをしかけにくる。お相手せねばどうあってもお赦し願えぬ様子。先へいってもどのみち追ってくるのであれば、いっそここでお相手申そうではないか。馬の腹帯を固く締め直し、鎧兜を身に着けよ。あちらは皆長靴を履かず、華奢な鞍にまたがり、腹帯緩めて坂をおりてくる。われらはいくさ用の鞍を置き、靴下の足に長靴を履こう。あの軍勢ならば百人[43]あればこと足りる。坂をくだりきるまえにしかけるのだ。なに、ひと突きすれば鞍三つを空にできよう。ラモーン・ベレンゲル、われらが分捕ったものを奪おうと跡を追ってきたのはよいが、今

日このテバルの松林でその相手が誰か思い知らせてやるぞ」

ミオ・シッドの言葉が終わったときには、誰もが支度を終え、槍を手に馬にまたがっておりました。やがてカタルーニャ勢が坂をくだってくるのが見えてまいります。軍勢がくだりきって平地にさしかかろうとしたそのとき、ミオ・シッド＝よき星のめぐりのもと生まれいでし人は「かかれ！」の号令を発し、全騎勇躍して突撃。槍旗をはためかせつつ槍を縦横無尽にふるい、かつは手傷を負わせ、かつは落馬させました。よき星のめぐりのもと生まれいでし人はこの戦いに勝ちを収め、ドン・ラモーン伯を虜にいたしました。またその際、銀千マルコでも買えぬ名剣コラーダを獲得。この戦いの勝利により、シッドの武名はさらにあがったのでございます。

シッドは捕らえた伯をわが幕舎へ連れてゆき、小姓らに見張りを命じておいて、ふたたび外へ出ました。散っていた味方が集まってまいります。山のような戦利品に満足げなミオ・シッド。やがてミオ・シッド＝ドン・ロドリゴのため、贅沢な馳走が用意されました。ドン・ラモーン伯はそれを見てせせら笑いました。伯にも料理が運ばれてきて前に並べられましたが、手をつけようとせぬばかりか見向きもいたしません。

「スペインじゅうの富をやると言われようが、ひと口たりと食うものか。それぐらいなら、いっそ肉体を捨て、魂を捨てるほうがまし。こんな襤褸《ぼろ》を着た者どもに不覚をとるとは情けない」

すると、お聴きあれ、ミオ・シッド＝ルイ・ディアスが申すには、

「伯よ、この食べ物を召しあがれ。さあ、この酒も。言うことをお聞きになれば解き放ってさしあげますぞ。

だが意地を張れば、もう一生キリスト教徒の地へはお戻りになれぬかと」

　伯は申しました。

「そなたは食べて腹でもさすっておればよい、ドン・ロドリゴよ。こっちはこのまま死んだほうがまし。誰が食ってなどやるものか」

　三日目まではなだめてもすかしても聞き分けません。分捕った夥しい金品を皆で分けあっていたあいだ、ひとかけらのパンさえ口に入れさせることはできませんでした。ミオ・シッドが申しました。

「ひと口なりと召しあがらぬか、伯よ。聞き分けねば一生このまま。だが、よいと言うまで召しあがれば、殿と二人のお方、解き放って自由の身としてさしあげますぞ」

　これを聞いた伯はしだいに顔がほころんでまいりました。

「今申したこと、シッドよ、もしもほんとうにやってくれるなら、一生恩に着るぞ」

「では、召しあがれ、伯よ。食べおえたら殿とあのおふた方、解き放ってさしあげましょう。ただしお断わりしておきますが、殿がいくさで失われたもの、わたくしが勝ち取ったものは、びた一文お返しできませぬぞ。苦労をともにしているこの家臣たちのため入り用ですのでな。殿から奪い、ほかのだれかれから奪って糊口をしのいでゆく。こうした暮らし、いつまで続くかわかりませぬが、陛下のご勘気をこうむり国を追われた身である以上、いたしかたありませぬ」

　伯はすっかり元気になり、手を洗う水を求めました。水は前に運ばれてきていて、即座に差し出されました。伯はシッドが返してやった二人と雁首並べて食べだしましたが、いや、なんとうまそうに食べ

ること！　よき星のめぐりのもと生を受けし人はそばで見ながら、

「よいと言うまでたらふく召しあがらねば、ここでわれらと暮らすはめになりますぞ。おさらばできませぬぞ」

言われて伯は、

「ああ、喜んで食ってやるとも！」

伯は二人の貴族とがつがつ貪りました。ドン・ラモーン伯の手の、まあよく動くこと動くこと！　ミオ・シッドはその様子を上機嫌で眺めておりました。

「ミオ・シッド、どうだろう。われらはいつ出立してもよいが。馬をくれたらすぐにでも発ちたい。それにしても伯になってこのかた、これほど美味に感じた覚えがない。この食べ物の味は一生忘れまい」

ひときわ見事な鞍を置いた乗用馬三頭と、チュニックやマントの立派なものが与えられました。ドン・ラモーン伯は二人の貴族のあいだにはいりました。カスティーリャ戦士は陣営の端まで送ってゆき、

「さあ、おゆきなされ、伯よ、とびきりカタルーニャ人らしく！　残してゆかれる品々には感謝申しあげます。もしも負けた恨みを晴らそうと思い立ち、わたくしを探しにおいでになることがあれば、逃げも隠れもいたしませぬ。奪うか奪われるか勝負いたしましょう」

「安心せよ、ミオ・シッド。そなたは安泰。そなたへの今年の分の払いは済ませた。このうえそなたを探し求めるなど思いもよらぬ」

伯は拍車をあて、後ろを振り返り振り返り去ってゆきました。ミオ・シッドの気が変わりはせぬかと

心配していたのでございました。卑劣な行ないとは無縁の高潔な武人、たとえ万金を積まれようとあるはずのないことでございます。

伯は去ってゆき、ビバールの人は引き返して家臣たちと集まり、いくさで得た、それはもう途方もない戦利品の分配をはじめました。めいめいが手にした財物は山のよう。いったい自分がどれほど持っているものやら、見当もつかぬほどでございました。

第二歌

ビバールの人ミオ・シッドの勲しの物語、これよりはじめることにいたします。

アルカント峠を根城としていたミオ・シッド、やがてサラゴサなど内陸の地、はたまたウエーサやらモンタルバンのあたりやらを捨て、塩水湛える海の方面へ矛先を転じました。すなわち日のさしのぼる東のかたへ馬首を向けたのでございます。こうしてミオ・シッドはヘリカ、オンダ、アルメナラを手に入れ、ブリアナ一帯も残らず切り従えました。万物を造りたまいし神、天にまします主がお助けくださっておりました。シッドはなおそのうえムルビエドロまでも攻略。われに天佑あり、ミオ・シッドはそう感じておりました。バレンシアは震えあがりました。焦りました。いやもう心平らかならず。そこで衆議一決、シッドを包囲しに向かうことになり、夜行軍で移動。夜明けにムルビエドロ近郊に陣を張りました。それを見て「ほう」と驚いたミオ・シッドでしたが、

「感謝いたします、霊のおん父！　――われらはかれらの土地に居座り、手あたりしだいに荒らしまわっている。かれらの酒を飲み、かれらのパンを食らっている。囲みにくるのも道理。ここは一戦交えずには済むまい。加勢に馳せ参じるべき者たちへ使いを送れ、ヘリカ、アルカドへ。それからオンダ、アルメナルへ。ブリアナの者どもにも遅れるなと伝えよ。野に打って出て戦おう。われら、天祐を得てさらに富を積むことになろう」

三日後に軍勢が揃うと、よき星のめぐりのもと生を受けし人は、こう鼓舞いたしました。

「皆、聴いてくれ。一同に神のご加護があるよう！　われらは清浄なキリスト教徒の地を去らねばならなかった。無念ではあったがいたしかたなかった。だが、それよりのちは天佑を得て連戦連勝。今はバレンシア軍に包囲されているが、もしもこの地で生きてゆこうと望むなら、あれに痛打を浴びせるほか道はない。夜が過ぎ朝がくるときまでに、鎧兜を着け馬に乗っておけ。いざ、あの敵陣へ攻め込もう。生国を追われ異郷にある身として誰が俸給に値するか、いくさ場で明らかとなろう」

さあ、ミナーヤ＝アルバル・ファネスが申します。

「カンペアドルよ、われら、おおせのままに。わたくしに百騎お貸しを。それだけあれば十分。殿は残りの軍勢を率いて正面より攻めかかり、思う存分戦いなされ、なにを恐れもなさるまいゆえ。こちらは百騎率いて側面を衝きましょう。これで勝利は手にしたも同然」

カンペアドルはこの献策に異議なく同意いたしました。

朝が近づき、支度がはじまりました。各自、役割をしっかりと心得ております。夜明けとともにミオ・

シッドは突撃を開始。

「万物を造りたまいし神と使徒聖ヤコブのみ名において、かかれ、者ども！　全身全霊を傾けよ！

——われはルイ＝ディアス、ビバール[1]のミオ・シッドなり！」

それ、幕舎の綱がつぎつぎに切られてゆく。つぎつぎに杭が抜かれ支柱が倒れる。しかしモロ方は大軍、ほどなく態勢を立て直しにかかります。が、そのとき、側面からアルバル＝ファネスが突っ込んでまいります。モロは無念の涙を呑んで逃げるか降参するか。虎口を脱した者は死に物狂いで馬を駆けさせました。いくさ場は歓喜に沸きました。モロ方は二人の将軍が追いつかれて討ち取られました。追撃戦はバレンシアまでつづきました。ミオ・シッドは莫大な戦利品を獲得。シッド軍はさらにセボーリャを落城させ、その先もことごとく落としました。やがていくさ場に遺棄された財物をかき集め、引き揚げにかかります。莫大な戦利品を携えムルビエドロへ凱旋するシッド軍。ミオ・シッドの勲しは、さあもう轟き渡ってゆきます。バレンシアは震撼し、立ち竦みました。シッドの勲しは海の向こうまでも鳴り響きます。

シッド一党は天が味方して与えたもうたこの勝利に沸きました。このあと略奪隊が繰り返し放たれました。これらは夜陰に紛れて移動。クリェーラを襲い、ハティバを襲い、さらにその先、デニアの城市《まち》も襲いました。こうして海沿いのモロの土地を容赦なく荒らしまわり、ペニャ・カディエリャ城とそこへ通じる道、そこから通じる道まで押さえるに至りました。ペニャ・カディエリャ城がシッド＝カンペアドルの手に落ちたことはハティバにはたいへんな衝撃。クリェーラにとっても同じ。バレンシアに至っては、その恐怖は計り知れません。

モロの地に盤踞し、昼間は眠り夜になったら動きだして、奪い、分捕り、ミオ・シッドはこうして三年かけてかの城市々々を支配下に置きました。懲りていたバレンシアは、もはや打って出て一戦交える気力は消えてなくなっております。ミオ・シッドはその間くる年もくる年も畑を荒らして大損害を与え、食料を奪いました。バレンシアは立ち往生。塗炭の苦しみ。なにしろどこからも食料がはいってこぬのでございます。父は子を、子は父を助けるに術なく、友は友を慰める言葉を持たず。皆様方、食べ物がないほど耐え難い苦しみがありましょうか！　子が、妻が、飢えて死ぬのを見ねばならぬほど！　この悲惨なありさまを目の前にしてなす術のなかった者たちは、たまらずモロッコ王(2)へ使者を送りました。けれどモロッコ王はモンテス・クラーロス(3)の王と大いくさの真っ最中。援軍を送れず、ましてみずから乗り出すことはできません。それを知ったミオ・シッドは、しめたとほくそ笑みました。そこである夜ムルビエドロを発って闇に紛れて移動。明け方モンレアルの地へ着くと、人を遣ってアラゴンとナバーラ内を触れまわらせ、またカスティーリャ各地へも口上を伝えさせました――貧苦を脱し富を積みたい者はミオ・シッドのもとへ馳せ参ずべし。ミオ・シッドはバレンシアを囲み、これをキリスト教徒のものとすべく愛馬に打ちまたがらんとしている――。

「わが旗のもと、バレンシア攻めに加わりたい者があれば、カナール・デ・セリャにて三日待つ。勇躍して参陣せんとする者のみきたれ。無理は強いぬ」

ミオ・シッド＝よき星のめぐりのもと生を受けし人は、これだけの手筈をととのえると、わがものとしていたムルビエドロへ戻りました。

さあ、それから触れ役が各地を隈なくまわります。これぞひと儲けの好機、それ遅れるなと、神聖なるキリスト教の国々から、つわものたちがわれもわれもと馳せ参じてまいります。事実、ビバールの人ミオ・シッドの富は増すばかりだったのでございます。ミオ・シッド＝ドン・ロドリゴは集まってきたつわものたちを見て満足げな様子を見せ、このうえは一刻も早くと、ただちにバレンシアめざして進発、そして攻撃にかかりました。このたびは策は用いず、水も漏らさぬ包囲陣を布いて、人っ子一人出はいりできぬようにいたしました。この報が四方へ伝わると参陣する者がさらに増えました。去る者など、それはもうただ一人《いちにん》もなし。ミオ・シッドはバレンシアに対し、(4)救援を求めるための猶予を与えました。包囲は実にまる九箇月間におよび、十箇月目ついに開城。ミオ・シッドがバレンシアを落として入城したとき、陣営は歓喜に沸き返りました。徒《かち》武者は騎馬武者となりました。手に入れた金銀は途方もない量。軍勢に加わっていた者たちは誰もが富を手にしました。ミオ・シッド＝ドン・ロドリゴは取り分として五分の一を収めましたが、その中身は貨幣だけでも三万マルコ。そのほかの財となると計り知れぬほど。天主のてっぺんに大将旗が翻ったとき、カンペアドルとその麾下の者たちの中から、どっと歓声があがりました。

ミオ・シッドとその軍勢が戦塵を洗い落としているころ、「バレンシア、防戦空しく陥落」の報が(5)セビーリャ総督へもたらされました。総督は三万の兵を率いて来襲。戦いは畑地の近くで行なわれ、長髯公ミオ・シッドはセビーリャ軍を撃破。追撃はハティバへ至ってなおつづきました。ああ、フカル川を渡るモロ勢のあわてふためきよう！　逃げるモロどもが心ならずも水を飲む様子！　セビーリャ総督自身、三太刀あびせられ敵に後ろを見せるぶざまさ。やがてミオ・シッドは戦利品をごっそりかき集めて凱旋いたしました。バレンシアの都城《まち》を落とした際も相当のものを手に入れましたが、このたびの勝利で得た財物は、いやもうそれを凌ぐ量。雑兵すらあまねく銀百マルコの分配にあずかったほど。われらが騎士の武名は、さあそれはもう遥か彼方まで鳴り響いたのでございます。

キリスト教徒は皆、ミオ・シッド＝ルイ・ディアス＝よき星のめぐりのもと生まれし人とともに、勝利の美酒に酔いしれました。すでに長くなっていたシッドの髯は、ますます伸びつつありました。ミオ・シッドはかねてよりその口でこう公言いたしておりました。

「わたしはアルフォンソ国王陛下に国を追われている身。君寵の戻ることを願い、髯に鋏を入れまい、毛のひと筋たりと刈るまい。この誓い、人口に膾炙して欲しいものだ」

ミオ・シッド＝ドン・ロドリゴはバレンシアで体を休めておりました。かたわらには、影が形に寄り添うごとくミナーヤ＝アルバル・ファネスの姿。かつて国を去った者たちは、いまや山のような富を手にいたしております。よき星のめぐりのもと生を受けし人は、各自に対し満足するに足る家屋敷と領地を与えてやっておりました。誰もがミオ・シッドの恩を身に染みて感じておりました。当初から行をともにしていた者も、あとから加わった者も、誰もが等しく満足。他方、ミオ・シッドは、できることなら手に入れた財物を持って、飛んで帰りたがっている者のあることを見抜いておりました[(6)]。そこでミナーヤからの具申を渡りに船と、次のように告げました——わが家臣たる者は、わたしに断わりなしに黙って立ち去るべからず。もしも背けば追捕のうえ財産没収、その身は吊るし首とする――。さあ、こうして万事しかるべく処置いたしますと、次にミオ・シッドはミナーヤ＝アルバル・ファネスにこう相談を持ちかけました。

「どうだろう、ミナーヤ。ここにいる者の数、わたしのもとで富を得た者の数を調べたく思うが。名簿を作って総数を数えるつもりだ。もしも記載を逃れ、名簿に名前のない者を見つけたら、財産を返させ、バレンシアの守りにあたり、また見張りに立つわが家臣らへ与えようと思う」

聞いてミナーヤは「それはよい考え」と賛成いたしました。そこでミオ・シッドは、広間に参集せよ、全員集まれと命じ、揃ったところで人数を数えさせました。ビバールの人ミオ・シッドのもとには、三千六百人いることがわかりました。喜びがこみあげたシッドは笑みを浮かべ、

「神と聖母マリアに感謝申さねばな、ミナーヤ、ビバール村を出たときのさびしさを思えば！　いまやわれらは富も得た。この先さらに積むことになろう。もしよければ、ミナーヤよ、もしも面倒でなければ、われらが領地のあるカスティーリャへ使いしてきてはくれまいか。アルフォンソ国王陛下、わが生国のあるじのもとへいって欲しいのだ。われらが当地で勝ち取った財物の中から軍馬百頭ご献上申したい。それを連れていってくれ。しかるのちわが名代として御手に接吻し、伏してお願い申してくれ、わが妻子を呼び寄せることをお許し願いたいとな。こちらから迎えを出そう。三人にはこう伝えてくれ、ミオ・シッドの妻と幼い娘らに迎えがゆき、われらが攻め取ったこの異郷の地へ、まこと晴れがましく赴くであろうとな」

これにミナーヤは「かしこまりました」と。こうしたやりとりのあと支度がはじめられました。ミオ・シッドは道中の供としてアルバル・ファネスに百人与えました。（……）そうして、サン・ペドロ修道院へ銀千マルコ持ってゆくよう申しつけました、ドン・サンチョ修道院長へ寄進するようにと。

こうした一連のことに人々が心浮き立っているさなか、東の国から僧が一人やってまいりました。僧の名は(7)ドン・ヘロニモ司教。文に明るく知にすぐれ、戦っては立ってよし馬でよしの荒法師。いくさ場にてモロと渡りあわんと、ミオ・シッドの武勲を尋ね歩いてやってまいったのでございます。武器をふるい心ゆくまで戦ったのちは、われ死すときなんびとも嘆くまじ、と言い放ちました。知らせを聞いたミオ・シッドは欣然として、

「なあミナーヤ＝アルバル・ファネス、どうだろう。天、助けたまうときは、われら深い感謝の念を忘れてはならぬ。バレンシアの地に司教区を設け、この勇敢なキリスト教戦士に与えようと思うが。カスティーリャへはいろいろとよいみやげ話を持ってゆけるな？」

ミナーヤはドン・ロドリゴの言葉に賛同いたしました。さっそくこのドン・ヘロニモは司教に推戴され、バレンシアで豊かに暮らせる領地が与えられました。ああ、全キリスト教徒にとってどれほどの喜びであったか、バレンシアの地に司教猊下の誕生とは！　ミナーヤは旅立ちの挨拶をしたのち、心も軽く旅立ちました。

平穏な日々のつづくバレンシアの地をあとに、ミナーヤ＝アルバル・ファネスはカスティーリャへ向かいました。どこどこに泊まったなどという話は省きます。いちいち語りますまい。ミナーヤは、どこ

へゆけばお目通りできようかと、[8]アルフォンソ王の居場所を尋ねました。すると、少しまえにサアグンへゆかれ、そこからカリオンへまわられたので、そこで拝謁たまわれようとの返事。それを聞いたミナーヤ＝アルバル・ファネスは、おお、そうかとうなずき、用意してきた献上物とともにそちらへ向かいました。

そのときアルフォンソ王はミサを終えて出てきたところ。さあ、そこへミナーヤ＝アルバル・ファネスが衣服をととのえやってまいりました。ミナーヤは衆人環視の中ひざまずくと、胸詰まる様子を見せて王の足もとにかしこまり、手に接吻して言上しはじめました。実に非の打ちどころのない言葉でございました。

「なにとぞ、陛下、どうかなにとぞ！　闘将ミオ・シッド、英邁なるあるじの御手に、おみ足にご接吻申し、伏してお慈悲を願いたてまつると。君寵を失い国を追われたわがあるじ、異郷にありながら立派に武威を張っております。ヘリカ、そしてオンダなる城市《まち》を落とし、アルメナラ、さらには一頭地を抜くムルビエドロを奪取。つづいてセボリャ、さらに進んでカステリョン、また突兀《とっこつ》たる岩山の上にそびえるペニャ・カディエリャを攻略。これらのあるじとなったうえ、加えていまやバレンシアまでも支配。向かうところ敵なしのカンペアドルはわが手で司教を任命。戦っては[9]五度の野戦で一度も遅れをとらず。天がどれほど財物をくだしたもうたことか。ごらんくださいませ。これがその証し。わが言葉に偽りなし。馬具一式着けた太く逞しい駿馬百頭。ミオ・シッドはこれをご嘉納くださるよう願いあげたてまつると。あるじはみずからを王臣と思い定め、陛下を主君と仰いでおります」

王は右手をあげ十字を切って、

「なんとカンペアドル、それほど莫大な富を得たか！　聖[11]イシドロに誓って心底うれしく思うぞ。カンペアドルの立てている手柄の数々についても同様だ。この馬、献じてくれると申すなら受け取っておこう」

王の上機嫌をよそに、おもしろからぬ気分はガ[12]ルシ・オルドニェス――

「モロの地は無人と見えますな。シッド＝カンペアドルがこうも好き放題やれるとは！」

するとと王は伯に、

「口を慎め！　どうあれそなたよりは忠義を尽くしてくれている！」

それを聞いたミナーヤは勇を鼓して申しました。

「おそれながらシッドよりひとつお願いが……妻のドニャ・ヒメーナと二人の娘のこと。預けている修道院を出てバレンシア、忠義のカンペアドルのもとへゆくことをお許しいただきたく」

すると王は、

「よいとも。わが王国を出るまでは、こちらで食べ物の面倒を見る手筈をととのえよう。また、道中危うい目に遭ったり、危害を受けたり、辱めを受けたりせぬよう警護もさせよう。国ざかいを出たあとは、そなたやカンペアドルが気をつけて面倒を見てやるがよい。――聴け、近臣たち、群臣百官！　これからは、万事カンペアドルの不利にならぬようはからってゆくつもりだ。カンペアドルをあるじと仰ぐその近臣らに対しては、召しあげた所領を誰彼の区別なくそっくり返すことにする。今後はあるじに従いどこにいようと所領は安堵。その身の無事も請け合い、危害から守ろう。カンペアドルをあるじと仰ぐかぎり、このこと相違ない」

ミナーヤ＝アルバル・ファネスは王の手に接吻。王は微笑み、それはすばらしい言葉をつづけました。

「あちらへまいってカンペアドルに仕えたい者があれば、これを許す。万物を造りたまいし神のご加護のもと旅立つがよい。罰しても無益。こうするほうがわれらの利は大きかろう」

このとき(13)カリオンの公子兄弟がひそひそ話しはじめました。

「ミオ・シッド＝カンペアドルの武名は高まるばかり。娘を娶《めと》る(14)のは悪くない。さぞかし甘い汁が吸えような。だがこの話、素直には切り出せぬ。なんといってもミオ・シッドはビバールの山出し、われらはカリオン伯の一門だからな」

このときは誰にも言いださぬままこの話は終わりました。

誉れ高き王に暇乞いするミナーヤ＝アルバル・ファネス――

「はやゆくか、ミナーヤ！　道中の平安を祈っているぞ。小姓を一人連れてゆくがよい。さぞかし役立ってくれよう。婦人らがそなたに連れられてゆく道中、なに不自由なく過ごせるよう命じておこう。メディナセリへ着くまでは、入り用のものはなんでも用意させる。それより先はカンペアドルに任せよう」

ミナーヤは別れの挨拶をして宮廷を後にいたしました。

カリオンの公子兄弟は（……）ミナーヤ＝アルバル・ファネスにつきそいながら、

「貴殿はなにをさせてもそつのないお人ですな。ひとつこれもそのようにやってくださるまいか。ミオ・

シッド、ビバールのお人によろしくお伝え願いたい。われらはできるだけかのお人のお役に立つ所存。われらと昵懇にしおいてけっしてシッドの損にはなりますまい」

ミナーヤは答えて、「お伝え申すのはさしつかえございませぬ」と。

ミナーヤは発ち、公子兄弟は引き返しました。サン・ペドロ修道院へ向かうミナーヤ。そこには婦人たちが身を寄せております。ミナーヤの姿が見えたとき修道院はどれほど喜びに沸いたことか！　下馬したミナーヤはまず聖ペテロに祈りを捧げ、終えると婦人たちのもとへいって、

「謹んでご挨拶申しあげます、ドニャ・ヒメーナ。神が奥方様を災いからお守りくださいますよう。また幼い姫様方も。ミオ・シッドが、住まいするかの地より挨拶を送ると。あるじはつつがなく、そのうえいまや巨万の富の主。このたび陛下は格別のご配慮、奥方様らを自由の身とし、われらが領地としたバレンシアへお連れ申せるようおとりはからいくださいました。シッドはご家族の無事息災なお姿をごらんになれば、さぞ愁眉を開いて欣喜雀躍なさろうかと」

「そうなればうれしいことです」と、ドニャ・ヒメーナは申しました。

ミナーヤ＝アルバル・ファネスは三騎を先立たせ、ミオ・シッドのもとへ、根城とするバレンシアへ向かわせます。

「カンペアドルにはこうお伝えせよ（神よ、あるじを災いより守りたまえ！）、陛下が奥方様と姫様を自由の身とし、なおそのうえ王国内を通るあいだ、食べ物に困らぬようおとりはからいくださいました、神がわれらを災いより守りたまえば、殿の奥方様と姫様、またお三方に忠実にお仕えする侍女らも残ら

ず引き連れ、これから半月ほどでそちらへ着きましょうと、このように」

発っていった三騎、しかるべく役目を果たすでございましょう。他方ミナーヤ＝アルバル・ファネスは引き続きサン・ペドロ修道院に留まります。それ、処々方々よりつわものらが馬で駆けつけてまいります、バレンシアへまいりビバールの人ミオ・シッドの旗のもとに集おうと。人々がアルバル・ファネスに口利きを頼むと、そのたびミナーヤは「おお、喜んで」と引き受けてやりました。こうしてミナーヤ一行には、もとの百騎に新たに六十五騎が加わり、婦人らの随行のためのちょうどよい一隊ができあがりました。

ミナーヤは修道院長に五百マルコ寄進いたしました。残り五百の使い道といえば、さすが心利いたミナーヤ、ブルゴスへ赴き、ドニャ・ヒメーナ親子、親子のそば近くに仕える侍女らのため、そこで目についたとびきり美しい衣服、それに馬やラバを買い揃え、世間に恥ずかしくないようにいたしました。こうして気働きのよさを発揮して婦人たちに支度させたあと、ミナーヤがいよいよ馬に乗ろうとしたそのとき、さあ、そこにラケールとビダス。足もとにうずくまると、

「後生でございます、ミナーヤ、人にすぐれた騎士様！　シッドのためわたくしどもは破産の憂き目。ほんとうになんとかしていただかねば！　利子は諦めてもよろしゅうございます。せめて元金だけでもお返しくださいませ」

「神のお導きを得て無事あちらへ着けたらば、シッドとお話ししてみよう。そなたらの助力に対しては十分な報酬があろう」

するとラケールとビダスは、

「なにとぞそうお願い申します。でなければわたくしども、ブルゴスを発ってあちらへお目に掛かりにまいりますので」

ミナーヤ＝アルバル・ファネスはサン・ペドロ修道院へ向かいました。そこにはつわものがひっきりなしに集まってまいります。いよいよ出立の時。修道院長との別れは断腸の思い——

「万物を造りたまいし神のご加護がございますよう、ミナーヤ＝アルバル・ファネス！　拙僧に代わってカンペアドルのお手に口づけし、当院をお忘れあるなとお伝えくだされよ。いつまでも変わらずお引き立てくだされば、シッドのますますのご武運隆盛は疑いなし」

それに対してミナーヤは「かならず申し伝えます」と。いよいよ別れを告げ出立。一行には世話を命じられた小姓が付き添い、王国を通過するあいだ食べ物が十二分に供されました。アルバル・ファネスと婦人たちは、サン・ペドロ修道院からメディナセリまで五日かけて到着すると、いったんそこに留まりました。

一方、使者の役目を言いつかった三騎——。口上を聞いたビバールの人ミオ・シッドは、心躍り顔がぱっと輝きました。そうして口を開いて申すには、

「これでこそ心利いた使いを送ったかいがあったというものだな！　これ、ムニョ・グスティオスよ、それにペロ・ベルムデス、加えて忠義のブルゴス者マルティン・アントリネスよ、傑僧ドン・ヘロニモ司教よ、百騎に鎧わせ、連れて発て。サンタマリアを通り、その先、モリーナへゆくのだ。そこの領主

はわが盟友アベンガルボン。百騎を率いて万全の警護をしてくれよう。それからのちは一路メディナセリめざしてひた走れ。聞けばそこでわが妻と娘らが、ミナーヤ＝アルバル・ファネスに守られ待つと言う。たいせつにたいせつにわたしの前まで連れてきてやってくれ。わたしはバレンシアに残っておらねばならぬ。なにせ苦労を重ねた末手に入れたこの都城《まち》。留守にするのは愚の骨頂。わたしはバレンシアに残っておらねば。なにせここはわが一所懸命の地」

ミオ・シッドの言葉に従い一行は出発。途中休まずひたすら先を急ぎます。サンタマリアを突っ切り、ブロンチャレスへ至って一泊。翌日はモリーナで一泊。モロのアベンガルボンは知らせを聞くと「おお、そうか！」と喜び、迎えに飛び出してまいりました。

「よくぞおいでになった、わが刎頸の友の家臣のかたがた！　これはわたしにとって迷惑ならざること。いやいや実にうれしいこと」

ほかの者が言うのを待たず口を開いたのはムニョ・グスティオス、

「ミオ・シッドは貴殿に挨拶を送り、ただちに百騎引き連れてのご助力をお手配くださるようお願い申すと。メディナセリで待つ奥方と姫を迎えにいって当地へ連れ帰り、それからバレンシアまで片時も離れずご同道願いたいと」

アベンガルボンは「むろんお役立ち申す」と答えました。その夜、アベンガルボンは一行を贅沢な夕食でもてなし、明くる朝ともに発ちました。求められたのは百騎。しかし引き連れていたのは二百騎。一行はなんの恐れ気もなく深く険しい森を通り、カンポ・タランスを突っ切ったのち、やがてアルブフエロの谷をくだりにかかりました。一行の姿を見てメディナセリでは身構えました。ミナーヤはその正体を探らせるため二騎を送り出しました。心得たとさっと飛び出した二騎。やがて一騎はあちらへ合流、もう一騎がアルバル＝ファネスのもとへ戻ってまいりました。

「カンペアドルの軍勢がわれらを迎えにきたのです。それ、先頭をくるのはペロ・ベルムデス。そのあとにはムニョ・グスティオス。殿を一途に慕う二人。それにブルゴス生まれのマルティン＝アントリネス、至誠の僧ドン・ヘロニモ司教。加えて一城のぬしアベンガルボンも、ミオ・シッドに深い敬意をあらわし手勢を引き連れて。皆一団となってやってまいります。ほどなく到着いたしましょう」

それを聞いてミナーヤは「馬に乗れ！」と。われ遅れじと、皆ただちに騎乗いたします。まず城市《まち》から駆け出たのは百騎。薄絹の馬衣《うまぎぬ》着け、鈴を下げた胸懸《むながい》飾った太く逞しい馬に跨り見苦しからぬいでたち。おのおの盾の紐を首に掛け、旗翻る槍を握っていたのは、人々にミナーヤの真心、いかに婦人らを帯同してカスティーリャを旅してきたかを示すためでございました。先頭に立って様子を見る役の者らは、やがて槍[15]や剣を手に演武をはじめました。ハローンの河畔は喜び一色となりました。バレンシアからやってきた者たちは、着きしだい順にミナーヤへ挨拶にまいります。アベンガルボンもやってきて、ミナーヤの姿を目にすると快活な笑みを浮かべ歩み寄って抱擁し、モロの習慣に則り両肩に接吻——

「やあやあ、ミナーヤ＝アルバル・ファネス！　よくぞこのご婦人方をお連れ申してくれたな。闘将ミオ・シッドの奥方と、そのお子たる姫たちのお供ができるとは、われらにとってこのうえなき身の誉れ。貴殿も皆で丁重に遇さねばな。なにせシッドの武運は旭日昇天の勢い。敵にまわして敵うものではない。

戦いの時、平和の時、いずれの時もわれらお役立ち申さねばならぬ。この道理のわからぬ者は大馬鹿だ！」

ミナーヤ＝アルバル・ファネスはにこりと微笑み、

「なるほどアベンガルボン、貴殿は確かにシッドの味方！　もしもわたしに天祐あってシッドのもとへ辿り着き、無事な姿を目にすることができたなら、今度の貴殿のこの働き、骨折り損とはなりますまい。さあ、宿へゆこうではありませぬか。夕餉の支度もできている」

アベンガルボンは答えて、

「それはありがたい申し出！　三日以内に倍にしてお返しいたそう」

一同打ち揃ってメディナセリへはいりました。そこではミナーヤが接待役を務めましたが、そのゆきとどいた気配りに喜ばぬ者はございません。費用は王の小姓が受け持ちました。メディナセリではそれは豪勢な馳走が提供され、しかも費用は王のまる抱え、ミナーヤは一文も出す必要がなかったとあれば、ミオ・シッドはバレンシアにいながらにして面目を施したのでございます。

さて、夜が過ぎ朝となりました。一同ミサにあずかったのち馬に乗り、メディナセリを発ちました。ハローン川を渡り、アルブフエロの谷をいっきに駆けのぼり、それからカンポ・タランスを突っ切り、やがてアベンガルボンの領する城市《まち》モリーナに到着。その間、まこと勇敢なるキリスト教徒ドン・ヘロニモ司教は、常に婦人たちの身辺に目を光らせておりました。司教は右に太く逞しい軍馬、後ろに武具その他の荷を積んだラバを引き連れ、アルバル・ファネスと轡を並べて進みました。一行がはいったモリーナは豊かで大きな城市。そこではモロのアベンガルボンが、まさに下にも置かずもてなします。望むものはなんであれ提供し、馬の蹄鉄すら命じて付け替えさせるほど。ああ、ミナーヤと婦人たちはどれほど丁重にもてなされたことか！　明くる朝急いで城市を発ったあとも、バレンシアへ着くまでアベンガルボンはそつなく気を配りました。しかもすべて自分の懐から賄い、相手からはなにも受けとりません。一行は、真心こもる心配りの醸し出すこうした和やかな雰囲気の中、もうすぐバレンシア、あとちょうど三[16]レグアという地点までやってまいりました。

　そこで待つミオ・シッド＝星のめぐりよきとき生まれし人のもとへ使いが到着。ミオ・シッドは欣喜雀躍、これ以上の喜びはおろか、同じほどの喜びも味わった覚えはございません。なにせ愛してやまぬ者たちが到着したという知らせだったのでございます。シッドはただちに二百騎をミナーヤと貴婦人たちの出迎えに向かわせました。自身は残って都城《まち》の監視と警護にあたったのは、アルバル・ファネスにわずかな手抜かりもないと、ようく飲み込んでいたからでございます。

　さあ、この二百騎、ミナーヤ、婦人と姫たち、一行のそのほかの人々を出迎えます。ミオ・シッドは都城にいる者たちに、本丸や聳え立つ塔の数々や各城門の守備を命じ、都城の[17]出入りの監視を命じたあと、バビエカを引いてこさせました。これは少し前に戦利品として手に入れていた馬でしたが、ミオ・シッド＝よき星のめぐりのもと剣を佩きし人は、これがどれほど駆け、どれほどぴたりと止まってくれるものやら、いまだ試さぬままでございました。

　シッドは身の安全の砦であるバレンシアの城門の前、妻子の眼前で武技を披露しようと意気込んでおりました。ドン・ヘロニモ司教は、丁重至極な出迎えを受けた婦人たち一行に先んじて都城の中へはいり、下馬して礼拝堂へ向かいました。そうして法衣を纏い銀の十字架を手にすると、定時課の祈りを捧げる支度をととのえていた僧を集められるだけ集め、婦人たちと忠臣ミナーヤを迎えに出ました。

かたや、よき星のめぐりのもと生まれし人も支度を急ぎます。鎖帷子の上にチュニックを重ね、髯を長く垂らしました。それからバビエカに鞍を置かせ、馬衣を掛けさせて跨ると、木槍《もくやり》と盾を手に都城の外へ出ました。ミオ・シッドが跨ったそのバビエカという名の馬、駆けさせてみればなんと天馬さながら！　その見事な走りぶりに誰もが息を呑みました。この日以来、名馬バビエカの名は満天下に轟きわたったのでございます。ひと駆けしたあと、ミオ・シッドは下馬して妻と二人の娘の待つほうへ歩み寄りました。それを見たドニャ・ヒメーナは夫の足もとに身を投げ出して、

「かたじけのうございます、カンペアドル＝よき星のめぐりのもと剣を佩きし人！　よくぞ数々の耐え難い恥辱からお救いくださいました！　わたくしもあなたの娘二人も、旦那様、お前にこうして――。娘たちは神のご加護とあなたのおかげで立派に育っております」

シッドは母娘《ははこ》をひしと抱きしめました。四人は万感胸に迫り、はらはらと涙を流しました。シッド軍のつわものたちは誰もが喜び勇み、槍や剣を手に演武をしたり的当てに興じたり。(18)お聴きあれ、よき星のめぐりのもと剣を佩きし人の言葉を――

「さあ、愛しい貞淑な妻よ、かけがえのないたいせつな娘たちよ、ともにバレンシアの都城へはいろうではないか。そなたらのため勝ち取った領地だ」

母娘はシッドの手に接吻。それからまこと晴れがましくバレンシアへ入城いたしました。ミオ・シッ

ドは妻子を連れて本丸へ向かい、天守へ登りました。瞳を輝かせて四方を眺めまわす母と娘たち。眼下に横たわるのはバレンシアの街並み。目を転ずれば海原。どこまでも広がる実り豊かな畑も見えます。母娘は天へ向かって手をあげ、よくぞこのようにすばらしい富をありあまるほどお授けくださったと、神に感謝いたしました。

　ミオ・シッドや家臣団にとって一陽来復の日々がつづき、やがて冬が過ぎ三月になろうかというころとなりました。今度は海の向こう側、モロッコに君臨するかのユセフ王[19]についてお話し申しあげねばなりません。モロッコ王はミオ・シッド＝ドン・ロドリゴに対し怒髪天を衝きました。

「わが領土に押し入ったあげく、よりによってイエス・キリストに感謝を捧げているだと⁉」

　モロッコ王は兵を集め、鎧兜に身を固めた総勢五万の軍を編成いたしました。軍勢は船に乗り込んで出港。ミオ・シッド＝ドン・ロドリゴの盤踞するバレンシアをめざし、やがて着くと上陸を開始。正しき教えを信じぬこの者どもは、ミオ・シッドが奪い取った都城《まち》バレンシアへ押し寄せ、幕舎を立てて陣を張りました。知らせを聞いてミオ・シッドは、

「これぞ万物を造りたまいし神、霊のおん父の賜物！　わが宝はすべて手もとにある。苦闘の末奪い取ってわがものとし、一所懸命の地となったバレンシア。神と聖母マリアのおかげをもって、この地でともに暮らせるようになった妻と娘たち。なおこのうえ海の向こうからよいものがやってきてくれた。ここはひとつ、いくさ支度せぬわけにゆくまい。わたしのいくさぶりを妻と娘らに見せてやろう。いかにしてこのような異国で暮らしを立ててゆくか、それを教えてやろう。日々の糧を得る術をその目に焼き

つけるのだ」

シッドは妻子を本丸へ登らせました。見晴るかせば幕舎を立てる様子が目に映ります。

「これはなんですの、シッド？　いったいこれは？」

「なに貞淑な妻よ、心配は要らぬ。このうえさらに莫大な富を積むのだ、目を剝くほどのな。近ごろやってきたそなたに贈り物をしようというのだ。やがて嫁にゆく娘たちの嫁資にと持参してくれたのだ」

「シッド、あなたと霊のおん父に感謝申しあげます」

「妻よ、この広間におらぬか、どうだ、本丸に？　わたしが戦うのを見ても恐れることはない。これぞ神と聖母マリアの賜物。そなたらが見守っていると思えば勇気百倍。神のご加護のもと、このいくさ、勝利は疑いない！」

朝の光が立ち並ぶ幕舎を照らしだしました。戦鼓が急調子で打ち鳴らされます。ミオ・シッドは心浮き立ち、呟きました。

「今日はなんとすばらしい日だ！」

シッドの妻は恐怖におののき、心臓が破裂せんばかり。侍女や二人の娘も同じ。大地を震わせるこのような響きを聞くのは、生まれて初めてだったのでございます。剛勇シッド＝カンペアドルは髯を摑んで、

「心配せずともよい。そなたらにとってなにも悪いことはない。神意に適えば（……）あの太鼓、半月もせぬうちそなたらの前へ持ってこさせ、どのようなものか見せてやろう。そのあとはドン・ヘロニモ

司教へ渡し、神のおん母、聖母マリア大聖堂の中に吊るさせよう」

シッド＝カンペアドルは大聖堂を聖母に捧げておりました。愁眉を開く婦人たち。恐れは雲散霧消してゆきました。やがてモロッコ軍の騎兵が猛然と突撃を開始、果敢に畑地へ駆け入ってまいります。それを見て見張りが早鐘を打ち鳴らせば、手ぐすね引いて待ちかまえていたキリスト教勢は、心得たとばかりに支度ととのえ都城《まち》の外へ打って出る。そうしてモロ勢に近づくと、猛烈な勢いで襲いかかり、さんざん打ちのめして農地から追い払いました。その日討ち取った敵の数は五百をくだらず。シッド軍は追撃して敵陣営へ肉薄。こうして十分な戦果を挙げたのち引き揚げにかかりました。ただ、アルバル・サルバドレスが捕らえられ、敵陣にとり残されました。ミオ・シッドの禄を食む者たちは、彼のもとに凱旋してまいりますと、その前へ進み出て、あるじがその目で見ていた働きを口々に報告いたしました。ミオ・シッドは一同の奮戦に満足いたしておりました。

「一同、聴いてくれ！　これで終わってはなるまい。今日はよき日であったが、明日はこれにまさる日とせねばならぬ。明朝、夜明け前、一同いくさ支度を終えたらば、ミサにあずかりドン・ヘロニモ司教に罪の赦しをもらうのだ。それが済んだら馬に乗り、万物を造りたまいし神と使徒聖ヤコブのみ名のもと、夜明けを期して出陣しよう。日々の糧を奪われたくなければ敵を打ちのめすほか道はない」

するといっせいに「おう、心得た！」と声があがりました。すかさずミナーヤが申し出ます。

「そのおつもりであれば、シッド、わたくしに別命を。百三十騎をあずけ別動隊としていただきたく。殿がお攻めになっているあいだに背後から突っ込みましょう。そうすれば両方、少なくとも一方で天祐に恵まれるかと」

聞いてシッドは「相わかった」と。

日が暮れ夜が訪れると、キリスト教戦士らはきびきびと支度をはじめました。朝まだき、二番鶏の鳴く時刻、ドン・ヘロニモ司教はミサを執り行ない、終えると一同に総赦免を与えました。

「この戦いで、敵に立ち向かい討ち死にする者の罪を赦す。神はその魂を迎えたまうであろう。——殿、よき星のめぐりのもと剣を佩きしシッド＝ドン・ロドリゴ、今朝ミサを執り行なってさしあげた見返りに、ひとつお願いが。どうかお聞き届けを。なにとぞ拙僧に先陣をお許しくださいますよう」

カンペアドルは答えて「この場で許す」と。

全軍鎧兜に身を固め、塔の林立するバレンシアの都城を出ました。その間ミオ・シッドは家臣らに矢継ぎ早に的確な指示を与えます。それぞれの門には抜かりのない者を配置。一分の隙もなく鎧兜に身を固め、愛馬バビエカに打ち跨って出陣したミオ・シッド率いる四千に三十届かぬ軍勢は、軍旗を押し立ててバレンシア城外へ出ると、武者震いして五万の敵に襲いかかりました。挟み撃ちにするアルバル・アルバレスとアルバル・ファネス。神、嘉《よみ》したもうて勝ちいくさとなるのは疑いなし。ミオ・シッドは槍をふるい剣を抜き、肘から返り血の滴り落ちるまでにモロをさんざん討ち果たし、屍の山を築きました。果てはユセフ王その人にまで三太刀。しかし王は駿馬の足にものをいわせてシッドの剣から逃れ、名城クリェーラ城へ逃げ込みました。ビバールの人ミオ・シッドは、勇猛な家臣らと一団になってぎりぎりまで追いすがりましたが、城を目前にして空しく引き返すほかございませんでした。けれどよき星のめぐりのもと生を受けし人は、味方が得た戦利品には大満足。他方、なんたる名馬よとバビエカを褒めちぎりました。敵から勝ち取ったものはそっくりシッドのもの。モロッコ勢は五万を数える大軍でございましたが、そのうち逃げおおせたのはわずかに百と四人。ミオ・シッド軍はいくさ場に遺棄された金品をかき集めにかかりましたが、金貨銀貨は全部で三千マルコ、その他の品々となるととても数えきれません。ミオ・シッド主従は天が恵みを垂れて勝利をもたらしたもうたことを、皆で喜びあいました。こうしてモロッコ王を撃退したのち、シッドは戦利品の詳細な目録作りのためアルバル・ファネスを残し、みずからは百騎を伴ってバレンシアへ戻りました。兜と鎖頭巾をとったあとの顔には鎖の跡。バビエカの背に揺られ抜き身を手に城門をくぐると、待ち受けていた婦人たちに迎えられました。ミオ・シッドは手綱を引いてその前に止まり、

「やあ、いま帰った。そなたらのためおおいに名をあげてまいったぞ。そなたらがバレンシアを守ってくれているあいだに、いくさで勝ちを収めた。そなたらが当地へまいったあと、これだけのものが手にはいるとは、この勝利、神のお恵み、諸聖人あげてのお恵みに相違ない。どうだ、この血の滴る剣、馬の汗。いくさ場でモロどもはこのようにして打ち破るのだ。わたしの命がいま少し長かれと神に祈っているとよい。やがてそなたらは栄光の座へ登り、誰もがその手に接吻することになろう」

ミオ・シッドは下馬しながらこう申しました。地面におり立ったカンペアドルの前に侍女らと娘たち、そして高貴な妻がひざまずき、

「わたくしどもは死ぬも生きるもあなたしだい。どうかいつまでもお健やかに！」

それからシッド以下揃って広間へゆき、おのおの美麗な椅子に腰掛けました。

「なあ、妻よ、ドニャ・ヒメーナ、そなたには頼まれていたな？　そなたの連れてきたこのまめまめしく仕えてくれる侍女たち、この家臣らの中から婿選びして嫁がせてやろうと思う。一人あたり二百マルコ持たせるつもりだ。いかなるあるじに忠義を尽くしたか、カスティーリャじゅうに知れわたるようにな。ただし娘たちについてはそう急ぐ必要はあるまい」

侍女らはいっせいに立ちあがってシッドの手に接吻いたしました。広間は喜びに包まれました。その後、ことはシッドの言葉どおりに運ばれました。

ミナーヤ＝アルバル・ファネスは依然都城《まち》の外、いくさ場にあって、役目の者らに指図し、品々を数えたり書き留めたりしております。幕舎、武具、上等の服が大量に、それこそ掃いて捨てるほどございました。わけても、皆様、特筆すべきはなにかと申せば馬の数。いったい全部で何頭の鞍置き馬が捕まえる者のないままさまよっているやら、数えきれるものではございません。土地のモロにいくらか持っていかれたものの、それでもなお良馬として選び出されたうち、千五百頭が名高きカンペアドルのものとなりました。ミオ・シッドにこれほどの分配があった一方、他の人々も十分満足するだけの馬を得ました。美麗な天幕、装飾を施したその支柱、ミオ・シッド主従はこれも数限りなく手に入れました。なかでもモロッコ王の幕舎は他に抜きん出て豪華。それを支える二本の柱には金の細工が施されておりました。よき星のめぐりのもと生まれしミオ・シッド＝ルイ・ディアスは、その幕舎を立てたままにしておくよう、誰もそこからとり去らぬよう命じました。

「モロッコ渡りのこのように見事な幕舎、カスティーリャのアルフォンソ国王陛下へご献上申すつもりだ」

ミオ・シッドが多少なりとも財を成したとのご報告、信じていただくための証拠の品、というわけでございます。

集められたこの莫大な富はバレンシアへ運び込まれました。腕も折れよとばかりに奮戦し、モロの屍の山を築いた傑僧ドン・ヘロニモ司教、この人は破格の配分を受けました。これは、ミオ・シッド＝ドン・ロドリゴ＝よき星のめぐりのもと生を受けし人が、大将の取り分たる五分の一のうちからその十分の一を贈ったからにほかなりません。

バレンシアはキリスト教徒の歓喜に沸き返りました。なにしろ財物が、馬が、武具が、山のように手にはいったのでございます。ドニャ・ヒメーナと二人の娘、夫を得たも同然の気持ちでいた侍女たち、誰もかもが喜色満面。さて、忠臣ミオ・シッドには真っ先になすべきことがございました。

「どこにいる、無二の者よ？　こちらへまいれ、ミナーヤよ！　あれしきの配分、なにも礼を申すにおよばぬ。ほんとうに遠慮はいらぬ。このわたしの取り分から好きなだけ持ってゆくがよい。こちらはその残りでかまわぬ。ところで、わがものとなったこの戦利品の中から馬を引き連れ、明朝かならず発ってはくれまいか。鞍を置いて手綱を着け、それぞれ剣もひと振り添えるつもりだ。アルフォンソ国王陛下は妻と娘たちに格別のご配慮、ここにこうしてくるのをお許しくださった。おかげで三人は幸せに暮らしている。お礼に馬二百頭ご献上申したい。バレンシア領主ともあろう者がと、陛下の誹りを受けぬようにな」

シッドはペロ・ベルムデスにミナーヤへの同行を命じました。翌朝二人は二百騎を供として、勇んで馬上の人となりました。二人には、み手にご接吻申しあげます、このたびの勝ちいくさで得た財物の中から、軍馬二百頭ご献上申しあげます、というシッドの口上が託されておりました。「陛下には死ぬまで変わらず忠義を尽くす覚悟」とも。

一行はたいせつに守るべき戦利品の馬を連れ、バレンシアを発って旅路につきました。そうして夜を日に継いで休まず進み、国ざかいの山々を越えると、ドン・アルフォンソ王の居場所を尋ねました。それから野越え山越え谷越えて王のいるバリャドリドへ到着。ペロ・ベルムデスとミナーヤは使いを立て、一行の受け入れを願い出ました、バレンシア領主ミオ・シッドよりの献上物を持参いたしましたと。王の顔がぱっと輝きました。これほど人の喜ぶ様を、皆様ごらんになった覚えはございますまい。王は臣下の貴顕紳士に、一同急ぎ馬に乗れと命じ、みずからも先頭をゆく者にまじって駆け、よき星のめぐりのもと生を受けし人よりの使いに会いにまいりました。そこへ向かう一団の中には、それ、あのカリオンの公子兄弟、加えてシッドの仇敵ドン・ガルシア伯の姿も。心弾んでいる者あり、苦々しく思っている者あり――。

よき星のめぐりのもと生を受けし人の使いの者たちは、一団の姿が目にはいったとき、あらかじめ知らせを受けていなかったため、さてはモロの軍兵かとはっといたしました。ドン・アルフォンソ王はドン・アルフォンソ王で、思わず十字を切りました。ミナーヤとペロ・ベルムデスはアルフォンソ王の前

まで進み、下馬して地面へおり立つと、その前にひざまずいて地に接吻、つづいて王の両足に接吻し、

「なにとぞ、誉れことのほか高きアルフォンソ国王陛下！　われら、ミオ・シッド＝カンペアドルの名代として、こうしてご接吻申しあげます。シッドは陛下を主君と仰ぎ、みずからを臣下と心得ております。以前たまわりましたご配慮には恐懼感激。陛下、シッドは先ごろいくさに勝利。五万の大軍を率いるかのユセフと申すモロッコ王を、野で打ち破って巨万の富を手にし、家臣一同もまた富める者となりました。ついてはシッドは陛下に馬二百頭ご献上申し、み手にご接吻いたすしだい」

ドン・アルフォンソ王は申しました。

「喜んで受けとろう。ミオ・シッドに礼を申すぞ。よくぞこのような贈り物をくれた。いつの日か報いてやりたいものだな」

この言葉に多くの者が感激し王の手に接吻いたしました。このようななか苦虫を嚙み潰したような顔は[20]ドン・ガルシア伯。伯ははらわたの煮え返る思いで、一族の者十人ばかりとその場を離れました。

「シッドの働きには驚き入る。武名が高まるばかりではないか。あちらの名があがるぶん、こちらの値打ちは下がるはめになる。こうもやすやすと敵将どもをいくさ場で打ち負かし、死人から奪うがごとく馬を連れてこられては、たまったものではない」

一方ドン・アルフォンソ王は言葉をつづけ、次のように申しておりました。

「万物を造りたまいし神と、レオーンにおわす聖イシドロに感謝したてまつる。この二百頭の馬をミオ・シッドがくれた。シッドからは、この先わが王国へのいっそうの忠勤を期待してよいかもしれぬな？

ところで、そなた、ミナーヤ＝アルバル・ファネスよ、そこのペロ・ベルムデスも。そなたらを立派な姿でルイ・ディアス＝ミオ・シッドのもとへ帰したい。かいがいしく世話いたすよう命じておくゆえ、美服に着替えてゆくがよい。また武具も、どれでもかまわぬ、好みのものを着けてゆけ。馬も三頭ずつやろう。余の手持ちの中から選ぶがよい。おそらく今日のもろもろのこと、いずれも先々悪い結果は招くまい。さような気がいたすぞ」

二人は王の手に接吻し、宿へ向かいました。王は両名になにひとつ不自由させぬようにと、念を入れて指示いたしました。

さて、ここでカリオンの公子兄弟について語らねばなりませぬ。二人は額を合わせなにやらひそひそ話——

「シッドの武名は高まる一方。娘を嫁にと申し出ようではないか。嫁にすれば箔がついて、さぞかしうまい汁が吸えるにちがいない」

この二人、こうした下心を秘めて王の前へゆくと、

「王たりわが生国のあるじたる陛下、お願いがございます。御意に叶えばそれを申しあげたいと。カンペアドルの姫二人、われらの妻にとお頼みいただけませぬか。この取り合わせ、先方の箔となりわれらにとっても良縁」

王は長いあいだじっと考え込んでおりましたが、

「余は忠臣たるカンペアドルを追放してつらい目を見せた。だがあれは忠義を尽くしてくれた。この縁組、

気乗りがするかどうかわからぬが、そなたらが望むのであれば話してみよう」

それからドン・アルフォンソ王は、ミナーヤ＝アルバル・ファネスとペロ・ベルムデスの両名を呼び、別室へ伴いました。

「話があるのだ、ミナーヤよ、そなたにも聴いてもらいたい、ペロ・ベルムデス。ミオ・シッド＝カンペアドルは忠義を尽くしてくれている。もうよかろう。赦そうと思う。目通りにまいりたければそうせよと伝えよ。それから別件だが、廷臣のことで伝えて欲しい話がある。カリオンの公子ディエーゴとフェルナンドが、シッドの娘を嫁にもらいたいと申しているのだ。ごくろうだが今度はこちらの心利いた使いとなって、忠義のカンペアドルにこの話をよしなに伝えてくれぬか。カリオンの公子らと縁を結べば、面目も施し所領もふやすことになろう」

ミナーヤは次のように答え、ペロ・ベルムデスもそれに同意いたしました。

「陛下のお言葉はお取り次ぎ申します。あとはシッドがよきようにいたすかと」

「ルイ・ディアス＝よき星のめぐりのもと生を受けし者に伝えるがよい、そなたに都合のよい場所で会うゆえ、どこでもかまわぬ、場所を定めよ、なんであれそなたのためいたすつもりでいる、とな」

以上で王のもとを辞して帰途についた二人。供を引き連れバレンシアをめざします。剛勇カンペアドルは一行の帰還を知ると、すぐさま馬に乗り、出迎えに向かいました。そうして笑みを浮かべて二人を固く抱擁し、

「戻ったか、ミナーヤ、そなたも、ペロ・ベルムデス！　両人ほどの者、どこを探してもそうはみつか

らぬな！　わが君アルフォンソ国王陛下より、いかなるお言葉を頂戴してまいった？　ご機嫌うるわしかったか？　ご献上申したものはお受けとりいただけたか？」

「それはもうことのほかお喜びになり、なんと殿を赦すと！」そうミナーヤが申しますと、ミオ・シッドは「万物を造りたまいし神に感謝したてまつる！」[21]と。

　復命を終えた二人は例の件を話しました。すなわちレオーン王アルフォンソ国王陛下よりの依頼——娘をカリオンの公子兄弟に嫁がせぬか、そなたの名誉となり新たな領地も得るであろうゆえ、たって勧めたい——。それを聞いた忠臣ミオ・シッド＝カンペアドル、長いあいだじっと考え込んでおりましたが、やがて、

「このようなお話をたまわったこと、わが主キリストに感謝したてまつる！　わたしは国を追われ、所領を失い、艱難辛苦の末ようやく今の領地を手に入れた身。それが、神に感謝、このたび君寵が戻り、わが子をカリオンの公子方の嫁にとのお言葉をたまわった。兄弟はことのほか気位高く、また廷臣でもあるゆえ、この縁組、本来なら気の進まぬところだが、仰ぎ見るお方の勧めとあっては、そなたらと相談してみねばなるまい。ただし、この件は他言無用にな。天にまします神よ、なにとぞわれらを正しきかたへ導きたまえ！」

「また、ほかにも陛下よりのお言葉をおあずかりしてまいりました、どこでも殿の望みの場所へ赴いて目通りを許そう、じきじきに赦免を与えたいと。いかにするのが上分別かはお目通りのあとお決めになればよろしいかと」

言われてシッドは「うむ、なるほど」と頷きました。

「どこでお目通り願うかお決めくださいませ」そうミナーヤが促しますと、

「アルフォンソ国王陛下がそうせよとおおせであれば、王たりあるじたるおかたへの深い恭順の印に、お目通りの叶う場所までこちらから出向くのが道理。だが君命とあれば是非もない。わがあるじのお心に適うなら、滔々と流れる大河タホの河畔でお目通りたまわろう」

万事御意のままにとの書状がしたためられ、しっかりと印が押され、ただちに二騎に託して送られました。

書状が誉れ高き王の前に差し出されました。王は文面に深くうなずくと、

「ミオ・シッド＝よき星のめぐりのもと剣を佩きし者へよしなに伝えよ。目通りは三週間後とする。万難を排しかならずやその場へ赴くであろう」

使者らはただちにミオ・シッドのもとへ取って返しました。

双方で謁見へ向けて支度が進められました。かつてカスティーリャで誰が見たでありましょう、これほどの数の立派に育ったラバ、軽快な足の乗用馬、太く逞しく足の強い申し分ない軍馬を？　これほどの数の立派な旗が立派な槍に結ばれるのを？　これほどの数の[22]金銀の心打った盾、マントやチュニック、[23]アンドロス島産の上等の絹布を？　王はまた大量の酒食を、謁見の支度のなされているタホの河畔へ送るよう命じました。堂々たる大随行団が同行する手筈になっておりました。カリオンの公子兄弟と申せば、すっかりのぼせあがっております。手持ちの金で足りない分は、借りてまで支度するありさま。金

銀財宝、望みのままに富を積めると皮算用したのでございました。

颯爽と騎乗するドン・アルフォンソ王。随行の人々は大官顕官を筆頭に実に夥しい数。カリオンの公子兄弟も派手に供の人数を揃えております。王の供の中にはレオーン人あり、ガリシア人あり。けれど数限りなくいたのは、それはもうカスティーリャ人。一行は手綱を緩め、謁見の場所へと向かいました。

バレンシアでも、ミオ・シッド＝カンペアドルが謁見へ向け支度を急いでおりました。太く逞しいラバ、立派な乗用馬、逞しく足の強い軍馬、見事な武具、それに上等のマントやチュニックやベール、いずれもいったいどれほどの数にのぼることやら！　さらには全員が[24]色染めの衣服を身に纏っております。ミナーヤ＝アルバル・ファネスとかのペロ・ベルムデス、モンテ・マヨル治めるマルティーン・ムニョース、頼もしきブルゴス者マルティン・アントリネス、傑僧ドン・ヘロニモ司教、アルバル・アルバレスに[25]アルバル・サルバドレス、信義の人ムニョ・グスティオス、アラゴンからきたガリンド・ガルシアス、これらの人々がカンペアドルに同行するべく支度いたしておりました。加えてバレンシアにいるほかの人々もこぞって。けれど、アルバル・サルバドレスとアラゴンのガリンド・ガルシアス両名対しては、その指揮のもとにある者たちを率い、留守を油断なくしっかり守っているようにとのカンペアドルの指示が出されました。本丸の城門は昼夜を問わず閉ざしておくよう（……）。本丸は最愛の妻と二人の娘、それに母娘《おやこ》に忠勤を励む侍女たちの起居する場所。まこと賢明なよき星のめぐりのもと生を受けし人は、こうして自分が戻るまで婦人らが本丸の外へ出ぬようにしたのでございます。

一行はバレンシアを出立。力強く拍車を入れて進みます。夥しい数の太く逞しく足の強い軍馬は、どれもミオ・シッドがいくさで勝ち取ったもの。ただでもらった馬は一頭もございません。こうして王と約束した謁見へと向かいました。

　一日早く到着していたドン・アルフォンソ王は、忠臣カンペアドルがやってくるのが見えると、一同とともに最上の礼をもって出迎えました。それを目にしたよき星のめぐりのもと生を受けし人は、真に心許した者たちを除き、全員その場に留まるよう命じました。そうしてその十五人とともに下馬、かねての考えどおり地面に両手両膝をつくと、[26]野の草を噛んで引きちぎりました。目から滴り落ちる涙――。それほど感極まっておりました。シッドは主君と仰ぐアルフォンソ王に対し、このように恭順の意をあらわしたのでございます。ドン・アルフォンソ王はこうして足もとにひれ伏す姿を見て激しく心を打たれました。

「立つがよい、さあシッド＝カンペアドルよ！　接吻は手に、足ではなく。聞けぬとあれば寵を戻すわけにまいらぬぞ」

　カンペアドルは身を起こし、

「おそれながら、わが生国のあるじ！　この姿にてわたくしにお赦しを。この場の誰にも聞こえるよう」

　すると王は、

「おお、よいとも。この場にて赦し、寵を戻そう。そなたは今日よりわが王国の一員」

　ミオ・シッドはそれに答え、次のように申しました。

「かたじけのうございます！　お言葉拝受いたします、わが君ドン・アルフォンソ国王陛下。まずは天にましますに感謝。次は陛下に、それからこうして周りにお控えのかたがたにも」

シッドはひざまずいたまま王の手に接吻、ついで立って口に接吻いたしました。誰もがこれを喜びましたが、アルバル・ディアスとガルシ・オルドニェスの二人だけはおもしろからず。ミオ・シッドはふたたび口を開いてこう申しました。

「これぞ万物を造りたまいし神の賜物！　わが君ドン・アルフォンソ国王陛下の寵が戻った。これぞ日夜神のご加護を受けている証し。――陛下、もしも御意に適うなら、わが客となっていただけませぬか？」

するど王は、

「今日ばかりはそうはゆかぬ。そなたは今着いたばかり。われらはゆうべ着いているのだ。そなたこそ余の客となってもらわねば、シッド＝カンペアドルよ。明日はそなたの望みどおりにいたそう」

ミオ・シッドは王の手に接吻して承諾いたしました。そのときカリオンの公子兄弟がシッドに一礼して、

「シッド、ご挨拶申します。なるほど貴殿はよき星のめぐりのもと生を受けし人。われらにできることがあればなんなりとお役に立ちましょう」

ミオ・シッドは「そう願えればよろしゅうございますな」と。よき星のめぐりのもと生を受けしミオ・シッド＝ルイ・ディアスは、その日王の客となりました。君寵はまことに深く、王はシッドといていつまでも飽きません。とりわけ、短時日のうちに豊かに伸びた髯をためつすがめつ。満場の人々もまたシッドの美髯には目を瞠っておりました。

日が暮れて夜となり、次の日の朝がめぐってまいりました。輝く夜明け——。カンペアドルは配下の者に命じ、その場に集う全員分の酒食を用意させました。こうしてミオ・シッド＝カンペアドルは人々を喜ばせました。誰もが目を輝かせ、このような馳走は何年ぶりかと口を揃えました。翌朝、日の出とともに、ドン・ヘロニモ司教がミサを執り行ないましたが、ミサが終わったのち王は皆を集めるとただちに話しはじめました。

「聴くがよい、廷臣一同、伯の面々、インファンソンたちよ！　余はミオ・シッド＝カンペアドルにひとつ頼みごとをいたそうと思う。キリストよ、願わくはかの者のためにならんことを！　——そなたの娘二人、ドニャ・エルビラとドニャ・ソルをカリオンの公子らに嫁がせぬか？　この縁組はそなたにとって名誉、またおおいに利もあると思うが。公子らは二人を望んでいるし、また余のほうからも勧めたい。この場にある者は、わが家臣、シッドの家臣たるを問わず、皆口添えしてくれ。ミオ・シッドよ、そうしてくれぬか。頼みを聞いてくれればありがたい」

「娘たちはまだそれほどの歳ではなく、大人とも申せませませぬ」とカンペアドルは答えました。「本来なら嫁になどやるべきではございますまい。またカリオンの公子お二人は令名高く、わが娘どころか、さらに高貴な姫君にすらふさわしいかたがた。されど、娘たちの実の親はわたくしとはいえ、お育てくださったのは陛下。われら親子、万事思し召しのままにいたします。ドニャ・エルビラとドニャ・ソルは御手に委ねますゆえ、どこへなりとよきところへ嫁がせてくださいませ。わたくしはそれで満足」

「礼を申すぞ」と、王。「そなたにもこの場の皆々にも」

カリオンの公子兄弟はさっと立ちあがって、よき星のめぐりのもと生を受けし人へ歩み寄り、手に接吻いたしました。そうして王の面前でシッドと[27]剣を交換。ことのほか家臣思いのあるじたるドン・アルフォンソ王は申しました。

「さすが忠義の臣、ありがたく思う。礼を申すぞ、シッド。もとよりまずは万物を造りたまいし神にお礼申さねばならぬがな。よくぞカリオンの公子らとの縁組を承知してくれた。今よりドニャ・エルビラとドニャ・ソルをこの手で受けとり、正式な妻として両人へ引き渡そう。そなたの同意のもと成ったこの縁組、そなたにとって吉と出るよう願っているぞ。さあ、すでにカリオンの公子らはそなたの婿。連れてゆけ、余はここから引き返すゆえ。銀三百マルコを[28]支度金として二人につけるが、婚礼の費用に使わせるもよし、そなたの裁量でほかに使ってもかまわぬ。二人は大都バレンシアでそなたのもとに置くがよい。婿と娘、皆ともにそなたの子。あとの扱いはそなたの胸三寸だ、カンペアドルよ」

ミオ・シッドは公子兄弟を受けとり、王の手に接吻いたしました。

「王たりわがあるじたるおかたに幾重にも感謝申しあげます。娘たちの縁を結ばれたのは陛下、わたくしから二人を与えたのではなく」

翌朝、日の出の時刻に、双方、出発地へ引き返すということで（……）合意。ミオ・シッド＝カンペアドルは、このときまた世の語り草となるような大盤ぶるまいをいたしました。太く逞しいラバ、立派に育った乗用馬、上等の美服、こうしたものを、欲しいと言う者に惜しまず分け与えたのでございます。なになにが欲しいと申し出て断わられた者は誰もおりません。ミオ・シッドは軍馬についても都合六十頭分け与えました。そこに居合わせていた誰もが謁見に随行した幸運を喜びました。やがて夜の帳がおりて散会ということに。王は公子兄弟の手をとりミオ・シッド＝カンペアドルへ引き渡しました。

「さあ、ここにそなたの息子たちが。もはや娘婿なのだからな。二人の扱いは今日よりそなたの裁量だ、カンペアドルよ」

「陛下、賜り物はありがたく頂戴いたします。天にましますす神が、引き換えに陛下へよき報いを十二分に与えたまいますよう！」

ミオ・シッドは愛馬バビエカにひらりと飛び乗ると、

「この場、わがあるじアルフォンソ国王陛下の御前にて申しあげる、婚礼に参列し引き出物を受けとりたいお方があれば、この場よりついてこられよ。さだめてご損とはなりますまい。――わが生国のあるじたる陛下、ひとつお願いが。陛下は御意によりわが娘たちの縁をお結びになります。本来であれば、いったん陛下に二人をお受けとりいただかねばならぬところ。されば、わたくしが娘らを引き渡すべきご名代の代父をたまわりたく。わたくしからじかに引き渡したのでは婿たちも納得せぬかと」

すると王は、

「ここにアルバル・ファネスがいる。――そなたが手をとり、公子兄弟へ引き渡すがよい。こうして余は当地にいながらにして、目の前にいるのと変わらず花嫁の手をとることになる。婚礼の終わりまで代父を務め、次に会ったときにでも様子を聞かせてくれよ」

アルバル・ファネスは「はっ、承知いたしました」と。万事手筈が詰められました、それはもう実に念入りに。

「おそれながら、ドン・アルフォンソ国王陛下、誉れ高きあるじ、このお目通りのお礼に粗品をお受けとりいただきたく。馬具一式しかるべくつけた乗用馬三十頭、加えて、やはりしかるべく鞍置いて連れてまいった同数の足強き軍馬、なにとぞお納めくださるようお願い申しあげます」

ドン・アルフォンソ王は、

「いやいやこれは驚き入るばかり！　だが、せっかくくれると言うもの、受け取っておこう。万物を造りたまいし神と諸聖人方が、このような心遣いにしかるべく報いたまわんことを！　ミオ・シッド＝ルイ・ディアス、よく礼を尽くしてくれた。そなたからはすばらしいもてなしを受けた。うれしく思うぞ。この命あるうち報いてやりたいものだ。この先息災で暮らせ。余はこれでこの場を去ることにいたす。天にましにます神よ、よしなに導きたまえ！」

ミオ・シッドは主君たるアルフォンソ王に暇乞いいたしました。王からは見送りの申し出を受けましたが、辞退してその場で別れました。ごらんあれ、幸運に巡り合った人々が、アルフォンソ王の手に接吻して暇乞いいたしております。

「おそれながら、このことお許しくださいますよう。われらミオ・シッドに従って大都バレンシアへ赴き、カリオンの公子方とミオ・シッドの姫ドニャ・エルビラ、ドニャ・ソルの婚礼に参列いたしたく」

王はそれを快く受け入れ、皆に許してやりました。国王側の人数が減ったぶん、シッドのほうは膨れあがりました。とても賑やかになったカンペアドル一行、よき星のめぐりのもと奪い取ったバレンシアへ向かいます。ペロ・ベルムデスとムニョ・グスティオスは、カリオンの公子ドン・フェルナンドとドン・ディエーゴの世話を命じられました。この二人はミオ・シッドの屋敷内の養い子中の双璧。カリオンの公子兄弟の流儀を知ることが役目でございました。一行には(29)アスール・ゴンサレスも加わっておりましたが、これはなにかにつけて騒がしく、要らぬことばかりを口にする、なんの取り柄もない人物。道中カリオンの公子兄弟は、それは丁重に遇されました。

やがて一行はミオ・シッドが馬上奪い取ったバレンシアに到着。都城《まち》が遠くに見えたとき、大歓声があがりました。ミオ・シッドはペロ・ベルムデスとムニョ・グスティオスに向かって申しました。

「カリオンの公子方の宿を手配し、そばについているのだ。よいな？　花嫁のドニャ・エルビラ、ドニャ・ソルとの対面は明朝、日の出の時刻とする」

その夜は各自それぞれの宿へ。本丸へはいったミオ・シッド＝カンペアドルを、ドニャ・ヒメーナと二人の娘が迎えました。

「おかえりなさいませ、カンペアドル！　やはりあなたはよき星のめぐりのもと剣を佩いたお人。いついつまでもご息災で！」

「万物を造りたまいし神のご加護により戻った、気高い妻よ！　世間に胸を張れる娘婿を連れてまいったぞ。――娘たち、父に礼を言うがよい。三国一の花婿だ！」

母娘《おやこ》はシッドの手に接吻いたしました。そして母娘にかいがいしく仕える侍女の面々もかわるがわる――。

「万物を造りたまいし神に感謝、そしてあなたにも、シッド、立派なお鬚の人。あなたのなさることはなんであれまちがいない。あなたがおいでになるあいだは、この娘《こ》たちが貧苦に苦しむことはございますまい」

「お父様のお決めになった縁組であれば、わたくしたちの栄耀栄華は疑いありません」

「妻よ、ドニャ・ヒメーナよ、まさしく天の賜物だな！　ところで、そなたら、娘たち、ドニャ・エルビラにドニャ・ソルよ、この縁組によりわれらの誉れはいや増すといえ、よく承知しておいてくれ、実はわたしが言いだした話ではない。わがあるじアルフォンソ国王陛下より、たっての頼み、そなたらをぜひにと求められたのだ。その押しの強さ、ご熱心さに圧倒され、とてもお断わりできず、二人をみ手に委ねたしだいだ、娘たちよ。くれぐれも承知しておいてくれ、そなたらの縁を結ぶのは陛下、父ではない」

　やがて広間の飾りつけがはじまりました。床も壁も、それはもう美しく飾られます、金銀の縁取りのある絹布や金襴そのほかの贅沢な布が惜しみなく使われ、その広間に集いたい、そこで宴に連なりたいと、さぞかし皆様方そう思し召すであろう絢爛豪華さ。やがて家臣一同が待ちかねたように集まってくると、カリオンの公子兄弟に迎えが出されました。二人は晴れ着を纏い、贅沢にめかし込んだ姿で馬に乗って広間へやってきて、着くと礼法どおり下馬し……それにしても、なんとまあしずしずと入場してくることでございましょう！　ミオ・シッドは家臣一同とともに兄弟を迎えました。二人はシッド夫妻の前で一礼したのち、進んでいって美しい椅子に腰をおろしました。ミオ・シッドの家臣団は一糸乱れ

ず整然と控え、よき星のめぐりのもと生を受けしあるじの言葉を待ちました。カンペアドルは立ちあがると、

「なすべきことはなさねばならぬ。ぐずぐずしてはならぬ。アルバル・ファネス、わが腹心、股肱の臣よ、こちらへ。ここに控えるわが娘二人をそなたの手に委ねる。承知しているとおり、これは国王陛下とお約束した手筈。あの場で取り決めたことは、なにひとつおろそかにすまい。そなたの手で娘たちをカリオンの公子方へ渡してくれ。ついで結婚の祝福を受けさせ、婚儀終了としよう」

言われてミナーヤは「つつしんで承知いたしました」と。シッドは立ちあがった花嫁たちの手をとり、ミナーヤへ手渡しました。ミナーヤはカリオンの公子兄弟へ向かって申しました。

「ご貴殿方ご兄弟の前にあるミナーヤ、陛下のお言葉に従いその名代として、貴族身分のこれなるお二人の姫をお渡し申します。誉れある正妻としてお受けとりくださいますよう」

両人はご機嫌なにこにこ顔で受け取ったあと、ミオ・シッド夫妻の前へいって手に接吻いたしました。以上の儀式が終了すると、皆で大広間を出て、まっすぐサンタ・マリア大聖堂へ向かいました。入り口では、手早く法衣《ほうえ》を身に纏ったドン・ヘロニモ司教が待ち受けております。司教は新郎新婦に祝福を与え、ミサを執り行ないました。やがて大聖堂から出てきた一同はわれ先に騎乗、都城《まち》の外へ飛び出し、砂浜へ向かいました。ああ、なんと見事な槍さばき、剣さばきでございましょう、シッドも、家臣たちも！　よき星のめぐりのもと生を受けし人は三度まで馬を乗り替えました。カリオンの公子兄弟も巧みな手綱さばきを披露。ミオ・シッドはそれを見て、おおいに目を細めました。やがて一同は婦人たちとともに

引き返し、都城の中へ。それから威容を誇る本丸で豪華な祝宴が催されました。翌日ミオ・シッドは七[30]本の的を立てさせ、つわものらは昼食までにそれを残らず割りました。

祝宴はまる二週間つづきました。終わりに近づくにつれ、招待客は徐々に帰国しはじめました。ミオ・シッド＝ドン・ロドリゴ＝よき星のめぐりのもと生を受けし人は、乗用馬、ラバ、足の強い軍馬など、馬匹の類いだけで都合百頭ばかりも引き出物として持たせました。加えてマントやチュニックはじめ山ほどの衣類、さらには金貨銀貨も数えきれぬほど。ミオ・シッドの家臣たちも、申し合わせて各自贈り物をいたしました。婚礼に参列した者は、欲しいと申し出れば誰もがどっさり与えられ、ひと財産抱えてカスティーリャへ帰ってゆきました。ルイ・ディアス＝よき星のめぐりのもと生を受けし人、婦人たち、さらには家臣らに至るまでもれなく別れを告げ、三々五々去ってゆく招待客。ミオ・シッド主従に好印象を持たぬ者はなく、当然ながら誰もが褒めそやしておりました。ドン・ゴンサロ伯の御曹司ディエーゴとフェルナンドの公子兄弟も上機嫌。

招待客はカスティーリャへ帰り、シッドと娘婿二人はバレンシアに残りました。

カリオンの公子兄弟がそこに暮らして二年近い歳月が流れました。その間、二人は周りからこれ以上ないほどだいせつにされました。シッドにとっても家臣の誰彼にとっても幸福な日々。どうかこの縁組が、聖母マリアと聖なる父の思し召しにより、ミオ・シッドおよびそれをよしとした人に吉と出ますよう！

これにてこの第二歌の物語は読みおわりでございます。皆様のため、万物を造りたまいし神と諸聖人方のご加護をお祈り申しあげます。

第三歌

ミオ・シッドは一党を率いてバレンシアに盤踞しておりました。かたわらには娘婿であるカリオンの公子兄弟の姿も。ある日、カンペアドルが長椅子に横になって寝ていると、さあ一大事が出来。[1]ライオンが檻を抜けた、外へ出てしまったのでございます。広間じゅうに緊張が走りました。カンペアドルの家臣の面々はマントを腕に巻きつけ、長椅子を取り囲んであるじのそばにぴたりとつきました。そのとき、カリオンの公子フェルナン・ゴンサレスといえば（……）どこにも逃げ場がない、扉のあく部屋も登れる塔もないと知ると、長椅子の下へ潜り込みました。怖くて怖くて恥も外聞もなかったというしだい。ディエーゴ・ゴンサレスのほうは、「もうカリオンは見られぬ！」などと叫びながら広間の外へ逃げだし、生きた心地もなく葡萄の絞り桶の陰に隠れ、おかげでマントもチュニックもすっかり汚してしまいました。このとき目を覚ましたよき星のめぐりのもと生を受けし人は、忠臣らが長椅子を取り囲んでいるのに気づくと、

「これ、なんの騒ぎだ？　そなたら、なにをしている？」

「誉れ高きあるじよ、ライオンに襲われているのです！」

　ミオ・シッドは肘をついて立ちあがると、マントを背中へ撥ねあげ、ライオンへ向かって歩み寄りました。それを見て気圧されたライオンは、ミオ・シッドの前に首を垂れ、鼻づらを床へ着けました。ミオ・シッド＝ドン・ロドリゴはその首を摑んで引いてゆき、檻へ入れました。そこに居合わせた者で驚

嘆せぬ者はござません。そうしてぞろぞろと広間へ、ホールへと戻ったのでございます。

ミオ・シッドは娘婿二人を探しました。しかしどこにも見あたりません。皆で呼んでも返事はなし。そしてやっと見つかったときは顔面蒼白。広間じゅうで嘲笑が湧き起こりました。それはもう容赦のないもの。ミオ・シッド＝カンペアドルは「やめよ」と命じましたが、カリオンの公子兄弟の味わった屈辱は大きく、このときの一件は二人の心に深い恨みを残したのでございます。

こうして兄弟が鬱々として楽しまぬ日を送っているとき、モロッコ軍が来襲してバレンシアを包囲。五万もの大きな幕舎が立てられました。大将はブカル将軍。その名はお聞きおよびでありましょう。シッド主従は誰もが、これぞ神のご加護のもと富を積む絶好の機会と勇み立ちました。ところがなんとそのようななか、カリオンの公子兄弟だけは頭を抱えておりました。モロ軍の幕舎がびっしりと立ち並ぶ光景など、うれしいものではなかったからでございます。兄弟は二人だけで別の場所へゆくと、

「よいことばかりに目を奪われ、悪いことを忘れていた。このいくさに出ぬわけにはゆくまい。そうなると、もう二度とカリオンへは戻れぬかもしれぬなあ。カンペアドルの娘たちは若後家か」

このひそひそ話が聞こえたあのムニョ・グスティオス、かくかくしかじかと伝えに、ミオ・シッド＝ルイ・ディアス＝カンペアドルのところへまいりました。

「なんと殿の婿殿お二人は青くなっておいでだ。いやはやお勇ましいことですな。いくさへ出るのはお嫌。カリオンへお戻りになりたいらしい。さあさあ、いって、じっとしておれ、いくさに出ずともよいと慰めておやりなされ。われらは殿とともに敵を討つ！　きっと天佑神助あるはず！」

ミオ・シッド＝ドン・ロドリゴは苦笑いして出てゆき、

「やあ、婿たち、カリオンの公子たちよ。玉の肌のあの娘たち、いつもよくかわいがってくれているな。わたしはいくさが恋しいが、そなたらはカリオンが恋しいか。ならばバレンシアでゆっくりくつろいでいてかまわぬぞ。あのモロどもはこちらに任せておけ。天のご加護をたのんで打ち負かしてみせよう」

（……）[2]

「この借り、いつか倍にして返そう」

二人は轡を並べて帰陣いたしました。そのあと武勇伝を吹きまくるドン・フェルナンド。いちいちそのとおりとうなずいてやるペロ・ベルムデス。喜ぶミオ・シッドはじめ家臣の面々。

「これに留まるまい。神の、天にまします父の思し召しにより、いずれわが婿二人、いくさ場で向かうところ敵なしとなるであろうな」

このようなやりとりをする間に両軍とも再結集。モロ軍からは戦鼓を打ち鳴らす音が聞こえてまいります。キリスト教勢の中では動揺する者少なからず。新参者には初めて耳にする響きだったのでございます。けれどとりわけ震えあがったのはディエーゴとフェルナンド。こんなところへくるのではなかったと後悔いたしておりました。

さて、よき星のめぐりのもと生を受けし人が口を開きます。

「なあペロ・ベルムデス、かわいい甥よ、ドン・ディエーゴを頼む。ドン・フェルナンドの面倒も見てやってくれ。どちらもわが婿、たいせつな二人だ。われらには神がつきたもうている。モロどもは一人残らずいくさ場から追っ払ってくれる」

「お願いいたします、シッド、どうか、なにとぞ。今日の公子方の守り役はごめんこうむりたく。それはどなたかほかのかたに。わたくしにとってお二人のことは二の次三の次。味方と轡を並べて先陣を切るこそ望み。殿は手勢を従えて後陣にでんと構え、危ういとみたらただちに駆けつけてくださいますよう」

そこへミナーヤ＝アルバル・ファネスがあらわれ、

「さあさあシッド、至誠の人カンペアドルよ！　これは神の戦い。殿はその手足となって戦うにふさわしいあっぱれなつわもの。ここぞとお思いの箇所へ『かかれ』のご指示を。おのおのわが務めを果たしましょう。天佑神助、隆々たる殿のご武運をたのみ、われら突撃する所存」

ミオ・シッドは「しばし待て！」とたしなめました。やがて、それ、ものものしくいくさ支度してドン・ヘロニモ司教が――。司教は武運ことのほかめでたきカンペアドルの前に立ちますと、

「本日は殿のため、尊い三位一体(3)のミサを執り行なってさしあげた。なにゆえ拙僧が故郷を出て、殿の幕下へ馳せ参じたかと申せば、それはモロの一人なりと討ち取らんがため。かなうことならわが名、わが修道会の名をあげたく存じます。このいくさにては先陣をお許しあれ。鹿(4)の紋章の旗着けた槍、同じ印描いた武具、天意に適うなら試してみたく存じます。試してこの血のたぎりを鎮めたいと。ミオ・シッド、殿にも拙僧の働きをいちだんとお喜びいただきたく。もしもこの願いをお聞き入れいただけぬとあれば、殿のもとを去る覚悟！」

それを聞いてミオ・シッドは、

「よくぞおおせになった。それ、モロどもは目の前。いって試されよ。われらはここから貴僧のいくさぶりを拝見していよう」

ドン・ヘロニモ司教は突進、敵が幕舎を立て並べている場所の間近まで迫りました。そして、これぞ身に備わる武運、司教を愛でたもう神のご加護、たちまち槍で二人討ち取りました。槍が折れたあとは剣に手をかけ、斬って斬って斬りまくります。ああ、鬼神の働き！　槍で討ち取った二人に加え、今度は剣で五人血祭りに。けれどモロ勢は雲霞のごとし。司教を取り囲んで激しく突きかかる。が、鎖帷子は貫けず。よき星のめぐりのもと生を受けし人は、司教の奮戦ぶりをじっと見ておりましたが、ここに至って盾を構え槍を掻い込むと、天馬バビエカに拍車をあて無二無三に突進。第一陣に駆け入って七騎を鞍から吹っ飛ばし、四騎を討ち取りました。天意に適って勝ちいくさ、ミオ・シッドは味方とともに追撃にかかります。

それ、つぎつぎに綱が切られ、杭が引き抜かれ、精巧な彫りの施された支柱が倒されます。ミオ・シッド方のつわものらは、ブカル勢の者どもを幕舎から叩き出してゆきます。幕舎から叩き出し、追いまくる。それ、あちこちで腕が鎖帷子の袖ごと斬り落とされる。あちこちで兜首が地面に転がる。乗り手を失った馬がそこらじゅうをさまよう。追撃はたっぷり七[5]ミリャつづきました。ミオ・シッドが追うのは敵将ブカル——

「返せ、戻せ、ブカル！　せっかく海を渡ってきたのではないか。この鍾馗髯のシッドと対面したらどうだ。挨拶を交わし、誼《よしみ》を結ぼうではないか」

するとブカルはシッドに、

「そんな誼などくそくらえ！　抜き身を引っ下げ追いすがる。どうやらこっちの体で試し斬りする腹と見た。馬が躓き、もろともに倒れるならば別。さもなくば追いつかれてたまるか。船へ逃げ込んでみせるぞ！」

これにミオ・シッドは「そうはさせぬ！」と。

ブカルの馬は駿馬、矢のように駆けます。しかしミオ・シッドの馬とてバビエカ。しだいに間が詰まってゆき、ついに波打ち際で追いつきました。シッドがコラーダを振りかぶって太刀風鋭く一閃すると、兜を飾るルビーが飛び散り、兜が割れ、ついで胴体も鎖帷子ごと切り裂かれ、刃が腰まで達しました。こうして、海の向こうより攻めきたブカル将軍を討ち取ったしだい。このとき、金千マルコはしようかという名剣ティソーンを手に入れました。こうして稀に見る大いくさに勝利し、ミオ・シッドの武名、麾下の一党の武名はいちだんと輝くことになったのでございます。

戦利品を携え引き揚げにかかるシッド勢。いくさ場においてもまた、総がかりで、いや、実に一物も残さず財物をかき集めました。やがて幕舎の立ち並ぶ場所、よき星のめぐりのもと生を受けし人のいるところへつわものらが集まってまいります。ミオ・シッド＝ルイ・ディアス＝名高きカンペアドルは、名剣よと目を細める二振りの剣を携え、死屍累々たるいくさ場を、(6) 馬を飛ばしてやってきていたのでございました。鎖頭巾をとった顔には鎖の痕がつき、頭にかぶった兜下にもまたいくらか。やがてミオ・

シッドの目になにやら好ましいものがはいりました。視線をあげて前方を見遣るうち、ディエーゴとフェルナンドのやってくるのが見えたのでございます。二人はドン・ゴンサロ伯の御曹司。ミオ・シッドはうれしさににこりと微笑み、

「戻ったか、わが婿たち、わが息子たちよ！　さぞかし二人とも存分にあばれてきたのであろうな。二人のいくさぶりはカリオンへ知らせるつもりだ、われらブカル将軍を打ち破ったとの吉報に添えてな。この勝ちいくさ、かならずやわれらにとってめでたい結果をもたらすに相違ない」

あちこちから家臣が集まってまいります。その中にはミナーヤ＝アルバル・ファネスの姿も。首から下げた盾には一面に刀傷。また、槍傷も無数。しかし剣も槍も身には達しておりません。ミナーヤは二十人余のモロを討ち取り、肘から血が滴り落ちておりました。

「神に、天にまします父に感謝したてまつる！　――そしてシッド、よき星のめぐりのもと生を受けし殿にも。殿はブカルを討ち、味方はいくさに勝利。おかげでこの財物がそっくりわれら主従のもの。婿殿お二人もこのたびはあっぱれな働き、いくさ場でモロども相手に腕も折れよとばかりに戦われた」

ミオ・シッドは答えて、

「それは喜んでいる。今にしてこれほどであれば、遠からず武名が鳴り響くことであろうな」

シッドが誉めるつもりで言ったこの言葉、兄弟はひねくれたとり方をいたしました。

戦いで得た財物は一物も残さずバレンシアへ運び込まれました。配分は一人あたり銀六百マルコという勘定になり、ミオ・シッド主従は喜びあいました。ミオ・シッドの婿殿らはこの勝ちいくさの分配を

受けて、それをしっかり懐に収めたとき、もう一生金には困るまいとほくそ笑みました。すばらしい食べ物、上等の衣服。誰もがなに不自由なくバレンシアで暮らせるようになり、ミオ・シッド主従の喜びはこのうえもなかったのでございます。

ブカル将軍を討ち取りいくさに勝利したその日は、カンペアドルの宮廷にとってまこと記念すべき日。カンペアドルは髯に手をやって摑むと、

「世のあるじたるキリストに感謝したてまつる！　こうして念願叶って婿二人がわたしと轡を並べいくさ場で戦ってくれた。二人の吉報をカリオンへ届けよう、いかに面目を施したか、この先もいかにわれらの頼もしい味方となってくれるであろうかをな。このたびわが軍勢が勝ち取った莫大な富、われらにわれらの取り分があるのと同様、二人の取り分もまちがいなくある」

ミオ・シッド＝よき星のめぐりのもと生を受けし人は、今度の勝ちいくさで得た財物は各人の権利に応じて正しく分配せよと命じ、あわせて自分の取り分である五分の一を忘れぬよう釘を刺しました。分配について納得せぬ者はなく、それはシッドの言葉どおりに行なわれました。大将の取り分としてシッドには軍馬六百頭が渡されました。ほかに多数のラバやラクダも。それはもう数えても数えきれまいほど。カンペアドルはこれほどの富を得て、

「世のあるじたる神に感謝したてまつる！　以前の貧しさに比べ今のこの豊かさはどうだ。金銭を得、土地を得、黄金を得、所領を得た。加えてカリオンの両公子がわが婿。戦えば天意に適い百戦百勝。わが名を聞いて震えあがらぬ者はない。おそらく彼方、モスクの立ち並ぶモロッコでは、いつかわたしに

夜討ちをかけられると恐れていよう。だが、それはせぬつもりだ。こちらから出向くことはすまい。バレンシアから動くまい。むしろ天祐あって、あちらのほうから貢物を運んでくるかもしれぬな、わたしか、わたしが申すお方へ納めようと」

バレンシアではミオ・シッド＝カンペアドルはじめ一族郎党、皆喜びに沸き返っておりました。婿殿二人もまた同じ。なにせ今度の勝ちいくさでは必死に戦い、おのおの五千マルコ相当の分配を受けたのでございます。カリオンの公子兄弟はすっかり大福長者になった気分。二人は人々にまじって広間へやってまいりました。そこにはミオ・シッドを中心に、ドン・ヘロニモ司教やよきもののふアルバル・ファネス＝剛の者、加えてカンペアドルの養い子たるあまたの人々が顔を揃えておりました。はいってきたカリオンの公子兄弟を、ミナーヤがミオ・シッド＝カンペアドルにかわって迎えました。

「さあ、こちらへ、義兄弟よ。貴殿らのおかげでわれら肩身が広い」

歩み寄る二人にカンペアドルは上機嫌――

「婿たちよ、それ、ここに誠実なわが妻がいる。それからわが子二人ドニャ・エルビラとドニャ・ソルも。娘たちの固い抱擁を受けるがよい。二人はそなたらに心を込めて仕えねばならぬ。聖母マリア＝われらが主たる神のおん母君に感謝したてまつる！　この縁組でそなたらの名は高まろう。カリオンの地へ吉報がゆこう」

それを聞いてドン・フェルナンドが申しました。

「万物を造りたまいし神と名高きシッド、父上のおかげでわれら巨万の富を得ました、それはもう計り知れぬほど。われら父上のために戦い、武名をあげました。いくさ場でモロを破り、世に知れた卑怯者のあのブカル将軍も討ち取りました。われらの取り分は確かに頂戴いたしましたので、もはやお気遣いはご無用に」

ミオ・シッドの家臣の中にくすくす笑いが湧き起こりました。獅子奮迅の働きをした者あり、追撃に加わった者あり。けれどディエーゴとフェルナンドの姿を見た者など、一人としていなかったのでございます。こうした嘲りは日に日にひどくなる一方。昼夜それを浴びつづけた公子たちは、しまいに邪きわまりない相談をするに至りました。二人は離れた場所へゆくと……いや、さすが兄弟！　このような話、聞くだに耳の穢れなのでございますが――

「カリオンへ帰ろうではないか。ここに長居しすぎた。富は腐るほど手にはいった。一生かかっても使いきれまい。妻もともにとシッド＝カンペアドルに願い出よう。カリオンの地へ連れていって、あれたちへ渡した婚資の土地を見せてやるのだと、そう言い訳すればよい。二人をバレンシアから連れ出し、カンペアドルの目の届かぬところへ遠ざけて、あとは道中で好きに料理してやるのだ。こうして例のライオンの一件、謗られるまえに先手を打とう。なにせわれらはカリオン伯家の血筋だからな。莫大な額の山のような財産を持ち出したうえ、カンペアドルの娘を辱めてやろう。これだけの財産があれば、一生金には困るまい。妻も、王女であれ皇女であれよりどりみどり。なにせわれらはカリオン伯家の血筋だからな。カンペアドルの娘どもを辱め、あのライオンの一件、謗られるまえに先手を打とう」

こう話がまとまると兄弟は戻りました。フェルナン・ゴンサレスが静粛を求め、口を開きます。

「万物を造りたまいし神のご加護がございますよう、シッド＝カンペアドル！　まずは父上、そしてドニャ・ヒメーナ、さらにはミナーヤ＝アルバル・ファネスはじめ、この場においでのかたがたにお願い申しあげます。わたくしどもの妻、正式に娶りましたこの二人を、どうかお渡しいただきたく。故郷のカリオンへ連れてまいりたいと存じます。婚資に領地として与えた村々を引き渡し、あわせてわれらの財産も見せておきたいと。これはやがて生まれてくる子らが受け継ぐはずのもの」

カンペアドルは、まさかこれで顔に泥を塗られることになろうとは疑わず、こう返答いたしました。

「連れてゆくがよい。わたしの財産から餞別を出そう。そなたらは娘たちにカリオンの地で婚資として領地をくれた。わたしからは金三千マルコ分の嫁資を持たせよう。そなたらへは立派に育った肥え太ったラバと乗用馬、たくましく足の強い軍馬もやろう。錦の服もどっさり渡す。それからコラーダとティソーンの二振りも。よく知っているとおり、どちらもわが武勇により勝ち取ったもの。愛娘を託すからにはそなたらはわが息子。そなたらはわが宝をあちらへ連れてゆくのだ。とほうもない餞別を婿二人にやったものよと、ガリシア、カスティーリャ、レオーンの人々を唸らせよう。娘たちをだいじにしてやってくれよ。なんといってもおのれの妻。気を遣ってだいじにしてくれれば、よい見返りがあろうからな」

カリオンの公子兄弟は胸を叩いてみせ、その場でカンペアドルの娘たちを引き取り、それからシッドの餞別を手もとへ収めにかかりました。そうして受け取って十分満足すると、さっそく命じて積み込ませました。話は大都バレンシアじゅうにぱっと広がり、人々はカリオンの地へ旅立つシッドの娘たちを見送ろうと、槍や剣を摑み、われ先に馬に飛び乗りました。やがて、旅立つ一行はいよいよ馬に乗るば

かりとなりました。別れの時――。ドニャ・エルビラ、ドニャ・ソル姉妹はシッド＝カンペアドルの前にひざまずき、

「お父様、ひとつお願いが。なにとぞお聞き届けくださいませ。お父様はわたくしたちに命をお与えになったおかた、お母様はわたくしたちをお産みくださったおかた。お父様、お母様、そのお二人を前にしてのお願いでございます。今お二人は、わたくしたちをカリオンの地へ旅立たせようとしておいで。親に従うのは子としての道。ならばお二人にお願いがございます。折りにふれ、どうかあちらへご様子をお知らせくださいませ」

ミオ・シッドは二人を抱擁、接吻いたしました。母も夫のしたことを繰り返し、

「さようなら、子供たち。この先どうか神様がお守りくださいますよう。わたくしもお父様も幸多かれと祈っていますよ。さあ、いただいた領地のあるカリオンへお発ちなさい。よい縁を結んだと信じています」

娘たちは両親の手に接吻。父と母は幸多かれと祝福いたしました。ミオ・シッドはじめ人々は晴れ着に着替え、武具を帯して馬に乗りました。いよいよ公子兄弟は婦人たちや家臣らに別れを告げ、その名も高きバレンシアを去ってゆきます。槍や剣を振りまわしながら、バレンシアの耕地のあいだを遠ざかる。一方、ミオ・シッドも一党の面々を引き連れ賑やかに送っていきます。しかしそのさなか、よき星のめぐりのもと剣を佩きし人は不吉な兆しを見て、この縁組は無事では済まぬのではと胸騒ぎを覚えました。けれど後悔先に立たず、もう嫁に出してしまった以上――。

「これフェレス・ムニョス、わが甥よ、どこにいる？　そなたはかけがえのないわが娘たちの従兄弟。よいか、二人についてカリオンまでゆくのだ。譲られた婚資の土地を確かめ、こちらへ戻ってこのカンペアドルに様子を知らせてくれ」

「しかと承りました」とフェレス・ムニョスは返答。ミナーヤ＝アルバル・ファネスがミオ・シッドの前へ馬を入れ、

「そろそろ戻ったほうがよろしいかと、シッド、大都バレンシアへ。もしも神の、万物を造りたまいし父の思し召しに適えば、いつの日か姫たちを訪ねに皆でカリオンの地へゆこうではありませぬか」

「達者で暮らせ、ドニャ・エルビラ、ドニャ・ソル。賢く身を処し、この父と母を安心させてくれよ」

これに婿たちは「そうなればよろしゅうございますな」と。

別れは断腸の思い。父娘《おやこ》は袖を絞りました。カンペアドルの家臣たちももらい泣き。

「これ甥よ、そなたフェレス・ムニョス。途中モリーナへ寄って一泊することとし、わが盟友、モロのアベンガルボンへ挨拶にいって、婿らにせいいっぱいの歓待をと頼むのだ。それからこう言ってくれ、わが子をカリオンの地へ遣るが、二人が不自由せぬよう十分な世話を頼むと。そしてすまぬが、そのあとメディナセリまで同行してやってくれぬかと。してくれた親切のいちいちについては手厚く礼をするとも伝えてくれ」

親子は爪が肉から剝がされるようにして別れました。

よき星のめぐりのもと生を受けし人はバレンシアへ引き返し、一方旅路についたカリオンの公子兄弟

はサンタ・マリーア・デ・アルバラシンで一泊。それから急ぎに急いで、さあモロのアベンガルボンの領するモリーナへ到着。知らせを聞いたアベンガルボンはぱっと顔を輝かせ、大喜びで迎えに出てまいりました。それからというもの、いやはや、痒いところへ手の届く歓待ぶり！　翌朝アベンガルボンは、道中警護を命じた二百騎を引き連れてともに出立。一行はルソーンという名の山並を越え、アルブフエロを突っ切り、ハローン川へ至り、エル・アンサレラという場所で一夜を明かしました。アベンガルボンはシッドの娘らに贈り物をいたしました。それからカリオンの公子兄弟にもそれぞれ太く逞しい軍馬を一頭ずつ。これはすべてシッド＝カンペアドルに対する気持ちのあらわれでしたが、公子兄弟、このモロの見せた裕福さに目が眩み、額を合わせて悪事の相談をはじめたのでございます。

「どうせカンペアドルの娘どもは捨てるのだ。モロのアベンガルボン、片づけられるものなら片づけてしまえ。そうすればやつを身ぐるみ剝げる。手に入れたものはカリオンの所領同様文句なしにこちらの財産。シッド＝カンペアドルはわれらに対してなんの申し立てもできまい」

カリオンの二人のこのよからぬ相談、言葉のわかる一人のモロがしっかり耳に入れておりました。この男、それを胸に畳んでおかずアベンガルボンへ注進におよびました。

「城主様、カリオンの公子兄弟にご用心を。なにせ殿はわがあるじ。二人が殿を亡き者にしようと相談しているのを聞きました」

モロのアベンガルボンは血気盛んな若武者。供の二百騎とともに騎乗すると、武器を振りまわしながら公子兄弟の面前へ乗りつけて言い放ちました。それは二人にとってうれしからぬ言葉でございました。

「承ろう、両公子よ。わたしが貴殿らになにをした？　こっちは他意なくもてなしたつもりだ。なのにわが命を奪う相談か。ビバールのミオ・シッドに免じてなにもせずにおいてやるのだぞ。さもなくば世に鳴り響くほどの大鉄槌を加え、しかるのち姫らを至誠の人カンペアドルのもとへ連れもどすところ。そっちは二度とカリオンへは戻れぬところだ！　貴殿らとはここで別れる。卑劣な悪党の供など願いさげだ。――ドニャ・エルビラ、ドニャ・ソル、御免をこうむり帰らせていただきます。――カリオンの二人は名こそ高いが、わたしに言わせれば評判倒れ。この縁組がカンペアドルの悔いとならぬよう、世のあるじたる神よ、望みたまえ、はからいたまえと祈るばかりだ」

モロはこう言い捨てると馬首を返し、剣を振りまわしながらハローン川を渡ってゆきました。賢明な人物らしいふるまいと言うべし。こうしてモリーナへ引き返したのでございます。一方、カリオンの公子兄弟はエル・アンサレラを発ち、夜を日に継いで進みます。岩山の上に屹立する難攻不落のアティエンサ城を左手に望みつつ過ぎ、それからミエーデスの山並みを越え、つづいてモンテス・クラーロスを踏み越えれば、左手に見えてくるのはグリーサ⑺、アラモスの築いた城市《まち》（そこにはエルファの幽閉された地下牢がございます）。さらに進めば右手遥か彼方にサン・エステバンの城市。それも過ぎて、やがて公子兄弟はコルペスの樫の森の中へ。見あげるばかりの木々が亭々と立ち並び、枝々は天を摩するばかり。猛々しい獣があたりを歩きまわっております。兄弟は花々が美しく咲き乱れ、清らかな泉の湧く場所を見つけますと、天幕を張らせ、供の者らと野宿することにいたしました。その夜二人は妻をかきいだき、いとしげにあつかいました。が、翌朝になると態度を一変させた。兄弟は山のような金品をラバに積ませ、夜露をしのいだ天幕を畳ませたあと、供を皆先に発たせました。妻のドニャ・エルビラとドニャ・ソル以外、誰もそこに残らぬよう命じたのでございます、心ゆくまで妻と楽しむつもりで。こうして皆が去って四人だけになると、カリオンの公子兄弟は卑劣極まりない企みをあらわにいたしました。

「ドニャ・エルビラ、ドニャ・ソル、ようく聴け。これからそなたらはこの恐ろしい森の中でなぶりものにされるのだ。ともにいるのも今日限り。ここで捨てられる運命だ。誰がカリオンで領地などやるものか。この知らせ、さぞシッド＝カンペアドルの耳にはいろうな。ライオンの一件でかかされた恥、こうして雪いでやる」

そう言うとこの邪な卑怯者どもは、二人のベールとチュニックを剝ぎ取って下着姿に剝き、自分たちは靴に拍車を着け、堅く丈夫な鞍の腹帯を手にいたしました。それを目にした姉妹。ドニャ・ソルが申しました。

「ドン・ディエーゴ、ドン・フェルナンド、どうかお願い申します！　お二人は切れ味鋭い剛刀をお持ちのはず。ひと振りはコラーダ、もうひと振りはティソーンという名。いっそそれで首を刎ねていただけませぬか。わたくしどもは従容として死にましょう。世の人々はこれを取沙汰いたしましょう、姉と妹、罪なくして斬られたと。そのような無体きわまりない真似はおやめくださいませ。わたくしどもを打てば名を穢し、そのうえ裁きの場で、王座裁判(8)で罪に問われる仕儀となりましょう」

姉妹の哀願は無駄に終わり、やがてカリオンの公子兄弟は乱暴をはじめました。留め金のついた鞍の腹帯で情け容赦なく打ち据えました。姉妹が顔を背けたくなるような尖った拍車で下着を破り、肉を裂いた。金糸の刺繍の下着を染めて流れる鮮血。傷は姉妹の心にも。ああ、今この場にシッド＝カンペアドルが駆けつけてこぬものか。そうであればどんなによいか！　万物を造りたまいし神がそうはからいたまわぬものか！　二人は兄弟にこれでもかとばかり打たれ半死半生。肌着も、その上の絹のチュニックも血まみれ。打擲の強さを競う兄弟。やがて疲れを覚えるころには、ドニャ・エルビラもドニャ・ソルも声すら出せぬようになっておりました。兄弟は二人が死んだと合点し、コルペスの樫の森に置き去りにいたしました。ベールもアーミンの毛皮の上衣も持ち去り、森に棲む猛禽や怖ろしい獣が蠢く中に、下着姿で息も絶え絶えにして捨ててゆきました。死んだと思って打ち捨てた、そう、生きているとは思わずに。ああ、今この場にシッド＝カンペアドルが駆けつけてこぬものか。そうであればどんなによいか！　カリオンの公子兄弟（……）二人が死んだと合点し、コルペスの樫の森に打ち捨てました。姉妹は互いに手を差し伸べようにも差し伸べられぬありさま。他方、公子兄弟はしてやったりと得意顔で森の中を進みます。

「これで結婚の汚名は帳消しにした。なにしろ頼まれねば妾にすらするべきでないような女ども。とにかく身分が違うのだ。本来妻になどなれはしなかった。ライオンの一件でかいた恥も、こうしておいおい雪がれてゆく！」

得意満面の公子兄弟。さて、ここであのフェレス・ムニョスが登場いたします。これはシッド＝カンペアドルの甥にあたる人物。先にゆくよう命じられ、後ろ髪を引かれる思いでそうしたものの、やはり途中で胸騒ぎがして、一行から離れて鬱蒼とした木立の中に隠れました。従姉妹二人がくればよし、あるいはカリオンの公子兄弟がなにかしておらぬか、それを確かめるため。やがて兄弟がやってくるのが見え、話し声も聞こえました。兄弟のほうはフェレス・ムニョスが見えず、そこに潜んでいるとは疑いもしませんでした。もしみつかりでもしたら、それはもうむろん命はないところ。兄弟が馬を急がせてさっさと通り過ぎたあと、フェレス・ムニョスは跡を辿って引き返し、ぐったりしている従姉妹たちをみつけました。

「従姉妹の姫様方、従姉妹の姫様方！」そう叫びながら馬から飛びおり、そのあたりに手綱を結びつけるとそばへ駆け寄りました。

「従姉妹の姫様方、従姉妹の姫様方、ドニャ・エルビラ、ドニャ・ソル！　——カリオンの公子どもめ、たいした武勇を発揮してくれた！　神よ、聖母マリアよ、この報いを兄弟に受けさせたまえ！」

言うと体を仰向かせましたが、二人は息も絶え絶え、言葉を発することができません。フェレス・ムニョスは胸が張り裂けそうになり、もう一度叫びました。

「従姉妹の姫様方、従姉妹の姫様方、ドニャ・エルビラ、ドニャ・ソル！　しっかり、さあ、どうか、日のあるうちに、暗くなるまえに。さもなければこの森で獰猛な獣の餌食！」

ドニャ・エルビラとドニャ・ソルはしだいに正気づき、目を開いてフェレス・ムニョスを見ました。

「しっかり、さあ、どうか！　わたしがいないと気づけば、カリオンの公子どもが血眼で探しにまいります。神がお助けくださらねば、ここがわれらの墓場！」

ドニャ・ソルが苦しい息の中から申しました。

「父に、カンペアドルにお礼をしてもらいますから、どうかお願い、わたくしたちに水を」

フェレス・ムニョスは、バレンシアから被ってきていたおろしたての真新しい帽子に水を汲んできて与え、さんざん痛めつけられていた従姉妹たちの渇きを癒してやりました。そして、「さあ、さあ」と急き立てて二人の体を起こし、叱咤激励、気力を振り絞らせ、体を抱きかかえて急いで馬の背に乗せると、マントを脱いで二人に被せ、手綱を取ってただちにその場を離れました。コルペスの樫の森の中をゆく孤立無援の三人——。森を抜けたのは日の暮れる寸前。やがてドゥエーロ川へ至り、トレ・デ・ドニャ・ウラーカの丘に着くと、フェレス・ムニョスはそこでひとまず姉妹たちをおろし、サン・エステバンへ向かいました。そこにいたのはアルバル・ファネスの家臣ディエーゴ・テリェス。話を聞いたテリェスは、それは一大事と、乗り物と上等の衣服を用意し、ドニャ・エルビラとドニャ・ソルを迎えにゆきました。そうしてサン・エステバンまで連れ帰り、敬意を込めてできるかぎりの世話をいたしました。サン・エステバンの住人は今も昔も情けある人々。事情を知って深く同情し、姉妹を励ましました。二人は体が癒えるまでそこに留まりました。

してやったりと得意満面のカリオンの公子兄弟。他方、英明なドン・アルフォンソ王は深く心を痛めました。事件の一報は大都バレンシアへももたらされ、話を聴いたミオ・シッド＝カンペアドルは、長い時間じっと考え込んでおりましたが、やがて髯に手をやって摑むと、

「世のあるじたるキリストよ、感謝したてまつる！　カリオンの公子兄弟がたいした挨拶をしてくれま

した。——かつて誰にも抜かれぬこの髯にかけて誓おう、あの兄弟、このままよい気にさせてはおかぬ、娘たちには天下一[9]の婿をみつけてみせる！」

ミオ・シッドのみならず家臣たちも、むろんアルバル・ファネスも、だれもが切歯扼腕。ミナーヤ＝アルバル・ファネスはミオ・シッドに命じられ、ペロ・ベルムデス、頼もしきブルゴス者マルティン・アントリネスほか二百騎を率いて出立。夜を日に継いで急行し、娘たちを大都バレンシアへ連れ帰れとの厳命がくだっておりました。主命をおろそかにせずただちに馬に飛び乗った一同は、昼夜兼行で道を急いで堅城ゴルマスへ至り、そこで初めて一泊。ミナーヤが従姉妹の二人を迎えにきたとの知らせがサン・エステバンへ届きました。サン・エステバンの住人は善き人々、ミナーヤ一行を歓迎いたしました。その夜、ミナーヤは食糧をふんだんに提供されました。辞退はしたもののミナーヤは深く感謝——

「賢明なるサン・エステバンの者たちよ。今度の災難に際しては、よくぞこうして気遣ってくれた。ミオ・シッド＝カンペアドルもかの地にあって深く感謝しておいでだ。ここにいるわたしとて同様。天にまします神がこの行ないに対し、そなたらによき報いを与えたまうよう」

誰もがミナーヤの言葉を多として喜びました。一行はその夜を過ごしに宿所へ。ミナーヤは従姉妹の姫らのいる部屋を訪ねました。ドニャ・エルビラとドニャ・ソルはミナーヤをじっと見つめ、

「感謝の言葉もありません。見神のお恵みに浴したような気持ちです。わたくしたちが一命をとりとめたこと、そちらからも神に感謝を。（……）もっと落ち着いたらば災難の一部始終、お話しすることもできましょう」

二人の姫とアルバル・ファネスは、ともにはらはらと涙を流しました。ペロ・ベルムデスが二人を慰めて申しました。

「ドニャ・エルビラ、ドニャ・ソル、心配ご無用。血色もよし、お元気そうだ。なんのお変わりもない。良縁のはずがとんだ結末。けれどこれからもっとよい話もあろうかと。恨みはいつの日かかならずや晴らそうではありませぬか！」

その夜は深い安堵のうちにそこでともに休みました。明くる朝、出立。サン・エステバンの人々は無聊を慰めがてらアモル川までつきそい、そこで別れの挨拶をして引き返しました。ミナーヤは二人の姫を守って道をつづけます。一行はアルコセバの谷を越え、ゴルマスを右手に望みつつ過ぎ、バドレイというところで川を渡り、ベルランガの町に着いて宿をとりました。翌朝、さらに旅をつづけ、その日はメディナセリという町で一泊。次の日はそこからモリーナまでまいりましたが、そこではモロのアベンガルボンが相好を崩し両手を広げて出迎えました。そして、ミオ・シッドへの誠意をあらわそうと豪勢な晩餐を供しました。モリーナを発てば、あとは一路バレンシアをめざすばかり。

知らせが届くと、よき星のめぐりのもと生を受けし人は馬に飛び乗り、迎えに飛び出しました。ミオ・シッドは剣を振りまわし、体いっぱいに喜びをあらわしました。そうして歩み寄って娘たちを抱擁し接吻すると笑みを浮かべ、

「戻ったか、娘たち！　神がそなたらを守りたまうよう！　縁談を受けたのはわたし。ほかに返答のしようがなかったのだ。この先もっとよい嫁ぎ先を見つけてやらねばな。天にましますす神よ、願いを叶え

たまえ！　あのカリオンの婿どもへの復讐を遂げさせたまえ！」

二人の娘は父の手に接吻。一行は演武を行ないながら都城《まち》へはいりました。わが子を見た母親のドニャ・ヒメーナの喜びようはひとかたならず。

よき星のめぐりのもと生を受けし人は、ただちに内々で近臣を集めて相談、カスティーリャのアルフォンソ王のもとへ使者を立てました。

「どこにいる、ムニョ・グスティオス、頼もしい家臣よ？　よくぞそなたを手もとで育てておいたものだ。カスティーリャのアルフォンソ国王陛下のもとへ使者に立て。こちらは家臣、あちらはあるじ、わが名代として心を込めて御手に接吻し、カリオンの公子兄弟が当方に加えたこのたびの恥辱につき、大御心に深き憤りを持ちたまうべしと、そう申しあげるのだ。わが子らの縁を結ばれたのは陛下。こちらから与えたのではない。娘らの受けた小さからぬ恥辱、そのうちのいくぶんかはわれらの恥辱だが、わがあるじにとってはそのままそっくりご自身の恥辱。また、公子どもがわが財を少なからず持ち去ったことは、さらなる恥辱としてさだめてこの身に降りかかろう。どのような形の裁きの場であれ、兄弟をそこへ引き出し、しかるべく償いさせるようお願いせよ。この胸の無念の思い、それほどまでに耐え難い」

ムニョ・グスティオスはただちに出立。供についたのは犬馬の労を厭わぬ二人の騎士と、シッドの養い子たる数人の従士。バレンシアを出たのちは、夜を日に継いで急ぎに急ぎました。王はサアグンに滞在中でございました。この王はカスティーリャとレオーンの王位をあわせ持ち、威光はアストゥリアス、サン・サルバドル、さらにはサンティアゴまであまねくおよび、ガリシアの諸侯からも主君と仰がれて(10)

おりました。ムニョ・グスティオスは下馬して諸聖人の前にぬかずき、万物を造りたまいし神への祈願を行なったのち、主人を守るがごとくつき従う二人の騎士を従え、王が群臣といる館へ向かいました。

群臣の中を三人が進んでくるのにすぐに気づいた王は、中にムニョ・グスティオスがいるのに目を留めると、立ちあがってにこやかに迎えました。ムニョ・グスティオスは王の前にひざまずいて足に接吻し、

「なにとぞ、あまたの国々にてあるじと仰がれるアルフォンソ国王陛下！　カンペアドルは陛下のみ手とおみ足にご接吻申しあげます、カンペアドルは陛下の家臣、陛下はカンペアドルのあるじであらせられますゆえ。陛下はあるじの両姫をカリオンの公子兄弟と娶《めあ》わせたまいました。聖慮に発した栄えある縁組でございました。ところが、すでにご存じ、われらにとってあの名誉な出来事。カリオンの公子兄弟にどれほど煮え湯を飲まされたか！　二人はシッド＝カンペアドルの両姫をさんざんに打擲。打擲したうえ、衣服を剝いで辱め、コルペスの樫の森、野獣猛禽の鼻先に置き去りにいたしました。ただいま両姫はあちら、バレンシアへ連れ戻されております——。以上のしだいにより臣下としてあるじたる陛下の御手に接吻、お願い申しあげます。いかなる形の裁きの場でもかまいませぬ、兄弟をそこへ引き出してくださいますよう。あるじは辱められたと憤っております。しかしながら陛下の恥辱はさらに大きいかと。なにとぞ陛下、ご賢慮くださり、ことを軽視なさらず、ミオ・シッドがカリオンの公子兄弟より償いを受けられるようおとりはからいを」

王は押し黙って長考しておりましたが、

「実は心を痛めているのだ。この件についてはそなたの申すとおりだ、ムニョ・グスティオスよ。二人

をカリオンの公子兄弟と娶わせたのは、確かに余にまちがいない。シッドによかれと思い善意でしたことであったが、今となっては悔やまれてならぬ。心を痛めているのは余もミオ・シッドと同じ。もとよりシッドを助けねばなるまい。それが道理だ。今の今まで思わなかったことではあるが。国じゅう隈なく触れをまわし、トレドにおける王座裁判の開廷を布告して、伯やインファンソンを召集しよう。その場へカリオンの公子兄弟を召喚し、ミオ・シッド＝カンペアドルに償わせよう。できることならカンペアドルに不満の残らぬようにしたいものだ。星のめぐりよき時に生を受けしカンペアドルに伝えよ、これから七週の猶予を与えるゆえ、その間に家臣ともども支度をととのえトレドへまいれ、とな。これはシッドのため開く法廷。一同へよしなに伝えよ。皆、安心するがよい。災い転じて福となろう」

ムニョ・グスティオスは別れの挨拶をしてミオ・シッドのもとへ戻りました。

言葉に嘘はなく、カスティーリャ王ドン・アルフォンソはそのとおりに動きました。ただちにレオーンへ、サンティアゴへ、ポルトガルへ、ガリシアへ、カリオンへ、カスティーリャへ勅書を送り、誉れ高き王がトレドで王座裁判を開くゆえ七週間後までに参集すべし、応じぬ者は王臣の列にあると思うなかれ、と伝えました。この王の君臨するところ、その命に背こうと考える者は一人もございません。カリオンの公子兄弟は青くなりました。王がトレドで行なおうとしている裁判には、ミオ・シッド＝カンペアドルもやってくるにちがいないと恐れたのでございます。一族の者が雁首揃えて相談し二人の出廷の免除を王に願い出ましたが、返ってきた答えは、

「それは許さぬ。まさか。ミオ・シッド＝カンペアドルはかならずまいるのだぞ。訴えの件につき両名

は償いせよ。それを承知せぬ、裁判へこぬと申すなら、もはやわが心に適わぬ者。国を去るがよい」
どうでも逃げられないと悟ったカリオンの公子兄弟は、またまた一族の面々と相談。この件にはドン・ガルシア伯も一枚噛んでおりました。伯はミオ・シッドの仇敵で、折りあらば足をすくってやろうと狙っている人物。伯は兄弟に入れ知恵いたしました。

期限が近づくにつれ、人々は裁判の場へゆく支度をはじめました。気高きドン・アルフォンソ王は真っ先に向かった中の一人。[11]ドン・エンリケ伯、[12]ドン・ラモーン伯（これは誉れ高き[13]皇帝の父）、[14]ドン・フルエラ伯、[15]ドン・ベルトラン伯もまた然り。国内の法学者も多数集まりました。ほかにもカスティーリャ各地の錚々たる人士が残らず参集。ドン・ガルシア伯も、カリオンの両公子ディエーゴとフェルナンドや、アスール・ゴンサレス、[16]ゴンサロ・アスレスについて裁判の場へまいりました。この一派はおおぜい引き連れておりましたが、これは寄ってたかってミオ・シッド＝カンペアドルを討ち取ろうという魂胆。

このように各地から人々がそこへ集まりましたが、肝心の星のめぐりよき時に生を受けし人はなかなか姿を見せません。国王は遅参にいらだちました。ミオ・シッド＝カンペアドルがやってきたのはそれから五日目のこと。あらかじめアルバル・ファネスを使者に立て、名代として主君たる王の手に接吻させ、申しあげます、今晩到着の予定、と言上させました。それを聞いて機嫌が直った王、馬に乗り、おおぜいの供を従え、星のめぐりよき時に生を受けし人を迎えに出向きました。やってくるシッドはいでたちに一分の隙もなく、供をする家臣もまたそのようなあるじの名を汚さぬ堂々たる一団。ミオ・シッド＝カンペアドルは、誉れ高きドン・アルフォンソ王の英姿が目にはいると、地面へおり立ち、かしこまって主君への敬意をあらわそうといたしました。が、王はそれを見るやただちに、

「やめよ！　今日はそれはならぬ！　馬に乗れ、シッド。さもなくば余は満足に思わぬぞ。心からの挨拶を交わそうではないか。そなたはさぞ口惜しかろう。心を痛めているのは余も同じ。今日はそなたのため、名誉ある裁判となって欲しいものだな」

「まことに」とミオ・シッド＝カンペアドルは答え、王の手に、そして口に接吻いたしました。

「陛下、ご尊顔を拝し恐悦至極。陛下に、ドン・ラモーン伯に、ドン・エンリケ伯に、そしてこの場においでの皆様方に対し、謹んでご挨拶申しあげます。われらの友のかたがたに神の救いがございますよう、とりわけ陛下、陛下に。得難き婦人たるわが妻ドニャ・ヒメーナは二人の娘ともども、われらの身に降りかかったこのたびの災難につき、ご同情たまわれば幸いと申しております」

王は「むろんだ。念にはおよばぬ」と。それから王はトレドへ戻ろうといたしましたが、ミオ・シッドはその夜、タホ川を越えぬつもりでございました。

「なにとぞ、陛下、お聞き届けたまわりたく。陛下は都城《まち》へお戻りくださいませ。わたくしは家臣どもサン・セルバンド修道院に宿をとりたく存じます。手勢が今晩じゅうに着こうかと。この聖なる場所にて夜を徹して祈りを捧げ、明日の朝都城へはいり、裁判へは昼餉の時刻の前にまいる所存」

「好きにいたすがよい」と王は答えました。

ドン・アルフォンソ王はトレドへ引き返しました。一方、サン・セルバンド修道院を宿としたミオ・

シッド＝ルイ・ディアスは、蠟燭を灯して祭壇に供えるよう命じました。その聖なる場所で夜を徹して万物を造りたまいし神に祈願を行ない、かつ内密の相談をするため。夜明けまでには、ミナーヤほか同行していた忠臣らと申し合わせができておりました。

　未明に朝課[17]、一時課[18]。日の出前にはミサが終わりました。このうえなく立派で豪華な品々が寄進されました。

「いざ、ミナーヤ＝アルバル＝ファネス、わが頼もしき右腕よ、ともにゆこう。それからドン・ヘロニモ司教、ペロ・ベルムデス、ここなるムニョ・グスティオス、頼もしきブルゴス者マルティン・アントリネス、アルバル・アルバレスにアルバル・サルバドレス、よき星のめぐりのもと生を受けしマルティン・ムニョス、わが甥フェレス・ムニョス。法に精通したマランダ、アラゴンの勇士ガリン・ガルシアも供をせよ。ほかにも総勢百騎となるようこの場のつわものどもから連れてゆく。鎖で体がこすれぬ用心に鎧下着[19]を着けたらば、それに重ねて日輪にも負けず輝く鎖帷子着込み、その上からはアーミン皮など上等の毛皮のマントを羽織るのだ。鎖帷子が見えぬよう紐はきつく締めておけ。マントの下には鍛えあげた切れ味鋭い剣を忍ばせよ。こうして支度ととのえ、そのうえで、いざ裁きの場へ赴いて、権利を主張し申し立てを行なおう。たとえカリオンの公子どもが狼藉におよぼうと、この百人の手の者さえ控えておれば、なにを恐れることもあるまい」

「承知いたしました、殿」と一同は答え、命じられたとおり支度をととのえました。よき星のめぐりのもと生を受けし人も急ぎます。上等の布の長靴下に足を入れ、職人が腕をふるった靴を履き、着替えたシャツは雪の白さの亜麻の布。紐通しの穴の縁はどれも金糸銀糸でかがられて、袖は誂えものゆえ長からず短からず。シャツの上には錦の美しいチュニック。金の刺繍が施され、糸の輝きはまばゆいばかり。なおその上に常日ごろ着用の赤い毛皮の上衣を重ね、金の帯を締めました。頭に被った兜下、これは最高級の亜麻布で金の刺繍入り。千軍万馬のシッド＝カンペアドルが髪を摑まれぬ用心に誂えたもの。長く伸びた髯を紐で縛っているのは、わずかな隙もないように。最後に羽織ったマントはこれまたたいへんな値打ちもの、裁判の場で誰もが目を瞠るであろう一着でございます。

ミオ・シッドは、支度せよと命じておいたあの百人を供に勇躍して馬に乗り、サン・セルバンド修道院をあとにいたしました。このように手抜かりなく裁判へ向かったシッド、外の門に着くと勇んで下馬、供を引き連れ油断なく進みます。ミオ・シッドを中にして周りを供の百人が固めます。気高きドン・アルフォンソ王、ドン・エンリケ伯、ドン・ラモーン伯は、よき星のめぐりのもと生まれいでし人がはいってきたのを見ると立ちあがりました。それにつづいて、さあ、残りの人々もいっせいに。よき星のめぐりのもと生まれいでし人をこぞって丁重至極に迎えたのでございます。ただしグラニョン[20]の縮れ毛公、それにカリオンの公子兄弟一党、この人々ばかりは誰一人立とうといたしません。王はシッドに申しました。

「カンペアドルよ、こちらへまいってこの椅子に座るがよい。そなたが贈り物にくれた椅子だ。こう申せば気に入らぬ者があるかもしれぬが、われらよりそなたがふさわしい」

すると、バレンシアを落とした大将軍は厚く礼を述べながらも、

「それは陛下のお椅子。王としてあるじとして、どうかお掛けを。わたくしはこの供の者一同と、こちらに控えておりましょう」

シッドの言葉に王は機嫌よくうなずきました。言ったあと、ミオ・シッドはろくろ細工の施してある椅子に腰をおろしました。警護の百人がその周囲を固めます。満堂がミオ・シッドに、その長く伸ばして紐でまとめた髯に目を奪われておりました。シッドの身支度の様には武人としての心がけがよく見てとれました。カリオンの公子兄弟と申せば、気後れのあまりシッドのほうへ目を向けられません。やがて誉れ高きドン・アルフォンソ王が立ちあがり、

「万物を造りたまいし神のご加護が皆々にあるよう！　聴くがよい、家臣の者たちよ。余が王となって以来、これまで王座裁判の開廷は二度にとどまる。最初はブルゴス、二度目はカリオンであった。本日、この三度目を開くべくトレドへまいった。これは、よき星のめぐりのもと生まれいでしミオ・シッドが、カリオンの公子兄弟よりの償いを受けられるようにと願ってのことだ。両人がシッドに対し非道極まりない所業におよんだのは、われらの誰もが知るところ。ドン・エンリケ伯、ドン・ラモーン伯、加えてそのほかカリオンの公子兄弟の一派に属さぬ伯の面々、本件の判事を務めよ。（……）。卿らはいずれも法に通じた者。余は不公正は望まぬ。慎重に審理し、正しい判決を下すべし。本日は双方とも手出しはならぬぞ。聖イシドロ[21]に誓って申すが、裁きの場で騒ぎを起こす者があれば、王国よりの退去を命じることになる。主従の縁もそれまでと心得よ。余は理のあるほうへつく。まずはミオ・シッド＝カンペアドル、申し立てを行なうがよい。しかるのちカリオンの公子側の反論を聴こう」

ミオ・シッドは王の手に接吻して立ちあがると、

「わたくしのため当法廷を開いてくださったこと、王にして主君たる陛下に心より感謝申しあげます。カリオンの公子兄弟に対する申し立ては次のとおりでございます。わが子二人を捨てたことについては名誉を棄損されたとは考えておりませぬ。なぜなら娶《めあ》わせたもうたのは陛下、ゆえに本日そちらでしかるべくご処置なさるのが筋かと。しかしともあれ、大都バレンシアからわが子を連れてゆくとき、兄弟のことは、それはもう心底かわいく存じておりました。それゆえにこそ二人にはわが武勇の賜物、コラーダとティソーンの二振りを与えました。それで武名をあげさせたい、陛下にご奉公させたいと願ってのこと。しかるに両名は娘らをコルペスの樫の森に打ち捨てました。これで当方との絶縁の意志を示したことになり、こちらも縁を切ったしだい。もはやわが婿ではない以上、二振りの返還を求めます」

「まことに正当な申し立てである」、判事団はそう判断を下しました。

ドン・ガルシア伯は「協議させていただきたい」と願い出ました。カリオンの公子兄弟およびその親族、その場に顔を揃えていた一党の者たちは別の場所へ移り、とり急ぎ協議して話をまとめました。

「シッド=カンペアドルめ、これは大助かり。娘の辱めについてはこの場でわれらになにも求めぬそうだ。ドン・アルフォンソ王と話をつけるのは難しくない。それで矛を収めると言うのなら、やつの剣など返してしまえ。剣さえ受け取れば裁判は終わり。シッド=カンペアドルはこのうえこちらになんの要求もできなくなる」

こう話しあったあとぞろぞろ裁判の場へ戻ってきて、

「われらが主君たるドン・アルフォンソ国王陛下へ申しあげます。訴えのとおり二振りはシッドより渡されたもの。惜しくなった、返せと申すのであれば、陛下の御前にて返してやりましょう」

コラーダ、ティソーンの二振りが取り出され、主君たる王の手に渡されました。王がそれぞれの鞘を払うと、白刃の輝きが法廷じゅうを照らしました。なおそのうえ柄頭も鍔も総黄金《こがね》作り。法廷で判事を務める人々の誰からも感嘆の声があがりました。シッドは剣を受け取ると王の手に接吻。それからもとの椅子へ戻って手にした二振りを検めましたが、どちらもよく知るものだけに、すり替えが利くはずもございません。満身喜びで満たされ、会心の笑みがこぼれました。シッドは髯に手をやって摑み、

「いまだ誰にも辱められぬこの髯に懸けて誓うが、こうして一歩一歩ドニャ・エルビラとドニャ・ソルの無念が晴らされてゆくであろう」

それから甥のペロ・ベルムデスの名を呼び、名剣ティソーンを与えようと差し出して、

「受け取れ、甥よ。これはそなたが持つほうがふさわしい」

ついで名剣コラーダを、頼もしきブルゴス者マルティン・アントリネスに与えようと差し出し、

「マルティン・アントリネス、頼もしきわが家臣よ、取れ、コラーダだ。これは押しも押されもせぬ君主、大都バルセロナのラモーン・ベレンゲル伯より奪い取ったひと振り。そなたに与えるゆえ、だいじに持っているがよい。もしもそなたが（……）さぞやこの名剣をふるっておおいに名をあげてくれよう、武名を轟かせてくれるであろう」

マルティン・アントリネスはシッドの手に接吻し、剣を受け取って収めました。これを済ませるとミ

オ・シッド＝カンペアドルは立ちあがり、

「まずは万物を造りたまいし神に感謝！　そうして次に王たり主君たる陛下に。わが剣コラーダとティソーンについては納得のゆく結果となりました。さて、カリオンの公子兄弟につき、なお別に訴えたい件がございます。わが子二人をバレンシアより連れ去ったとき、金貨銀貨とりまぜ三千マルコ渡しました。ところが恩を仇で返すあの所業。もはやわが婿でなくなった以上、あの金の返還を求めます」

　さあ、カリオンの公子兄弟、不平を鳴らすまいことか！　ドン・ラモーン伯に「諾否の返答を」と迫られますと、

「剣の返還に応じたのは、シッド＝カンペアドルがさらなる請求をせぬと思えばこそ。先ほどはあれだけしか求めなかったではありませぬか」

「陛下の御意に適えば、われらは次のごとく申し渡す。両名はシッドの要求に応じるべし」

「異存ない」と、誉れ高き王。

　シッド＝カンペアドルは立ちあがって、「そなたらに渡した金、当方に返還するか、それともこれにつきまだなにか言い分があるか」

　問われてカリオンの公子兄弟、ふたたび別の場所へまいりました。莫大な額の金でございましたが、きれいさっぱり使ってしまっていたもので、相談がまとまりません。それでも最後にはなんとか結論に達し、法廷へ戻ると言いたい放題——

「バレンシアを落としたほどの大将軍がやいのやいのと。われらの財産にそれほどご執心か。ならばカ

リオンの領地を分けてやりましょう」

　それを聞いて判事団は申しました。

「仮にシッドがそれでよければ異は唱えぬ。だが判事団としては当法廷にて即刻返還すべしとの判断だ」

　それを聞いてドン・アルフォンソ王は、

「われらは本件にかんし、シッド＝カンペアドルの訴えの正当であることを十分理解した。その三千マルコのうち二百はカリオンの公子らより贈られ、わが手もとにある。それほど不如意と申すなら返してやろう。よき星のめぐりのもと生まれいでしミオ・シッドに渡すがよい。償いに充てるのであれば惜しくはない」

　フェルナン・ゴンサレスが口を開き、こう申しました。

「われら、金は持ち合わせておりませぬ」

　するとドン・ラモーン伯が申しました。

「使い果たしたと申すか。ならばドン・アルフォンソ王の御前にて次のごとく申し渡す。支払いは現物にて行なうべし。カンペアドルはそれを受納のこと」

　カリオンの両公子は従わざるを得ないと悟りました。さあそれから足の強い軍馬、太く逞しいラバ、見事に育った乗用馬、立派な剣や甲冑一式が、長蛇の列をなして運び込まれてまいります。ミオ・シッドはそれらを法廷での査定を経て受け取りました。こうして公子兄弟、アルフォンソ王の手もとにあった二百マルコを差し引いた分を、よき星のめぐりのもと生まれいでし人へ支払いましたが、その際、手持ちだけでは足りず、他人から借りねばならぬ仕儀となりました。いやはやこの訴訟の場で人々の物笑いになったというしだい。

ミオ・シッドは受け取ったこれらの現物を、家臣らに委ねて管理を任せました。そしてこうした処置を終えたのち、ただちに次の件にとりかかりました。

「なにとぞ、わが君、国王陛下、お聴きたまわりたく。肝心かなめの痛恨事に目をつぶるわけにはまいりませぬ。法廷にご列席のかたがたもお聴きあれ。この身に降りかかった不幸、どうかご賢察を。当方にあれほど赦し難い辱めを加えたからには、カリオンの公子兄弟、決闘裁判に引きずり出さずにおくわけにはまいりませぬ。——答えよ、カリオンの公子ども、冗談にせよ本気にせよなににせよ、このわたしがきさまらになにをした！　もしなにかしたのであればこの場で判決に従い償ってやろう。なぜわたしの心を踏みにじった！　バレンシアを去るとき、娘たちを連れていかせてやったではないか。少なからぬ餞別を渡し、それは盛大に送り出してやったではないか。娘たちが憎いのなら、おい、恩知らずの犬畜生、なぜあの子らの領地のバレンシアに置いてゆかぬ。なんのため鞍の腹帯や拍車で痛めつけた！　あまつさえ野獣猛禽の跳梁跋扈するコルペスの森に捨ててゆくとは！　きさまらはこの所業によりわが手でおのれの顔に泥を塗ったのだ。なにか申すことがあるか。それともおとなしく当法廷の申し渡しを聴くか！」

ドン・ガルシア伯が立ちあがり、

「おそれながら、陛下、スペイン一の大王様。さすが特別法廷に慣れたシッド殿。髯を刈らず長く蓄えておいでだ。人はこれを見て恐れたりおののいたり。カリオンの両人は高貴な血筋、シッドの娘など妾に望むのすらまちがいでございました。そもそも、どこのどなたが二人を夫と対等の正妻として与えたと申すのやら。捨ててなにが悪いのか。シッドの訴えは話にもなににもなりませぬ」

するとカンペアドルは髯を摑んで、

「万物をしろしめす神に感謝したてまつる！　髯の長いのは丹精の賜物。髯に難癖とは、伯よ、解せぬ話だ。また当初より丹精してきたためばかりではない。人の子と生まれた者に摑まれたことはおろか、誰にも引き抜かれたことなどないからだ。[22]カブラの城で、伯よ、わたしが貴殿にしたようにはな。カブラの城をとったとき、貴殿の髯もこの手にとった。あのときは若い者の端に至るまで、摘まんで引き抜かぬ者はなかったな。わたしに引き抜かれたところはまだ生えそろっておらぬではないか」

フェルナン・ゴンサレスが立ちあがり、それ、このように喚きました。

「シッドよ、申し立てるのはいいかげんにせぬか！　金も物も残らず取り戻したではないか。これ以上たがいに争ってなんになる。われらはカリオン伯の家柄。王か皇帝の姫を妻に迎えるべきであった。インファンソンの娘ふぜいとは不釣り合い。二人を捨ててなにが悪い。名をあげたと思いこそすれ、ふん、顔に泥を塗ったなどと誰が思うものか」

ミオ・シッド＝ルイ・ディアスはペロ・ベルムデスへ目を遣り、

「言い返してみよ、べろなしペロよ、むっつり男め。わが子二人はそなたの従姉妹。ならばこちらへ向いた矛先は、そなたへも向いているではないか。わたしに反論させたらあとで鎖帷子を着られぬぞ」

ペロ・ベルムデスは口を開こうといたしましたが、はじめは舌がもつれ、言葉がうまく出ません。しかし、いったん出だすや、それはもういっきに弁じ立てました。

「申しておきますが、シッド、悪い癖ですぞ、毎度毎度、公の場でわたしを『べろなしペロ』と呼ぶのは。なるほど喋るのは苦手。だが、いざとなれば立派にやってみせます。——フェルナンドよ、きさまの言ったことにひとかけらのまこともない。きさまらが大きな顔をしていられたのは、カンペアドルの七光りあったればこそではないか。きさまがどんな性根の持ち主か、こっちはいちいち並べてやれるぞ。思い出せ、大都バレンシア近郊でのいくさのこと。きさまは至誠の人カンペアドルに先陣を願い出た。そして一人のモロに目を留め向かっていったまではよかったが、けっきょく槍を合わせず遁走したな。もしも駆けつけてやっておらねば、敵の槍の錆になっていようかというていたらく。おれはきさまと入れ違ってそいつと手合わせし、なんなく討ち取りその馬をきさまにくれてやった。胸の奥にしまい込み、今日まで誰にも明かさずにおいたことだ。きさまはミオ・シッドの前で、皆の前で、モロをば討ち取ったり、手柄立てたり、などと自慢たらたらほざいていたな、皆はなにも知らずきさまの法螺を信じたが。姿形は立派でも、中身は無類の臆病者。口先ばかりの弱虫め、どの口でそんなでたらめをほざく！　さあ、フェルナンド、今度の話も嘘とは言わせぬぞ。バレンシアでのライオンの一件、覚えておらぬはずはない。ミオ・シッドが寝ているとき、ライオンが檻から外へ抜け出した。そのとき、おい、フェルナンド、怖い怖いときさまどうした？　なんとミオ・シッド＝カンペアドルの長椅子の下へ潜り込んだではないか。隠れた場所が場所だけに、フェルナンド、きさまはあれからずっと恥さらし。われらは長椅子を取り囲んであるじを守った。だが、さすがバレンシアをとったほどのつわもの、ミオ・シッドは目を覚ますと長椅子から立ちあがり、ライオンへ向かって歩いていった。するとそいつは頭を垂れてじっと待ち、おとなしく首を摑まれ檻へ戻された。なんと豪胆なカンペアドル、それから家臣のいるほうへ戻って顔を見まわして、婿らはどこだと尋ねたが、影も形もなかったな。

卑劣な卑怯者と申し立て、きさまに決闘を申し込む！　この場、ドン・アルフォンソ国王陛下の御前にて、この申し立てを賭けて戦ってやるぞ！　シッドの両姫ドニャ・エルビラとドニャ・ソルのお二人を捨てて、きさまらは名を汚した。お二人は婦人、きさまらは男、だが、どこからどう見てもお二人の名はきさまらにまさる。もしも万物を造りたまいし神の思し召しに適い、決闘が行なわれることになれば、きさまは卑怯者の汚名を着てこの申し立てを認めるはめになり、こちらは言葉に少しの偽りもないという結果になるのだ」

双方の申し立ての応酬は以上でございました。お次はディエーゴ・ゴンサレス。さあ、なんとのたまったのか――

「われらは由緒正しい伯の家柄。本来あのような縁談など持ちあがってはならず、ミオ・シッド＝ドン・ロドリゴごときを岳父にすべきではなかったのだ。その娘を捨てたことにわれら今も悔いはない。二人は死ぬまで泣いて暮らすはめになるかもしれぬな。われらに辱められたと、この先ずっと後ろ指さされるのだからな。われらは二人を捨てて名をあげた。この申し立てのもと、どんな猪武者とも戦ってやるぞ！」

マルティン・アントリネスが立ちあがりました。

「黙れ、裏切り者、口を開けば嘘八百！　あのライオンの騒動、忘れたとは言わせぬぞ。きさまは広間を飛び出し中庭へ逃げて、葡萄搾りの梃子の陰に隠れた。あのときのマントやチュニック、もう着られたものではなかったな。シッドの両姫はきさまらのごとき輩に捨てられ、それでかえってきまらの上に立たれた――さあ、この申し立てを賭けて戦ってやるぞ。どうでもそうせずにおくものか。決闘が終わればきさまはその口で認めるはめになるのだ、自分は卑怯者、申し立てはすべて偽りであったと」

両者の応酬は以上でございました。

ここでアスール・ゴンサレスが、アーミン皮のマントを引っ掛け、チュニックの裾をぞろぞろ引きずりながら広間へはいってまいりました。そうして昼食で飲み食いしたあとの赤い顔で、愚かなことを喋りはじめました。

「卿らよ、こんな呆れた話がありましょうか？　ビバール者のミオ・シッドふぜいがどうしたのこうしたの、誰がわれらの耳に入れるというのか？　この御仁、ウビエルナ川へいって水車のひき臼直したり、粉ひき税を取ったりと、慣れた仕事に精出しているのが似合い。カリオン家と縁を結ぶなど、誰が承知するでありましょう？」

それを聞いてムニョ・グスティオスが立ちあがりました。

「黙れ、卑怯者！　外道の卑劣漢！　ミサへゆくまえに飲み食いし、平和の接吻で臭い息吐いて周りの者に嫌われる。友にもあるじにもまことのことは口にせず、誰に向かっても嘘ばかり。神の前ではなおさらそれがひどくなる。こんなおかたとの付き合いだけはごめんこうむる。自分はおおせのとおりの者でございますと、おっつけきさまに言わせてみせるぞ！」

アルフォンソ王が宣しました。

「申し立てはそれまで。決闘を挑んだ者どうし、いざいざ戦うがよい」

さて、ここに二人の人物——。申し立て合いがおわった直後、広間へはいってまいりました。一人はオハーラ、もう一人はイニゴ・ヒメノスと申しました。一方はナバーラ王子よりの、もう一方はアラゴーン王子よりの使者。二人はドン・アルフォンソ王の手に接吻したあと、それぞれミオ・シッド＝カンペアドルに対し、将来のナバーラ王妃、アラゴン王妃として姫様方をいただきたく存じます、なにとぞ正妻としてお渡しくださいますよう、と願い出ました。それを聞いて、広間じゅうの人々が息を呑んで耳をそばだてました。ミオ・シッド＝カンペアドルは立ちあがると、

「おそれながら、わが君アルフォンソ国王陛下。これも万物を造りたまいし神の賜物、ナバーラとアラゴン両王室から娘を求められました。しかしながら二人を縁づかせたもうたのは陛下。わたくしにあらず。ひとえに二人は叡慮に委ねられております。わたくしはなにごとも陛下のご意向しだい」

王は立ちあがると一同を静めて、

「さすがそつなきシッド＝カンペアドル。ならばそなたに頼もう。こうしてはどうか。余はそれを許したく思うが。本日この場でこの縁組を承諾するがよい。これで名誉、領地、封土、そなたにとっていずれも増すことになろうゆえな」

ミオ・シッドは立ちあがって王の手に接吻いたしました。

「陛下、陛下にご異存なければ否やはございませぬ」

それを聞いて王は、

「それはなにより。そなたオハーラよ、そなたも、イニゴ・ヒメノス、ミオ・シッドの娘ドニャ・エルビラ、ドニャ・ソルと、ナバーラ、アラゴン、それぞれの王子との縁組を認めよう。シッドは二人を正妻として嫁がせるがよい」

オハーラとイニゴ・ヒメノスは立ちあがり、まずはドン・アルフォンソ王の手に、次にミオ・シッド＝カンペアドルの手に接吻。そのうえで、言葉どおりに行なう、もしくはそれ以上のことも、と約束し誓いました。広間は祝賀気分に包まれました。そのようななかカリオンの公子二人は渋い顔。ミナーヤ＝アルバル・ファネスが立ちあがり、

「おそれながら、わが君、国王陛下。シッド＝カンペアドルもお差し支えなければ。当法廷にてはずっと口を開かずにまいりましたが、ここでいささか愚見を述べてみたく存じます」

王は「よいとも、ミナーヤ、存分に申すがよい」と許しました。

「ご列席のかたがたのご清聴をたまわれれば幸いに存じます、カリオンの公子兄弟には浅からぬ遺恨がございますゆえ。わたくしはアルフォンソ国王陛下の命により、従姉妹らを兄弟へ引き渡し、兄弟は二人を正妻として受け取りました。またミオ・シッド＝カンペアドルより山のような財物も渡されておりまます。しかるに兄弟はわれらの心を踏みにじり姫らを捨てた！　二人は外道、卑怯者と申し立てて決闘を

挑みます。――きさまらは[25]バニゴメス家の血筋。バニゴメス家といえば名実相伴う伯を出してきた名家ではないか。だが、今のこの家の者のやり方の卑劣さ、われら、いやというほど思い知った。万物を造りたまいし神に感謝したてまつる！　わが従姉妹ドニャ・エルビラとドニャ・ソルがナバーラとアラゴンの王子に求婚された。きさまらは対等の伴侶として、昔その両腕にかきいだいていた妻の手に今度は接吻、さらにはその妻をお妃様と呼び、嫌でも応でも仕えねばならなくなるのだ。天にまします神と、あれにおわすドン・アルフォンソ国王陛下のおかげにて、こうしてミオ・シッド＝カンペアドルの誉れはいや増すことになる。きさまら二人は今言ったとおりの手合いにまぎれもない。もしも異を唱える者、それは違うと申す者があれば、このアルバル・ファネス、いかなる剛の者でも相手をしよう」

　すると[26]ゴメス・ペラーエスが立ちあがって、

「ミナーヤよ、なにを埒もないことをくだくだと。きさまの相手になる者などこの場に掃いて捨てるほどいるぞ。嘘だと言う者があれば覚悟することだ。もしも神の思し召しに適い、われらがこの決闘で勝ちを得たそのときは、その口でなにを言ったか言わぬか思い知るがよいわ」

　王が申し渡しました。

「それまで。もはや本件にかかわる申し立ては許さぬ。決闘は明朝、日の出の時刻。すでに裁判で挑み合った三名対三名で行なうこととする」

　カリオンの公子兄弟があわてて申しました。

「陛下、ご猶予を。明日というわけには。武具も馬もカンペアドル側へ引き渡してしまいましたゆえ、いったんカリオンの地へ戻らねば」

王はカンペアドルへ顔を向け「場所はそなたが決めてかまわぬぞ」と。

するとミオ・シッドは、

「陛下、それはせぬことにいたします。わたくしはカリオンの地へまいるより、バレンシアへ戻るのが望み」

それを聞いて王は、

「さもあろう、カンペアドル。では甲冑の用意に抜かりなきようにさせ、家臣らを置いてゆくがよい。余が引き受けて連れてまいる。その身の無事を請け合おう、忠臣を思うあるじの心でな。[27] いずこの伯にもインファンソンにも狼藉は許すまい。――今、当法廷にて双方に期日を申し渡す。期日はカリオンの野にて三週間後。決闘には余がじきじきに立ち会う。期日にまいらぬ者は敗訴。以後敗者とされ、卑怯者の汚名を忍ばねばならぬ」

カリオンの両公子は裁定を了承いたしました。ミオ・シッドは王の手に接吻し、

「承知いたしました、陛下。これなるわが家臣三人、おあずけしてまいります。陛下は王にしてわが主君、以後よろしくお願い申しあげます。この者どもは見事務めを果たす覚悟。胸を張ってバレンシアへ戻れますようくれぐれもお願い申しあげます」

それに対して王は「うまくゆくよう願っているぞ」と。

ここに至ってシッド＝カンペアドルは帽子を脱ぎ、まばゆいばかりに白い亜麻布の兜下をとり、つい

で紐を解いて髯をほどきました。広間じゅうがその姿に見惚れました。シッドはドン・エンリケ伯とドン・ラモーン伯に歩み寄って固く抱擁すると、手持ちの財物から好きなだけ取って欲しいと本心から申し出ました。これ以外にも敵でない誰彼に対していちように、どうか好きなだけ、と。言葉に甘える者あり、遠慮する者あり。王に対しては、例の二百マルコの返還を辞退したうえ、望みのままに献上いたしました。

「おそれながら、国王陛下、お聞き届けいただきたく。訴え出た件はいずれもこうしてかたがつきましたゆえ、陛下、お許しをいただければお願い申しあげます。わたくし、バレンシアへ戻りたいと。なにせあれは苦労して得た所領」(28)(……)

王は手をあげて顔の前で十字を切り、

「レオーンに安置されている聖イシドロの聖遺骨にかけて誓う、これほどのつわもの、わが領内のどこを探しても二人とおらぬ」

ミオ・シッドはアルフォンソ王の前へ馬を進めました。そしてあるじの手に接吻し、

「おおせに従い、天馬バビエカの足をごらんに入れました。これぞ当代無双の名馬。ご献上申しあげますゆえ、陛下、なにとぞお納めを」

すると王は、

「それはならぬ。そなたから取りあげてしまっては、その馬、絶好の乗り手を失うことになろう。いくさ場でモロどもを蹴散らし追いまくるには、このような名馬にそなたのごときつわものが乗ってこそ。

そなたからこの馬を取りあげるなど、よもやあってはならぬこと。人馬揃ってこそわれらの誉れがあろうというものだ」

やがて別れの挨拶が交わされ、裁判も解散。カンペアドルは決闘を行なう者たちに力強く覚悟を促しました。

「よいか、頼もしきブルゴス者マルティン・アントリネスよ。そなたらも、ペロ・ベルムデス、ムニョ・グスティオス。その場に臨んでは雄々しく堂々とふるまうのだ。バレンシアへ吉報が届くのを待っているぞ」

マルティン・アントリネスが答えて、

「殿、念にはおよびませぬ。身に負った役目は立派に果たす覚悟。死んだ知らせは届こうとも、負けの知らせはお聞かせいたしませぬ」

ミオ・シッド＝よき星のめぐりのもと剣を佩きし人は、それを聞いて深くうなずきました。そして味方である人々にもれなく別れを告げ、バレンシアへ帰ってゆきました。一方、王はカリオンへ――。

期限の三週間が過ぎました。カンペアドル側の三人は期日に遅れず到着いたしております。いずれもあるじに託された役目を果たす覚悟。三人はレオーン王ドン・アルフォンソの庇護のもと、カリオンの公子兄弟を二日待ちました。やがて、ものものしい騎馬武者姿の一団があらわれました。一族挙げて兄弟に付き添ってまいったのでございます。折りあらばカンペアドル側の三人を野に連れ出して討ち、あるじに恥辱を与えようという魂胆。けれど、この卑劣な企みは、レオーン王アルフォンソの目を恐れるあまり目論見倒れに終わりました。決闘に臨む者たちは聖なる場所に武具を安置し、そこで夜を徹して万物を造りたまいし神に祈りを捧げました。

　夜が過ぎ、空が白みはじめました。錚々たる顔ぶれのリコ・オンブレ[29]が、勝負のゆくえやいかんと興味しんしんでつめかけております。けれど、ひときわ際立つのはドン・アルフォンソ王の英姿。勝負は公正に行なわれるべし、不正は許すまじとの心ゆえの臨席でございます。剛勇カンペアドルの名代三人は、はや甲冑を着け、ともに同じ主君をいただく身として心をひとつにいたしております。他方、別の場所で支度をととのえたカリオンの公子兄弟、ガルシ・オルドニェス伯に知恵をつけられ、申すことありとアルフォンソ王へ訴え出ました、コラーダとティソーンを決闘で使わせぬよう、カンペアドル側の者たちにそれを持って戦わせぬようにと。公子兄弟は二振りを渡してしまったのをつくづく後悔しておりました。けれどそう訴え出ても王は聞き入れず。

「裁判では剣についてはなにも言わなかったではないか。決闘でそなたらが鋭利な剣を持っていればそなたらに有利、カンペアドル側もまたしかりというだけのこと。立って決闘場へゆくがよい、カリオンの公子たちよ。正々堂々と戦うのだぞ。カンペアドル側の三人についてはその点まったく心配ない。勝てばおおいに名があがろう。だが負けてもわれらに恨み言は申すでないぞ。自業自得は誰知らぬ者ない事実なのだからな」

　カリオンの公子兄弟は臍を嚙みました。とんでもないことをしでかしてしまったと頭を抱えた。やり直せるものなら、カリオンに持っている全財産と引き換えにしてもよいとすら思っていたにちがいありません。準備万端ととのえ控えていたカンペアドル側の三人を、ドン・アルフォンソ王が見舞いました。そのとき三人は申しました。

「わが君、国王陛下に対したてまつり、御手に接吻、お願い申しあげます。本日は決闘の審判を務め、われらにとって公正な勝負となるよう、不正などなきようおはからいくださいませ。当地へ一族郎党引き連れてまいったカリオンの公子兄弟、なにをたくらんでおるやらおらぬやら、知れたものではございませぬ。われらはあるじより陛下に託された身。なにとぞ狼藉など受けぬようご高配を」

これに王は「しかと引き受けた！」と。

三人の前に馬が引かれてまいります。いずれ劣らぬ太く逞しい駿馬。三人は鞍へ向かって十字を切り、勇んで跨ると、頑丈な芯を打った盾の革紐を首に掛け、穂先を研ぎ澄ました槍を手にいたしました。それぞれの槍には槍旗がつけられております。周りを屈強なつわものがびっしりと固めます。やがて三人は杭で仕切った決闘場へはいりました。このカンペアドル側の者たちは、それぞれの相手に対し渾身の一撃を加えようと誓いあっておりました。反対側にはカリオンの公子兄弟。二人は一族をぞろぞろ引き連れてきていて、付き添いはたいへんな数。王は審判団を任命して公正公平な判定を期し、あわせて判定への異議申し立てを禁じました。一同が決闘場で顔を揃えたところでドン・アルフォンソ王が釘を刺します。

「よいか、申しておくぞ、カリオンの両公子よ。本来この決闘はトレドで行なうはずであった。だがそなたらがぐずぐず申したゆえ、このミオ・シッド＝カンペアドル側の三人、余がじきじきに警護してカリオンの地まで連れてまいった。おのれの申し立てのため戦うのはよいが、汚い真似は許さぬぞ。もしも誰かに妙な真似をする素振りが見えれば、断固として阻むつもりだ。そうしてその者は、以後わが王国じゅうで身の置きどころがなくなると思え」

王の発するひと言ひと言、カリオンの公子兄弟の胸に鋭く突き刺さりました。

王の立ち合いのもと審判団は境界の杭を示しました。見物人が全員決闘場の周囲へ出されます。当事者の六人に対し、場外即負けとなることが念を入れて告げられます。決闘場から周りへ出た見物の人々は、さらに杭から槍六本分以上下げられます。対戦者の位置取りが籤で決められます。日の光がどちらにも不利にならぬよう按配されます。このあと審判団が両者のあいだから退くと、決闘を行なう者たちは面と向きあいました。やがてカリオンの公子兄弟らへ近づいてゆくミオ・シッド側の三人、カリオンの公子らもカンペアドル側の三人へ――。その間、おのおの自分の相手をじっと見据えたまま。やがて六人は盾を胸の前に構え、槍旗翻る槍を水平に倒し、体を前へ傾けると、馬に拍車を入れ地響き立てて突進。各人、相手に全神経を集中し、三騎対三騎、激突いたしました。周りで見守っていた人々は、皆相果てて落馬するかと息を呑みました。

真っ先に挑んだペロ・ベルムデスは、フェルナン・ゴンサレスとまともに激突。両者、果敢に相手の盾を突きました。フェルナン・ゴンサレスの槍はペロ・ベルムデスの盾を貫きましたが、体には至らず討ち損じ。おまけに見事に三本に折れてしまった。かたや強固に構えていたペロ・ベルムデスの体は揺るぎません。相手の槍を受けつつ与えた一撃は、盾の芯を砕いて吹っ飛ばし、その裏側まで貫きました。

盾は用をなさず。穂先が胸へ突き刺さりました。盾は役に立たず。しかしフェルナンドにとって、鎖を三重にした帷子を着込んでいたことが幸い。二枚目までは貫かれたものの、三枚目が持ちこたえました。ただ、その三枚目の鎖は鎧下着やシャツもろとも体の中に深々とめり込み、口から血が溢れ出ました。鞍の腹帯はもろくもちぎれて体が後ろへ吹っ飛び、地面へ叩きつけられました。人々は大怪我を負ったと信じました。ペロ・ベルムデスが槍を捨てて剣を抜くと、フェルナン・ゴンサレスはそれを見てティソーンと悟り、斬られるまえに「まいった！」と宣言。審判団はそれを認め、ペロ・ベルムデスは剣を収めました。

マルティン・アントリネスが槍を交えた相手は[30]ディア・ゴンサレス。互いの勢いの激しさに双方槍が折れました。そこでマルティン・アントリネスが剣を抜くと、一点の曇りもない白刃の輝きがあたり一面を照らしました。マルティン・アントリネスはそれを一閃。横に払った剣は相手をとらえ、兜の上部を吹っ飛ばし、その緒をすぱりと切り、鎖頭巾を飛ばし、さらに兜下まで切った。こうして鎖頭巾も兜下も飛ばしたばかりか、さらに髪の毛を根もとから切り、肉も削ぎました。つまりは地面へ落ちたものあり、おつむに残ったものありというありさま。名剣コラーダの切れ味を知ったディエーゴ・ゴンサレスは、どうせもう命はないものといったんは覚悟を決め、馬首をめぐらして正対。そこでマルティン・アントリネスはふたたび剣を見舞いました。ただし刃ではなく、ひらで一撃。ディア・ゴンサレスも剣は握っていたものの、もはやそれは無用の長物。公子殿、「神よ、助けたまえ、栄光満てる主よ！　この剣より守りたまえ！」と悲鳴をあげ、名剣から逃れようと手綱を摑んで場外へ逃走（……）。一方マルティン・アントリネスは中に留まっております。そこで王は「そばへまいれ。よくやった。そなたの勝ちだ」と。審判団はその言葉はまことなりと追認いたしました。

二人は勝利。今度はムニョ・グスティオスがアスール・ゴンサレスをどう料理したか、それを皆様にお語り申しましょう。両者、盾への強烈な一撃を交わしあいました。力つよく武勇にすぐれたアスール・ゴンサレスの槍は、ドン・ムニョ・グスティオスの盾を貫き、ついで鎖帷子を貫いた。けれど無駄突き、肉へは至らず。この一撃を受けると同時にムニョ・グスティオスの加えた一撃もまた、相手の盾と鎧を貫きました。芯を突いて盾を砕いた。盾は役に立たず、鎧も用をなさず、穂先は体に――。心臓のあたりでこそないが、槍は槍旗ごと深く貫入、槍先が大きく背中から突き出ました。柄をひねると鞍の上で体がぐらり、引き抜くと地面へどさり。柄も穂先も槍旗も赤く染まっていて、瀕死の重傷を負ったと、皆信じました。槍を引き抜いたあと、ムニョ・グスティオスがそばへきて見おろすと、ゴンサロ・アスーレスが「後生だ。やめてくれ。降参だ。勝負あった！」と叫びました。

審判団は「その[31]言葉、確かに聞いた」と宣言。気高きドン・アルフォンソ王は決闘場のとりかたづけを命じ、そこに残されていた武具を手もとに収めました。天佑を得て決闘裁判に勝利した剛勇カンペアドル側の面々は、無念やるかたないカリオンの者らを尻目に、栄えある勝者としてその場をあとにいたしました。その後王は夜を待ってミオ・シッド側の三人を送り出しました。誰からも襲われぬよう、安心してゆけるようにとの心遣い。賢明な三人は夜を日に継いで進みました。そしてバレンシアに帰着すると、ミオ・シッド＝カンペアドルの前に参上。ミオ・シッド＝カンペアドルは、三人がカリオンの公子兄弟の名誉を失墜させ、主命を果たしてきたと聞いて喜びました。カリオンの公子兄弟の名誉は地に落ちましたが、気高い婦人を辱めたあげく捨てるような輩は、このような目に遭ってしかるべきでございましょう。あるいはさらに悪い目にすら。カリオンの公子兄弟の話は、因果応報、苦汁を嘗めたというところで切りあげ、よき星のめぐりのもと生を受けし人へ話を移しましょう。歓喜に沸く大都バレンシア。なにせカンペアドルの名代三人が輝かしく凱旋してまいったのでございます。あるじたるルイ・ディアスは髯を摑んで、

「天の王のおかげでわが子の遺恨を晴らすことができた。[32]カリオンの領地はこれで晴れて二人の財産。誰憚らず堂々と嫁に出せるというものだ」

　ナバーラ、アラゴン両国は交渉を開始。やがてレオーン王アルフォンソへの拝謁を経て、ドニャ・エルビラ、ドニャ・ソルとの婚儀を挙行いたしました。最初の婚儀も盛大でございましたが、今回はそれ以上。よき星のめぐりのもと生まれいでし人は、二人をいっそう晴れがましく嫁がせたのでございます。やがて娘[33]たちがそれぞれナバーラとアラゴンの王妃となったとき、かの人の誉れは、いやもうどれほど光り輝いたことか！　今日スペインの王様方は、よき星のめぐりのもと生まれいでし人の縁に連なり、それが箔となっているのでございます。[34]

　ミオ・シッド＝カンペアドルは聖霊降臨の大祝日に世を去りました。どうかキリストの赦しのあらんことを！　また正しき者であれ、罪びとであれ、われら皆に赦しのあらんことを！

以上がミオ・シッド＝カンペアドルの物語。これにて大団円でございます。

この物語を書き写した者を、神よ、天国へ迎え入れたまえ。アーメン。

ペル・アバート、(35)一二四五年五月、これを書き写す。

これにて物語は読み終わりでございます。お酒を頂戴できればありがたく存じます。もしもお足のお持ち合わせがなければ、そこいらになにか替わりの品を置いていってくださいますよう。さぞかしお酒に換えていただけるでございましょう。

注釈

ララの七公子

(1)『ララの七公子』はカスティーリャ王アルフォンソ十世（一二五二―一二八四）によって編纂された『イスパニア史』（*Estoria de España*, いわゆる『第一総合年代記』*Primera Crónica General*）に散文化されて取り込まれた形で残っている。作品における章の数字とそれに続く見出しは、そこにおいて加えられたもの。

七三六章

(1)作品において七公子には「サラス」という地名が関連づけられているが、これは彼らの父親ゴンサロ・グスティオスの領地で、この章の見出しなどに出てくる「ララ郡」の一角を占める地域。この地名を採って、もっぱら公子たちは「ララの七公子」と呼び習わされてきた。

(2)カスティーリャ伯(九七〇―九九五)。もともとカスティーリャ伯領はレオーン王国に従属していたが、このガルシ・フェルナンデスの時代には事実上独立していた。

(3)レオーン王ラミーロ三世（九六五―九八四)。なお中世において「ドン」は王や一定の階層以上の貴族の男性名につける敬称。女性名の場合は「ドニャ」。

(4)中世においてイベリア半島のキリスト教圏で用いられていたヒスパニア暦による年。紀元前三八年を起点とする。この年を紀元としたのはローマの支配と関係していると思われるが、正確な事実は不明。カスティーリャでは十四世紀末まで広く用いられていた。

(5)ラミーロ三世の治世二十三年目、およびオットーの帝国すなわち神聖ローマ帝国樹立の二十六年目は九八八年であり、九五九年とは食い違っている。

(6)「ルイ」は「ロドリゴ」の短縮形。個人名が父称とともに用いられる際、大半こうした短縮形が用いられた。「父称」は父親の名に由来する苗字。スペインでは父親の名に「~の子」を意味する「エス(ez)」をつけて作られた。たとえばこの「ブラスケス Blásquez」」の父親の名は「ブラスコ(Blasco)」ということになる。こうした苗字は十二世紀ごろまで用いられた。

(7)英語の sister にあたるスペイン語なので姉か妹か判然としないが、すでに七人子を産んでいることからある程度の年齢と判断し、翻訳の便宜上「姉」とした。

(8)地面に立てた棒に板を横に三枚繋ぎあわせた的をつけ、馬上から木槍《もくやり》を投げてそれを割る競技。

(9)英語ではムーア。この場合はイスラム教徒のこと。

七三七章

(1)キュウリの一種。

七三八章

(1)「アルマンソル」はスペイン語による呼び方。アラビア語では「マンスール」。九三八年に生まれ一〇〇二年に没した。後ウマイヤ朝（七五六－一〇三一）のカリフ、ヒシェム二世（九七六－一〇〇九）の侍従。このカリフを傀儡とし最高権力者となった。五十回以上にわたってイベリア半島北部のキリスト教圏に軍事遠征を行ない、大打撃を与えた。

(2)主君は家臣の婚姻費用を分担する義務があった。

七三九章

(1)占星術において凶の時にあたったということ。占星術は中世において広く信じられていた。

七四一章

(1)キリストの十二使徒の一人。四四年ごろパレスティナで殉教。スペインで布教活動をし、死後遺骸を乗せた小舟がその北東部のガリシア地方に流れ着き、そこで葬られたとの伝説がある。九世紀初頭、聖ヤコブの墓とされるものが同地方で「発見」されてその上に聖堂が建立され、やがてそれはサンティアゴ・デ・コンポステラ大聖堂に発展した。聖ヤコブは対イスラム戦におけるキリスト教徒の守護者として崇敬された。

七五一章

(1) ベルムド王二世の治世は九八四年から。したがって七年目は九九一年。ヒスパニア暦（七三六章注(4)参照）一〇〇六年は九六八年。オットーの戴冠により神聖ローマ帝国が成立したのは九六二年で、その三七年後は九九九年。年のつじつまが合わないようである。
(2) 地中海沿岸のバレンシアではなく同名のレオーンの城市《まち》。現在はバレンシア・デ・ドン・フアーンという名称。

フェルナン・ゴンサレスの詩

一

(1) フェルナン・ゴンサレス（九三二ごろ―九七〇）の時代のカスティーリャは、ビスケー湾に臨むイベリア半島中北部の狭小な一帯にすぎなかった。「海に臨むさいはてからさいはてまで」領土が拡張するのは十三世紀半ばである。おそらくこの部分のくだりは、作者の時代の状況を反映しているのであろう。
(2) 写本にはところどころ欠落がある。
(3) 「ドン」は中世において王や一定階層以上の貴族の男性名につけられた敬称。
(4) 「フェルナン・ゴンサレス」の「フェルナン」は、この「フェルナンド」の短縮形。個人名が父称とともに用いられる際、おおかたこうした短縮形が用いられた。「父称」は父親の名に由来する苗字。スペインでは父親の名に「~の子」を意味する「エス（ez）」をつけて作られた。このフェルナン・ゴンサレスの場合、父親の名は「ゴンサロ（Gonzalo）」ということになる。こうした苗字は十二世紀ごろまで用いられた。

(5)イベリア半島を領土とした西ゴート王国（四一五—七一一）最後の王（七一〇—七一一）。七一一年、ジブラルタル海峡を渡って侵入してきたウマイヤ朝軍と戦って敗北。おそらく自身も戦死した。

(6)キリスト教の初期においては死を賭して信仰を証した者。二世紀後半以降は迫害のもとで殉教に至らずそれを行なった者。四世紀初めに迫害が終焉したあとは、聖なる生活でそれを証した、とりわけ男子の聖人のこと。

(7)洗者ヨハネ。イエス・キリストの先駆者で、彼に洗礼を授けた。律法に反して兄弟の妻をめとったユダヤ王ヘロデを非難して処刑された。

二

(1)ノアの子ヤフェットの子（創世記十章一—二）。マゴクは当時ゴート人の祖先と考えられていた。

(2)アレクサンデル一世のことか。しかし彼の在位は二世紀初めで、西ゴートのイベリア半島侵入は五世紀だから、つじつまが合わない。写本の写しまちがいであろうか。

(3)中世、「ドン」はキリストに対してもよく用いられた。これはラテン語の dominus「主人、支配者」

が変化してできた言葉だが、その意味が依然意識されていたためであろうか。
(4)キリストの神性を否定するアリウス派から、キリストを神の子と認めるカトリックへの改宗をさす。
(5)五六〇年ごろに生まれ六三六年に没したカトリックの聖人。ラテン語名イシドルス。セビーリャ大司教となってスペインにおけるカトリック教会の基盤を確立。また神学、歴史、文学、科学等、多方面にわたる著作を遺し、中世ヨーロッパに強い影響をおよぼした。
(6)イスラム教徒のこと。英語では「ムーア」
(7)北アフリカのアトラス山脈のこと。
(8)農民が教会に納める税。収穫の十分の一を納めた。
(9)十分の一税と並び、初物は税同様に教会に納められていた。
(10)先王ビティーサの党派は、ロドリゴ王の一派に対抗するためイスラム勢力をイベリア半島に引き入れ、その結果西ゴート王国は滅びた。
(11)ジブラルタル海峡のアフリカ側の城市《まち》セウタの総督。ビティーサの党派に与し、イベリア半島にイスラム軍を引き入れた。娘をロドリゴ王に犯されたことへの怒りがその動機との伝説がある。「重大事」とはそれを指しているのであろう。
(12)西ゴート王国がイスラム教徒から貢納を受けていた事実はない。十一世紀以降イベリア半島北部のキリスト教諸国は南部のイスラム諸国に貢納を課すようになっていたが、これはこうした作者の時代状況を反映させたものであろう。

(13)ウマイヤ朝の軍人。モロッコに駐屯していたが、軍勢を率いてイベリア半島に渡り、西ゴート王国の王ロドリゴを打ち破るなどして、ウマイヤ朝による半島征服の先兵となった。

(14)もとより西ゴート侵入以前にイスラム教徒がイベリア半島の「あるじ」であった事実はない。おそらく作者は自身の時代を八世紀の状況に投影しているのであろう。

三

(1)ロドリゴ王は七一一年、グアダレテ河畔の戦いで敗れ、西ゴート王国は滅亡した。ただし作品では戦場はこのように「グアディアナ川のそば」と書かれている。グアダレテ川はスペイン南部、大西洋にそそぐ川。グアディアナはその北、スペイン南西部を流れる川。

(2)ポルトガル北部の町。

(3)ここでは少し先の「カスティーリャ・ラ・ビエハ」と同義。時代が下るにつれしだいに範囲が拡大していくが、このくだりではイベリア半島北東部、ビスケー湾沿岸から南へ広がるごく限られた範囲を指す。イスラム侵入前、侵入後を通じ独立性の強い地域であった。

(4)スペイン北西部のビスケー湾に面する地域。イスラム軍に敗北した西ゴート軍の残党がここへ逃げ込み、西ゴート王国の後継者という意識のもと、やがてアストゥリアス王国が成立した。

(5)占星術において凶の時に生まれたということ。占星術は中世において広く信じられていた。

(6)ピレネーを越えたイスラム軍の進撃を、メロヴィング家の宮宰カール・マルテルが七三二年、トゥール・ポワティエ間の戦いで破って食い止めた。「サン・マルタン」は四世紀にトゥール司教であった聖マルティヌスに捧げられた同地の聖堂。

(7)「アルマンソル」はスペイン語による呼び方。アラビア語ではマンスール。後ウマイヤ朝（七五六—一〇三一）のカリフ、ヒシェム二世（九七六—一〇〇九）の侍従。九三八年に生まれ一〇〇二年に没した。ヒシェム二世を傀儡とし、国の最高権力者となった。五十回以上にわたってイベリア半島北部のキリスト教圏へ軍事遠征を行ない、大打撃を与えた。

(8)キリストの十二使徒の筆頭。各地で伝道し、最後はローマで殉教したと伝えられる。ローマ教皇は彼の後継者とされている。

(9)アレクサンドリアのカタリナ。四世紀ごろの殉教者、聖女。ローマ皇帝の前で異教徒の哲学者と論争して改宗させたと伝わる。さらには、皇后にキリスト教徒になるよう勧めた罪で車裂きにされることになったが、祈りによって車輪が砕かれてしまったため、首を斬られて処刑されたとの伝承も。

(10)ペルシア王アハシュエロス（クセルクセス一世。前四八六—前四六五）の妻となったユダヤ人女性。夫を説得して自分を含む全ユダヤ人が虐殺される危機を救った。

(11)マルガレタ、マルガレテ、マルガリタとも。ディオクレティアヌス帝の迫害により、四世紀初めに殉教したとされるアンティオキアの伝説的聖女。竜となって現われた悪魔に呑み込まれたが、十字架の力で無傷で逃れたと伝わる。

(12)イスラエル王国第二代目の王（前一〇〇〇ごろ—前九六〇ごろ）。旧約聖書「サムエル記」に、獅子を殺したこと、フィリステ人の巨人ゴリアテを討ち取ったことが記されている（「サムエル記」上、十七章三四以下）。

⒀ユダ王国が新バビロニアに滅ぼされ、ユダヤ人が虜囚としてバビロンへ連行された「バビロン捕囚」（前五八六―前五三八）からの解放。最終的には新バビロニアを滅ぼしたアケメネス朝ペルシアのキュロス二世により帰還を許された。

⒁旧約聖書外典「ダニエル記」十三章に登場する、バビロンに住むヨアキムの妻で、美しく敬虔な女性。あるとき邪悪な二人の長老に入浴中の姿をのぞき見られ、反対に姦通の罪で讒訴されるが、死刑宣告の直前に預言者ダニエルの知恵により無実が証明される。

⒂旧約聖書「ダニエル記」の主人公で前六世紀に活躍した人物。預言者。ペルシア王に仕えていたとき、他の家臣の陰謀でライオンの洞窟に投げ込まれたが、神の力によって襲われず、反対に陥れようとした者らが食い殺された。

⒃キリストの十二使徒の一人で福音書の著者の一人。魔術師に竜をけしかけられたが天祐により難なく切り抜けたという伝説が中世にあった。

⒄旧約聖書「ダニエル記」にある話（三章）。新バビロニア王ネブカドネザル二世（前六〇四―前五六二）の立てた像への礼拝を怠った三人の若者が、罰として火の中に投げ込まれたが、神に守られなにごともなく神を褒め称える歌を歌ったというもの。話に蛇は登場しないが、この場合「悪」の比喩として出されているのであろう。

(18)キリストの十二使徒の一人。伝承では「ヨハネによる福音書」、「ヨハネの手紙」、「ヨハネの黙示録」の著者とされている。ここで言及されている毒のエピソードは聖書にはないが、セビーリャの聖イシドロ（二注(5)参照）などによって語られている。毒を飲ませてヨハネの信仰を試そうとした異教の司祭があったが、同じ毒を飲んだ二人の泥棒は死に、ヨハネは無事であったというもの。

四

(1)中世以来長いあいだ実在が信じられていた架空の人物。フランス軍を打ち破ったとして多くの文学作品に登場する。
(2)アストゥリアス王国（三の注(4)参照）初代の王（七一八―七三七）。七二二年、イベリア半島北西部のコバドンガの戦いでイスラム軍を破り、これがイベリア半島をキリスト教徒の手に取り戻そうという運動、レコンキスタのはじまりとされている。
(3)手への接吻は臣従の印であった。
(4)スペイン中北部のビスケー湾に面した地方。
(5)アルフォンソ二世（七九二―八四二）は非常に敬虔で、妻とすら性的行為を行なわなかったとされたことなどから、「貞潔王」と呼ばれた。
(6)カール大帝のこと。フランク国王（七六八―八一四）、西ローマ皇帝（八〇〇―八一四）。ここではフランスの君主のごとく登場するので、フランス語の呼び方で「シャルル」とした。以下で語られる内容とは異なり、カール大帝がアルフォンソ二世と戦った事実はないものの、大帝のイベリア半島への遠征自体は行なわれた。大帝が遠征から引き返そうとしたところ、ピレネー山脈のロンセスバリェス（フランス語名ロンスヴォー）でバスク人に襲われ大損害をこうむった（七七八）。フランスの武勲詩を代表する十一世紀の『ローランの歌』では、戦う相手がイスラム教徒に替えられてこの悲劇が謳われている。

(7)『ローランの歌』でローランの敵対者として登場する架空のイスラム王。『フェルナン・ゴンサレスの詩《うた》』は十字軍的色合いが濃い一方、非常にナショナリスティックでもある。ベルナルドがフランス軍に対抗するべくイスラム王に加勢を頼むのには、この理由がある。

(8)シャルル王麾下の騎士の一団で、ローランをはじめとする出色の勇士たち。

五

(1)スペイン北部、ビスケー湾に臨む地方。おおよそ現在のカンタブリア自治州の範囲。

(2)キリストの十二使徒の一人。四四年ごろパレスティナで殉教。遺骸を乗せた小舟がスペイン北東部のガリシアへ流れ着き、そこで葬られたとの伝説がある。九世紀初頭、聖ヤコブの墓とされるものが同地で「発見」されてその上に聖堂が建立され、やがてその地（サンティアゴ・デ・コンポステラ）はエルサレム、ローマと並び、三大巡礼地のひとつとなった。ちなみに「サンティアゴ」は「聖ヤコブ」のスペイン語の形。聖ヤコブは対イスラム戦におけるキリスト教徒の守護者として崇敬され、戦士はその名を叫びながら敵にかかっていった。

⑶一の注⑹参照

⑷三の注⑶参照。

六

⑴この「判事」たちの時代は九世紀半ばごろから九三〇年ごろまで。

⑵スペインの国民的英雄ロドリゴ・ディアス・デ・ビバール（一〇五〇ごろ―一〇九九）。本書にも収録した『わがシッドの歌』の主人公。王の勘気をこうむって故国カスティーリャを去り、徒手空拳の状態からバレンシアの領主となった。

⑶上級貴族であるリコ・オンブレと下級貴族であるイダルゴのあいだに位置する中級貴族。

⑷アルマンソルとの戦いは八以下で具体的に語られるが、すべて創作。

七

⑴事実上独立国となったカスティーリャ伯領の初代君主という意味。フェルナン・ゴンサレスがカスティーリャ伯となったのは九三二年ごろ。

⑵「フェルナンド」の短縮形が「フェルナン」。個人名が父称とともに用いられる際には、通常こうした短縮形が用いられた。「父称」は父親の名に由来する苗字。スペインでは父親の名に「～の子」を意味する「エス（ez）」をつけて作られた。したがってこのフェルナン・ゴンサレスの父親の名は「ゴン

サロ Gonzalo)」ということになる。こうした苗字は十二世紀ごろまで用いられた。

八

(1)六の注(3)参照。ただしこの箇所はカスティーリャにおける身分制度を引き写した叙述。
(2)イベリア半島のイスラム支配地域。
(3)カスティーリャを美化して語っているが、イスラム侵入後のキリスト教勢力の最初の拠点は、イスラム侵入直後に成立した半島北西部のアストゥリアス王国(三の注(4)参照)。カスティーリャはそのアストゥリアス王国の発展した形であるアストゥリアス・レオーン王国の東の辺境が発祥の地。そこは侵攻してくるイスラム軍との不断の戦場であった。

九

(1)サン・ペドロ・デ・アルランサ修道院。フェルナン・ゴンサレスの墓は当初ここにあった。
(2)イスラムの影響で広がった慣習で、戦利品の分配に際し軍を率いる者は全体の五分の一を取り分とした。

十

(1)キリストのこと。

十一

(1)アレクサンドロス大王（前三三六―前三二三）。
(2)インドにあった王国の王。ヒュダスペス（ジェルム）河畔の戦い（前三二六）で、アレクサンドロス大王に敗れた。
(3)ピレネー山脈の西部にあったキリスト教の王国。十世紀初頭に成立。

十二

(1)サンチョ・ガルセス一世（九〇五―九二六）。ただし以下で語られている戦いや王の死などは創作。
(2)騎士に仕えながら騎士叙任に備えている者。

十三

(1)十三世紀半ばごろまで鎧は鎖帷子、あるいは革のコート様のものの表面を金属片か金属の輪で覆ったものだった。どちらも裾は膝下に達し、上は顔の部分をくり抜いたような形の鎖の頭巾に繋がっていた。

十四

(1)「ポアトゥー」はフランス西部、アキテーヌ盆地とパリ盆地のあいだの地方の歴史的地名。「トゥールーズ」はフランス南西部の中心都市。この「伯」はトルバドゥールとして名高いギヨーム・ダキテーヌ（一〇七一―一一二六）、あるいはルイ聖王の弟であったアルフォンス・ド・ポワティエ（一二二〇―一二七一）と思われるが、エピソード自体は創作。
(2)紀元前十世紀ごろに在位した古代ヘブライ王国の王でダビデの子。その治世は王国の最盛期にあたり、「ソロモンの栄華」と謳われた。「旧約聖書」では知恵深い王として登場する。
(3)旧約聖書の人物。イスラエル王国第二代の王（前一〇〇〇ごろ―前九六〇ごろ）。ペリシテ人との戦いで巨人ゴリアテを討ち取ったのを契機に王座に登りつめた。
(4)（?―前一六一ごろ）。旧約聖書外典『第二マカベア書』で語られているユダヤの英雄。異教を強制したセレウコス朝シリアの軍をエルサレムから撃退した。
(5)四の注(6)参照。
(6)以下サロモンまでは、伝承においてシャルルマーニュのスペイン遠征に同行したとされる人物。

十六

(1)アルマンソルがアフリカに権力基盤を置いていた事実はない。これを含め以下で述べられる状況は作品が作られた時代（十三世紀半ばごろ）の状況を反映している。そのころ北アフリカを支配していたのはムワッヒド朝（一一三〇―一二六九）やマリーン朝（一二六九―一四六五）であった。
(2)注(1)参照。

十七

(1)ラテン語名エミリアヌス（四七三—五七四）。聖人。スペイン北西部のベルセオで生まれ、近郊の洞窟で隠修士としての生活を送り、その後司祭となったが、やがて隠修士に戻った。その徳を慕って周りに多くの人々が集まり、のちにそれが修道院に発展した。

(2)五の注(2)参照。

(3)旧約聖書の人物。古代イスラエルの英雄で怪力の持ち主。ペリシテ人を何度も破ったが、ペリシテ人の女デリラに謀られその怪力もとである長髪を失い、捕らえられた。しかし最後に怪力を取り戻して神殿を破壊し、多くのペリシテ人を道連れにして死んだ。

(4)キリストのこと。

(5)キリストの十二使徒の一人。キリスト一行の金銭を管理していたが、銀貨三十枚と引き換えにキリストを敵に売り、のち悔悟して自殺した。

十八

(1)五の注(1)参照

(2)固有の法を有していた地区。

(3)二の注(3)参照。

(4)キリストの血と肉が中に存在するとされるパン。キリストが最後の晩餐でパンと葡萄酒をとって、「これがわたしの体、わたしの血」と言ったことに基づく。聖別されたパン、そして合わせてときに葡萄酒を会衆に分かつのがミサであり、洗礼式と並んでキリスト教でもっとも重視される儀式。

十九

(1)午前六時ごろ。
(2)シャルルマーニュ麾下の十二傑のひとり。

伯の激励。三日目のいくさの開始
(1)以下、写本には「各人闘志満々」(九三頁)まで詩句が七連半(三十行)ほど欠けていると思われるが、幸い『イスパニア史』(*Estoria de España*, いわゆる『第1総合年代記』*Primera Crónica General*)にその部分にあたるくだりが載録されているので、ここから補う。なお、これをはじめとする『イスパニア史』からの補完は、以下の文献に基づいて行なう。Peter Such & Richard Rabone, ed. and trans., *The Poem of Fernán González*, Oxford, Aris & Phillips, 2015.
(2)午後三時ごろ。
(3)五の注(2)参照。
(4)「兜下」は翻訳上の造語。鎖頭巾の下に布の帽子のようなものを被って髪をまとめていた。

二〇

(1)「王」とあるが、アルマンソルはカリフを傀儡として最高権力者となったものの、侍従にとどまった。

二一

(1)鷹狩に使える状態になっているということ。鷹は春から秋の初めごろにかけて羽替わりをし、そののち狩りに使用される。

(2)一枚の羊皮紙に同一の文面を複数回記し、そのあいだに任意の文字列を書いたあと、それを横切る形で羊皮紙を切り、のちに切り離した紙片の切れ目を合わせれば、その文書が真正であることが確かめられるという方式のもの。

二二

(1)便宜上「姉」としたが、実際は姉が妹かは詳らかでない。

(2)六の注(3)参照。

(3)五九頁参照。

二四

(1)サンティアゴ・デ・コンポステラのこと。五の注(2)参照。

二五

(1)いわゆる「サンティアゴ巡礼路」のこと。中世、フランスから大量の巡礼者がこの道を辿ってサンティアゴ・デ・コンポステラへ向かったことにより、こう呼ばれた。

二六

(1)一定地域内の各教区の司祭たちのうちで筆頭的地位を占める司祭。

(2)地中海交易の拠点として栄えたイスラエル北部の港湾都市。また古代より軍事上の要衝であり、十字軍時代にもイスラム、キリスト教両勢力の争奪戦の舞台となった。

(3)エジプト北部の地中海に臨む港湾都市。古代より知られるが、とくに中世において商業都市として発展。軍事上の要衝であったため、十字軍時代にはイスラム、キリスト教両勢力がここをめぐって激しい争奪戦を演じた。

二七

(1)おおよそ五・五キロメートル。

二八

(1)地面に立てた棒に板を横に三枚繋ぎあわせた的をつけ、馬上から木槍《もくやり》を投げてそれを割る競技。

二九

(1)このナバーラ王との対決も歴史上の信憑性は薄い。
(2)一の注(4)参照。
(3)フェルナン・ゴンサレスの妻がナバーラ王の姉か妹か詳らかではないが、翻訳の便宜上妹としておいた。

伯夫人ドニャ・サンチャ……

(1)以下、写本には十三連(五十二行)ほどが欠けている。前の「伯の激励。三日目のいくさの開始」(九二頁)以下と同様、『イスパニア史』にその部分が散文分化されて載録されているので、それにより補う。
(2)ここまでサンチャはガルシア王の姉妹とされていたし、それが史実である。

レオーン王が伯へ使者を送り……

(1)以下、おそらく写本には八十連(三百二十行)ほどが欠けている。以下やはり『イスパニア史』により補う。

レオーン王ドン・サンチョ……

(1)アブド・アル・ラフマン三世(九一二—九六一)。後ウマイヤ朝君主として初めて「カリフ」を称した。

「アブデラマン」はスペイン語における慣用的な形。なおこのフェルナン・ゴンザレスとアブド・アル・ラフマーン三世の戦いは史実である。

レオーン王が……

(1)中世、イベリア半島のキリスト教圏で用いられていたヒスパニア暦による年。紀元前三八年を起点とする。この年を紀元としたのはローマの支配と関係していると思われるが、正確な事実は不明。カスティーリャでは十四世紀末まで広く用いられていた。ただし、サンチョ一世の即位の年九五六年あるいは九六〇年(重祚による)に七年を足すと九六三年ないし九六七年、九七一年から九三一年を引けば四十年、九一九年にはじまるドイツ王ハインリッヒ(実際はその息子オットー一世が初代神聖ローマ帝国皇帝(即位九六二))の治世の十六年目は九三五年となって、この箇所の年の記述には整合性がないようである。

フェルナン・ゴンサレス伯の脱出

(1)五の注(2)参照

(2)日課として聖職者に課せられていた勤行のひとつ。通常午前三時ごろに行なわれていた。

わがシッドの歌

(1)実在の人物。本名ロドリゴ・ディアス・デ・ビバール（一〇五〇ごろ―一〇九九）。「シッド」は〈あるじ〉という意味のアラビア語に由来する尊称。
(2)「ドン」は中世において王や一定以上の階層の貴族の男性名につけられた敬称。なお女性名の前では「ドニャ」という形になる。
(3)実在の人物（?―一一一四）。カスティーリャの武将。ただし作品で語られるのとは違い、シッドと行をともにした証拠はない。彼の親戚だったらしいが、具体的な関係は史料により異なる。
(4)「ミオ」は本来〈わたしの〉という意味だが、この場合は親しみを込めた尊敬をあらわす。フランス語の「マ・ダム」や、イタリア語の「マ・ドンナ」と似ているであろうか。しかし作品を読み進めばわかるとおり、国王や敵も「ミオ・シッド」と呼んでいるうえ、本人も自称しているところから察するに、この形で固有名詞化しているようである。ゆえに作品の題名は、あるいは『ミオ・シッドの歌』とするべきであったかもしれないが、わが国では『わがシッドの歌』で通用しているので、あえてこれに手をつけなかった。ついでに言えば「シッド」は定冠詞をつけて「エル・シッド」と呼ばれることも多い。

第一歌

(1)鷹狩に使える状態になっているということ。鷹は春から秋の初めごろにかけて羽替わりをし、そののち狩りに使用される。

(2)鴉が右手に見えるのは吉兆、左手に見えるのは凶兆。前者はカスティーリャを去ってのちのシッドの武運のめでたさを、後者はブルゴスで遭遇する王の厳しい命令を告げているのであろうか。

(3)凶兆を振り払うまじないのしぐさ。

(4)「ルイ」は「ロドリゴ」の短縮形。個人名が父称とともに用いられる際、大半こうした短縮形が用いられた。「父称」とは父親の名に由来する苗字で、スペインではこれに「~の子」を意味する「エス(ez)」をつけて作られた。シッドの父親の名はDiego(ディエーゴ)で、その短縮形Díaにezがつき、かつ音が融合してDíaz(ディアス)となっている。こうした形の苗字は十二世紀ごろまで用いられた。

(5)レオーン・カスティーリャ王アルフォンソ六世(一〇六五—一一〇九)。

(6)「シッド」同様主人公の異名のひとつ。「戦士」、「勝利者」を意味する。

(7)占星術で吉と判断される時刻に騎士に叙任されたということ。剣は騎士を象徴する武器であった。なお占星術は中世において広く信じられていた。

(8)占星術で吉と判断される時刻に生まれたということ。注(7)参照。

(9)家臣には、マルティン・アントリネスのように俸給を受け取って仕えている者と、あとで出てくるムニョ・グスティオスのように主人の屋敷で養育されたことによって仕えている者の二種類があった。

(10)ユダヤ人の金貸しという設定であろう。

(11)この時代、イベリア半島の南にはイスラム勢力の小王国が並び立ち、北のキリスト教諸国へ貢納していた。

(12)シッドが王への貢物を受け取りにいった際、貢物の一部を横領したとガルシ・オルドニェス（第二歌より登場）らに讒言され、追放されるはめになったという話の流れにしてあるようである。

(13)英語では「ムーア」。ここではイスラム教徒のこと。

(14)マルティン・アントリネスのこと。父称とともに用いられない場合は、本来のこの形になる。注(4)参照。

(15)ベネディクト会の修道院。シッドの死後バレンシアはふたたびイスラム教徒のものとなったが、その際その遺骸がここに改葬された。

(16)日課として聖職者に課せられていた勤行のひとつ。通常午前三時ごろ行なわれていた。

(17)実在の人物。生没年不詳。アルフォンソ王の母方の血縁。一〇七四年にシッドと結婚した。

(18)「ペテロ」はスペイン語では「ペドロ」。したがってサン・ペドロ・デ・カルデニャはキリストの十二使徒のひとり聖ペテロに捧げられた修道院ということになる。

(19)シッドには実際に娘が二人いた。また、ほかに一〇七五年ごろ生まれた息子がいたが、一〇九七年アルフォンソ王のもとでアルモラビデ軍（第二歌の注(2)参照）と戦い、討ち死にした。

(20)髯は雄々しさや名誉の象徴であった。

(21)手への接吻は臣従の印であった。

(22)三位一体に捧げられたミサは、とくに戦士に好まれた。

(23)午前三時ごろ。

(24)旧約聖書「ヨナ書」の主人公。アッシリアの都ニネベ滅亡を告げることを神に命じられたが、アッシリアはイスラエルの敵であったため、それを行なうまいと船に乗り逃れた。しかし途中で海に放り込まれて大魚に飲み込まれ陸に吐き出されたので、神命に従いニネベで預言。これによりニネベは滅ぶことを免れた。

(25)旧約聖書「ダニエル記」の主人公。預言者。ペルシア王に仕えていたとき、他の家臣の陰謀でライオンの洞窟に投げ込まれたが、神の力によって襲われず、反対に陥れようとした者たちが食い殺された。

(26)三世紀ごろのローマの近衛兵。キリスト教徒となり殉教した。

(27)旧約聖書外典「ダニエル記」十三章に登場するバビロンに住む美しく敬虔な女性。二人の長老に入浴中の姿をのぞかれ、反対に姦通の罪で讒訴されるが、預言者ダニエルにより無実が証明される。

(28)『新約聖書』に登場する人物。病死したのちイエスによって甦った。(ヨハネ十一—一~四六)

(29)キリストと同時にその左右で磔刑に処せられた盗賊。ひとりはキリストを揶揄し、もうひとりはそれを咎めた。キリストは後者に天国を約束した。(ルカ二三—三九~四三)

(30)キリスト教伝説で、十字架上のキリストのわき腹を槍で刺したとされるローマの百人隊長。そのとき槍を伝って流れ落ちてきた血で目が見えるようになったことなどから信仰に目覚め、やがて殉教したとされる。

(31)写本には冒頭部分のほかにも何箇所かこうして欠落している部分がある。

(32)「ミナーヤ」はアルバル・ファネスの異名。スペイン語とバスク語の複合形で、「わが兄弟」の意味。

(33)「旗槍」は翻訳上の造語。先のほうに旗をつけた槍。旗のない槍に比べ倍の値がした。

(34)イスラムの影響で広がった慣習で、戦利品の分配に際して軍を率いる者は全体の五分の一を取り分とした。略奪隊の場合は隊長にその権利があった。シッドはミナーヤに隊長の権利の分に加え、自分の取り分まで与えようと言っているのである。

(35)この懸念は、少しあとに彼が「約定書が作られている以上、ここのモロは敵ではない」と口にしていることからわかるとおり、カステホンがアルフォンソ王の保護下にあるためである。シッドの襲撃自体は、追放された時点で王との主従関係が切れているので違法ではない。

(36)このころの盾は、しゃがめば体が隠れてしまうほど大型であった。木の板を革で覆って作った。中央には金属の突起がつけてあり、それを中心に放射線状にやはり金属で補強されていた。盾は革紐で首に掛け、別につけられている革紐に腕を通して左胸の前に構えた。いざ戦うというとき以外は腕を抜いて首からぶら下げていた。

(37)当時の鎧は鎖帷子か、革のコート様のものの表面を金属片か金属の輪で覆ったもの。どちらも裾は膝下に達し、上は顔の部分をくり抜いたような形の鎖の頭巾に繋がっていた。

(38)キリストの十二使徒の一人。四四年ごろパレスティナで殉教。スペインで布教活動をし、死後遺骸を乗せた舟がそこへ流れ着いて、そこで葬られたとの伝説がある。九世紀初頭、聖ヤコブの墓とされるものがスペイン北西部で「発見」されてその上に聖堂が建立され、やがてその地（サンティアゴ・デ・コンポステラ）はエルサレム、ローマと並び、三大巡礼地のひとつとなった。ちなみに「サンティアゴ」

は「ヤコブ」のスペイン語の形。聖ヤコブは対イスラム戦におけるキリスト教徒の守護者として崇敬され、戦士はその名を叫びながら敵にかかっていった。
(39)他家へあずけられ、養育された者。養い子と養い親の絆はとくに強く、主従として運命をともにするのが常であった。注(9)参照。
(40)「兜下」は翻訳上の造語。鎖頭巾の下に布の帽子のようなものを被って髪をまとめ、かつ鎖で髪がこすれないようにしていた。
(41)軍馬とふだん使いの馬は区別されていた。軍馬としては多少軽快さに欠けていても大型で筋骨たくましい馬が用いられ、後者としてはすらりとして足どりの軽快な馬が用いられていた。なお、後者には「乗用馬」という訳語をあてた。
(42)騎士に叙任された者ということ。剣は騎士を象徴する武器であった。
(43)シッドと干戈を交えたバルセロナ伯は、実際はこのラモーン・ベレンゲル(二世。一〇七六―一〇八二)ではなくベレンゲル・ラモーン二世(一〇七六―一〇九七)。

第二歌

(1)第一歌の注(38)参照
(2)マグリブ、アンダルシアを支配したベルベル系のイスラム王朝アルモラビデ(アラビア語名ムラービト朝)(一〇五六―一一四七)の「王」。

(3)アトラス山脈のこと。その「王」とは、やがてアルモラビデを倒してとって代わることになるアルモアデ（アラビア語名ムワッヒド朝）（一一三〇―一二六九）の首領。このアルモアデの礎となった宗教運動を創始したイブン・トーマルトがアルモラビデ打倒に乗り出したのは一一二一年以降でシッドがバレンシアを攻略したのは一〇九四年だから、時代が合わない。

(4)寄せ手が籠城側に救援を仰ぐための猶予期間を与えるのは当時の慣習。歴史上のシッドもバレンシア包囲戦などで同様にしている。

(5)アルモラビデの総督。歴史上も一〇九四年にシッドがバレンシアを攻略したとき、すでにセビーリャはアルモラビデに併呑されていた。

(6)家臣は主従関係を切るときや主君のもとを去るとき、主君の手に接吻してその意思を伝える義務があった。

(7)実在の人物。ジェローム・ド・ペリゴール。初代のトレド大司教に随行してフランスからスペインへきたのち、一〇九八年にバレンシア司教に任命された。

(8)中世、朝廷は一か所に留まらず各地を移動していた。たとえば食料にかんしていえば、冷蔵庫や大量の物資を迅速に運搬する手段のなかった時代、食料を運んでくるより人が食料のあるところへ移動するほうが合理的だった。

(9)ここまでで野戦は二回しか語られていない。

(10)十字を切るのは感動や驚きのしぐさでもあった。

(11)カトリックの聖人（五六〇ごろ―一六三六）。ラテン語名イシドルス。セビーリャ大司教となってスペインにおけるカトリック教会の基盤を確立。また神学、歴史、文学、科学等、多方面にわたる著作を遺し、中世ヨーロッパに大きな影響をおよぼした。その遺骨はアルフォンソ六世の父フェルナンド一世により一〇六三年にセビーリャからレオーンへ移されたが、アルフォンソ六世はこの聖イシドロに深く帰依していた。

(12)実在の人物。アルフォンソ六世の重臣。一一〇八年、アルモラビデ軍との戦いでサンチョ王子を護って討ち死にした。最初シッドと良好な関係にあったが、のち敵対するようになった。作品でもシッドの敵として登場する。

(13)カスティーリャ、レオーン両王国で重きをなしていたバニゴメス家（カリオン伯家）に属する実在の人物だが、シッドの娘との婚姻の話は創作。おそらくシッドとはなんら関わりがなかったと思われる。バニゴメス家については第三歌注(25)参照。

(14)上級貴族（リコ・オンブレ）の家系に属するカリオンの公子兄弟に対し、シッドは中級貴族（インファンソン）であった。

(15)武技の披露は自己顕示のためでもあり、喜びのしぐさでもあった。

(16)一レグアは約五・五キロメートル。

(17)シッドがバレンシアを攻略したのちも、むろんイスラム教徒の住民は住みつづけているので、シッドの措置は彼らに対する用心のためであろうか。

(18)地面に立てた棒に板を横に三枚繋ぎ合わせた的をつけ、馬上から木槍《もくやり》を投げてそれを割る競技。
(19)実在の人物。アルモラビデの君主ユースフ・イブン・ターシュフィーン（一〇六一―一一〇六）。バレンシア奪回のため軍勢を送ったのはそのとおりだが、シッドと直接干戈を交えた事実はない。
(20)すでに登場したガルシ・オルドニェス伯。「ガルシ」は父称（第一歌注(4)参照）と並べられるときの形。
(21)アルフォンソ六世は父親からレオーン国王の座を受け継いだ。のち、兄のカスティーリャ王サンチョ二世の死後、この王も兼ねた。
(22)盾の中心にとりつけた金属製の突起。第一歌注(36)参照。
(23)ギリシアの島。ここで生産される絹布は中世において有名であった。
(24)染めた衣類は贅沢品であった。
(25)この人物は、以前バレンシアへ押し寄せたイスラム軍に捕らえられたはずだが（一九三頁）、どのように解放されたか語られないまま ここに再登場している。
(26)古代、ヨーロッパからインドにかけての各地で、戦いに敗れた者が勝者の前で地面の草を噛んだり手で摑んだりして恭順を示す習慣があった。シッドの動作をこの流れの中でとらえる解釈もある。
(27)中世ヨーロッパにおいて婚姻や養子縁組や義兄弟など、特別な関係を結ぶときには剣など武器の交換が行なわれた。
(28)主君は家臣の婚姻費用を分担する義務があった。
(29)史料にこの人物の名は見えない。しかし「ゴンサレス」という姓を共有していることや、のちの裁判や決闘の場面の様子などから見て、カリオンの公子二人の兄弟として登場していると思われる。
(30)注(18)参照。

第三歌

(1)身分の高い者の中には屋敷で猛獣を飼う者もあった。
(2)このあと写本には長い欠落がある。おそらく後段でペドロ・ベルムデスが述べている以下の場面であろう。公子兄弟のひとりフェルナンドが一人の敵に向かってゆくが、迎え打つ構えを示されると怖気をふるって逃げる。それを見たペロ・ベルムデスはその敵を討ち、功を譲る。
(3)第一歌の注(22)参照。
(4)戦場での働きを認めてもらう目的で、十一世紀から十二世紀にかけて旗印や紋章が使われるようになり、しだいに定着していった。
(5)一ミリャは五・五五キロメートル。
(6)第一歌の注(40)参照。
(7)グリーサがどこにあったのか、アラモスやエルファがどういう人物であったか不明。当時存在したなんらかの伝説にまつわる地名や人名であろうか。
(8)国王臨席のもと全貴族を招集して行なわれる裁判。裁判としてもっとも権威があった。
(9)他人の髯を摑んだり抜いたりするのは重大な侮辱であった。

⑽第二歌注㉑参照。

⑾アンリ・ド・ブルゴーニュ（?―一一一四）。アルフォンソ六世の庶子である娘の夫であり、その二番目の妻コンスタンサの甥。ポルトガル伯、コインブラ伯。

⑿レモン・ド・ブルゴーニュ（?―一一〇七）。ガリシア伯。アンリ・ド・ブルゴーニュの従兄弟。アルフォンソ六世の娘であり王位継承者であるウラーカ（一一〇九―一一二六）の夫。

⒀ウラーカの次に王位についたアルフォンソ七世（一一二六―一一五七）のこと。「全スペインの皇帝」を名乗った。

⒁レオーン伯、アストルガ伯、アギラル伯にしてレモン・ド・ブルゴーニュの宮宰。

⒂アルフォンソ六世の次に王位についたウラーカ（注⑿参照）の重臣にベルトラン・デ・リスネルという人物がいるが、確かなところは不明。

⒃カリオーンの公子兄弟の父親。

⒄午前三時ごろに行なわれる勤行。

⒅夜明けごろに行なわれる勤行。

⒆鎖帷子の下に着込んでいたパッドを入れたチュニック。

⒇ガルシ・オルドニェス伯の異名。
㉑第二歌の注⑾参照。
㉒髯を摑まれたり抜かれたりされて（注⑼参照）報復しなかった者は、裁判で他者の弁護人を務めるこ

とができなかった。つまりシッドはこう言うことで、オルドニェス伯が公子兄弟の弁護をする資格がないと示唆している。当時アルアンダルス（イベリア半島のイスラム圏）では小王国が並立していたが、あるときそのうちのグラナダ王国とセビーリャ王国とのあいだに戦いが起こった。オルドニェス伯の一派は前者に、シッドの一派は後者に助勢。シッドらは勝ち、オルドニェス伯は捕らえられた。髯のエピソードはその際のもの。

(23)シッドの領地であるビバールを流れている川。中世において製粉の設備は領主が占有権を持ち、領民は対価を払ってこれを利用していた。アスール・ゴンサレスはシッドのような中級貴族の小領主が、みずから設備の管理をしなければならないのをあてこすっている。

(24)ミサにおいて司祭が「パクス・ドミニ」（「神の平和」ラテン語）と言うのを受けて、参列者が接吻を交わしあっていた。

(25)当時の名族。「バニ＝ゴメス」とは＜ゴメスの息子たち＞という意味。「バニ」はアラビア語由来の形。当時イスラム教徒はキリスト教徒について、家祖的人物の名を使ってその一族の呼称としていたが、それがキリスト教徒のあいだでも用いられていた。＜ゴメス＞はカスティーリャの建国者フェルナン・ゴンサレス（?―九七〇）の女婿で盟友のゴメス・ディアス（生没年不詳）を指す。

(26)実在の人物。バニゴメス一族でガルシ・オルドニェス伯の娘婿。

(27)カリオンの公子一派からの保護と当時に、貴族一般からの保護を意味していると考えられる。当時の貴族は山賊行為を働くなど、無法きわまりなかった。

(28)写本が一枚欠落している。後段から推測すると、王がシッドにバビエカの名馬ぶりを見せるよう頼み、シッドがそれを披露するくだりが語られていると思われる。
(29)上級貴族。第二歌注(14)参照。
(30)カリオンの公子兄弟のかたわれディエーゴ・ゴンサレスのこと。「ディア」は「ディエーゴ」の短縮形。第一歌注(4)参照。なお少しあとでは「ディエーゴ」となっているが、これは韻律をととのえるためか。
(31)決闘場に残された武具、すなわち敗者のそれは王がわがものとする権利があった。
(32)結婚に際し公子側からシッドの娘たちに贈られたもの。正当な理由のない離縁だったので娘たちに返還の義務はない。
(33)史実としては、長女のクリスティナはナバーラ王子と結婚し、その子は一一三四年にナバーラ王ガルシア五世となり、妹のマリーアはバルセロナ伯ラモン・ベレンゲル三世と結婚した。
(34)キリスト教の祝日。復活祭後の七番目の日曜。キリストの復活から五十日目、エルサレムに使徒たちが集っていたとき聖霊が一同の上にくだった（使徒行録第二章）ことを記念したもの。
(35)これは中世においてイベリア半島のキリスト教圏で用いられていたヒスパニア暦による年号。ヒスパニア暦は紀元前三八年を起点とするので、この年は西暦に直せば一二〇七年。紀元前三八年を紀元としたのはローマの支配と関係していると思われるが、正確な事実は不明。カスティーリャでは十四世紀末まで広く用いられていた。

解説

武勲詩

日本で琵琶法師が平家物語を語り歩いていたころ、スペインでは武勲詩語りを専門とする旅芸人がやはり弦楽器を抱えて各地を経めぐっていた。どちらにおいてもそれに熱心に聞き入っていたのは庶民であったが、それ以外にも琵琶法師は武士の館に呼ばれることがあったし、武勲詩語りの旅芸人もしばしば城へ招き入れられた。両者の活動が重なるこうした時期は、十三世紀から十四世紀にかけてである。平家物語の語りすなわち平曲は江戸時代に至ってもなお命脈を保っていたのに対し、武勲詩のほうは十四世紀末ごろには廃れてしまった。ちなみに武勲詩にかわって流行したのはロマンセという民衆的な伝統詩で、やはり楽器の伴奏つきで歌われたり詠じられたりした。ロマンセには叙事詩的なものもあれば抒情詩的なものもあり、前者の中には武勲詩をもとにしたと思われるものもあるが、こうした場合であってもそれより遥かに短く、いわばわれわれが「詩」と聞いて一般的にイメージする程度の長さである。ロマンセは十六世紀に流行の頂点を迎えるが、その後も消滅することなく、今なお民衆の中で受け継がれている。

武勲詩は、中世ヨーロッパにおいて民衆に語り聞かせるために生み出された叙事詩の一種である。書く形、あるいは文字によらない形で創作され、専門の旅芸人により楽器の伴奏とともに簡単な旋律で朗誦されていた。内容は民族あるいは共同体の価値観の体現者たる主人公が危険に立ち向かい、名誉を追求する物語である。創作の狙いとしては民衆への娯楽の提供、民族や共同体の構成員としての意識の高揚、修道院や教会が経済的利益を得るための宣伝、政治宣伝、人々に対する情報の伝達などが挙げられる。「詩」というからにはむろん韻文で構成されていて、スペイン武勲詩の場合、一行は基本的に十四から十六音節よりなり、末尾の語のアクセント以降の母音のみが一致する韻を踏む。『わがシッドの歌』の冒頭の箇所で例示すると—

De los sos ojos　tan fuertemientre llor**a**nd**o**,
tornava la cabeça　e estávalos cat**a**nd**o**.
Vio puertas abiertas　e uços sin cañ**a**d**o**s,
alcándaras vazías,　sin pielles e sin m**a**nt**o**s,
e sin falcones　e sin adtores mud**a**d**o**s.

こうした同一の韻の行が何行か続き、ひとつの連を形成する。各連の行数は定まっていない。

武勲詩の成り立ちについては大きく分けて二説ある。ひとつは、語られている出来事とほぼ同時期に民衆のあいだに自然発生的に生まれ、その時点では出来事を忠実に反映していたが、語り継がれる過程で手が加えられていくうち、フィクションの要素がつぎつぎにつけ足されていったという説。この説の一種として、そういう創作や改変の主体を武勲詩を語る旅芸人とするものがある。もうひとつの説は、武勲詩は一個人が創作した、とりわけ聖職者が修道院や教会への寄進などの経済的利益を得るため創作したというものである。どちらの説もある面では妥当性を持つ半面、すべてを合理的に説明できているとはいえず、武勲詩がいかに成立したかについての議論の決着はまだついていない。

今日まで写本が伝わるスペインの武勲詩のうちもっとも古いものは、一二〇〇年ごろ創られた『わがシッドの歌』である。しかしスペイン武勲詩の確実な痕跡はレオーン王国からカスティーリャが独立した時代、すなわち一〇〇〇年ごろまでさかのぼる。その代表は本書に収録した『ララの七公子』である。スペインの武勲詩の隆盛期はそれから十四世紀後半にかけて。この間多くの作品が生み出されたが、今日まで残っているのは『わがシッドの歌』と『若き日のロドリゴ』の二編のみで、しかもどちらも完全な形ではない。あとは、おそらく十三世紀末の作である『ロンセスバリェス』という作品の写本が伝わっているが、ほんの百行ばかりの断片でしかない。これらを全部合わせても五千行程度である。広く考えれば本書に収録した『フェルナン・ゴンサレスの詩《うた》』を挙げることもできる。これはあらかじめ存在していたと考えられる『フェルナン・ゴンサレスの歌』という武勲詩を、別の韻文の形式で作り替えたもので、これまで加えれば八千行という勘定になる。隣のフランスの事情はこれと対照的で、少なく見積もってもおおよそ百編、百万行ほどが伝わる。隣国どうしでここまでの差がある理由については、スペインではある時期から用いられる書体が替わり、それ以前の文字が読めなくなったせいで写本が残らなかったとか、フランスにおいては図書館用あるいは私的な読書用に写本が数多く作られたのに対し、スペインではそれは旅芸人が武勲詩を語るための台本のようなものだったから残らなかったとか言われているが、確かなところはわからない。

しかし当時多くの武勲詩が流布していたことは、アルフォンソ十世が十三世紀後半に編纂した『イスパニア史』を筆頭に、種々の年代記によってうかがい知ることができる。そこで武勲詩が頻繁に史料として用いられているのである。その用い方としては、「あらすじ」のみがとり入れられている場合がある一方、単に作品が散文化されて採録されている場合もある。後者の場合、ときとしてその散文化の度合いが低く、先ほど触れたような形の押韻などの武勲詩的要素が残っている箇所が見受けられることがある。これにより今日伝わっている武勲詩に加え、ほかにも多数の作品が存在していたのが知れるだけでなく、しばしばそうした失われた作品を部分的に再構することもできる。本書に収録した『ララの七公子』はその例である。拙訳が底本とした『イスパニア史』以外の年代記からであるが、部分的に再構されている。その一部を挙げれば――

悪女ドニャ・ランブラは伯のもとへ赴いた。
深い悲しみをあらわす装い、手には切った馬の尾。
ブルゴスに着くと御殿へ駆け込み
伯の足もとへひざまずいて手に接吻した。

「後生でございます、伯様、わたくしめは伯様のいとこの娘、ドン・ロドリゴがなにをしたにせよ、わたくしに罪はないかと。なにとぞお見捨てくださいますな、この命は風前の灯」

伯は言った。

「偽りを申すでない、そなたの裏切り、知らぬ者はない！

この裏切りはなにからなにまでそなたが仕組んだ。

そなたはわが砦を任せた者の妻、そのあるじの妻であったが
そなたの身を一日たりとそのままにはしておかぬ。

ドン・ムダーラに命じてそなたを生きながら火あぶりにさせるのだ。

そのあとは犬に食わせる、残った腐れ肉を。

しでかしたことの報い、そなたはおのれの魂を破滅させたのだ。


武勲詩は一四〇〇年ごろまでには廃れる。その理由の一端はジャンルとしての「頽廃」に求められよう。時が経つにつれ、武勲詩にはフィクションの色合いが強くなってゆくが、ついにはそれがゆきすぎ、もっぱら派手な要素で人の興味を引くことにばかり注意が向き、文学としての活力が失われるに至ったのである。具体的にはそれぞれの作品の解説で述べるが、この過程は抑制とリアリズムを特徴とする『わがシッドの歌』と、荒唐無稽な『若き日のロドリーゴ』の違いによく見てとれる。後者においては講談

的な物語の展開のうちに、最後ロドリーゴ、つまりシッドはフランス王、神聖ローマ帝国皇帝、ローマ教皇に敵対して、主君フェルナンド王とともにパリの城門まで進軍する。武勲詩が廃れたもうひとつの理由は社会的、歴史的状況に求められる。中世末期のスペインは対立の時代であった。人々は党派に別れ、激しく争いあった。王と貴族は争い、貴族どうし争い、領主と農民は争い、都市においては市政を牛耳る者たちと一般民衆が争った。そこでなにより優先されたのは自己の利益であった。このような時代的雰囲気の中、民族や共同体の一体感に訴えかける武勲詩は、もはや人々の心に響かなくなっていたのである。

時代状況

本書に収録した三作品個々の解説の前に、これらの背景となっている時代状況、社会状況を簡単に解説しておきたい。

四七六年、いわゆる「蛮族」の侵入により西ローマ帝国は滅んだ。その版図の一部であったイベリア半島には、さまざまな経緯ののち六世紀初頭にトレドを首都とする西ゴート王国が成立した。それから約二百年後の七一一年、イスラム軍が海峡を渡ってアフリカからイベリア半島へ侵入してきた。彼らは、支配層の内紛と民心の離反とでもはや内部崩壊していた西ゴート王国を一戦で滅ぼし、またたくまに半島を支配下に置いた。西ゴート王国の残党は北部の山岳地帯へ逃げ込み、そして八世紀前半のうちにそこの一角にアストゥリアス王国を建てた。これはやがて勢力を拡大し、九世紀なかばごろレオーン王国へと発展した。その東の守りとして設置されたのがカスティーリャ伯領である。カスティーリャ伯ははじめレオーン王の臣下であったが、十世紀後半、事実上独立するに至った。それをなしとげたのはフェルナン・ゴンサレスで、その経緯は虚実とり混ぜ『フェルナン・ゴンサレスの詩《うた》』で語られている。『ララの七公子』は、この次のカスティーリャ伯ガルシ・フェルナンデスの時代が舞台となっている。それまでにイベリア半島のキリスト教勢力はイスラム側との境を押し下げ、半島の北四分の一ほどを支配するようになっていて、レオーン王国、カスティーリャ伯領のほかにも、ナバーラ王国、カタルーニャ伯領などが並び立っていた。しかしこの時代、すなわち十世紀終わりごろ、軍事的に圧倒的に優勢であったのは、南のイスラム勢力、後ウマイヤ朝であった。そのカリフ、ヒシェム二世の侍従で国の最高権力者たるアルマンソル（アラビア語では「マンスール」）の軍事的圧迫の前に、キリスト教の国々はひたすら身を縮めているほかなかった。アルマンソルは北のキリスト教圏に対し、五十回以上におよぶ軍事遠征を行ない、大打撃を与えた。

アルマンソルは一〇〇二年に没した。シッドが歴史の表舞台に登場するのはそれから七十年ほどのちである。そのころカスティーリャはすでに王国となっていた。この時代になるとキリスト教徒とイスラム教徒の力関係は百八十度転換していた。後ウマイヤ朝は滅び、いくつもの小王国に分裂。それらはカスティーリャ王国をはじめとする北のキリスト教国の軍事力に抗し得ず、それぞれの属国と化し、貢物を納めて命脈を保っていた。やがてこうした圧力に耐えかね、北アフリカに興って、当時勢い盛んだったアルモラビデ（アラビア語では「ムラービト朝」）に助けを求めた。アルモラビデはそれに応じて軍勢をイベリア半島へ送り、キリスト教徒と各地で激しく戦い、相当な戦果をあげた。しかし決定的に勝利するには至らなかった。一方、救援を求めた小王国群はキリスト教徒のくびきからは脱したものの、今度は救い主であるはずのアルモラビデに滅ぼされるはめになった。宗教的に厳格で不寛容なアルモラビデにとって、それとはほど遠いこれらの国々は聖戦遂行の妨げと映ったのである。歴史上のシッドはこの小王国群からアルモラビデの支配へと移行する時期に生き、それは『わがシッドの歌』でも反映されている。バレンシア攻略までの戦いは群小王国相手の話であり、バレンシア攻略後ブカルやユスフに率いられ押し寄せてきたイスラム勢はアルモラビデ軍である。

最後にイベリア半島特有の事情をひとつつけ加えておきたい。でなければあるいは読者の中に、『ララの七公子』や『わがシッドの歌』を読んで、納得しがたい感じをいだく方がおられるかもしれないからである。これらが成立した時代、すなわち十、十一世紀から一二〇〇年ごろのイベリア半島において、キリスト教徒にもイスラム教徒にも互いを信仰の敵と見る感覚は一般的ではなかった。双方とも戦うのはもっぱら経済的理由であった。したがって互いに組んでイスラム勢力あるいはキリスト教勢力と戦うことは珍しくはなく、また非難されるべきことでもなかった。だからこそ『ララの七公子』に溢れている互いへの親近感もありえた。『わがシッドの歌』においても同様である。シッドはモリーナ領主のイスラム教徒アベンガルボンを盟友とし、娘二人を託すほどに信じ、アベンガルボンもそれに十二分に応える。作品中十字軍的言動が見られるのは、フランスからきた聖職者ヘロニモぐらいである。

僧の名はドン・ヘロニモ司教。（中略）いくさ場にてモロと渡りあわんと、ミオ・シッドの武勲を尋ね歩いてやってまいったのでございます。武器をふるい心ゆくまで戦ったのちは、われ死すときなんびとも嘆くまじ、と言い放ちました。（一七九頁）

シッドおよび彼に従う人物たちは経済的利益を求めてイスラム教徒と戦う。それが端的にあらわれているのは次のくだりである。シッドは海を渡ってやってきたイスラム軍を見てこのようにいう。

「（前略）わたしのいくさぶりを妻と娘らに見せてやろう。いかにしてこのような異国で暮らしを立ててゆくか、それを教えてやろう。日々の糧を得る術をその目に焼きつけるのだ」（一九一―二頁）

イベリア半島で十字軍精神が本格的に広まりはじめるのは十二世紀になってからである。宗教的に厳格で不寛容なアルモラビデ（ムラービト朝）やアルモアーデ（ムワッヒド朝）との対峙、あるいはヨーロッパの十字軍精神に刺激されてのことであった。イスラム教徒からキリスト教徒の手に領土を取り返すという「国土回復戦争」（レコンキスタ）の思想も、これと軌を一にしていた。

作品解説

『ララの七公子』

『ララの七公子』は『サラスの七公子』とも呼ばれる。サラスはララと呼ばれる地区の一部である。作品そのものは伝わっていないが、『イスパニア史』など複数の年代記に散文化されて採録してあり、これらをもとに約五五〇行再構されている（注)。『ララの七公子』は架空の物語ながら事実と信じられ、公子らの地元であるサラス・デ・ロス・インファンテスの教会には、謀殺された七人のしゃれこうべなるものが安置されている。また別の場所にある二つの修道院が、自分たちのところにあるものこそ本物の七兄弟の墓だと互いに主張しあってきた。ことほどさように『ララの七公子』の物語は人々の心を掻き立て、教会や修道院にとっては寄進を得るための「資源」となった。物語の舞台となっているのは、カスティーリャをレオーン王国から独立させたフェルナン・ゴンサレスの次のカスティーリャ伯ガルシ・フェルナンデス（九七〇―九九五）の時代である。『ララの七公子』を初めて採録したのは、それから約三百年後に編纂された『イスパニア史』で、それまでの年代記には取り込まれていないものの、もとよりその間作品が存在しなかったということはできないだろう。作品では、舞台となっている時代の歴史的政治的状況がきわめて忠実に再現されていて、それが創作されたのが同時代もしくはそのすぐあとの時代であることを推測させる。物語の時代からずっとあとに、史料をもとに創作された可能性はないかというと、それは低いといわざるをえない。それほど新しい作品であれば、王も上級貴族も中心人物ではない、歴史の本流から外れたエピソード的な物語が、国家の正史たる『イスパニア史』に採録されるとは考えにくいからである。古くから伝わり、『イスパニア史』が編纂されていた当時とはあまりにかけ離れた状況において展開される生き生きとした物語であればこそ、とりわけ人々の興味を引き、事実と信じさせ、それゆえ取り込まれたにちがいない。

（注）R. Menéndez Pidal が *La Crónica de 1344* および *Interpolación de la Tercera Crónica General* をもとに武勲詩の再構を行なっており、三〇三―四頁で引用したくだりはそれから引いた。なお本書では『ララの七公子』の物語をなるべく完全な形で示すため、『イスパニア史』が散文化して採録しているものを翻訳した。

『フェルナン・ゴンサレスの詩《うた》』

この作品は本来の意味での武勲詩ではない。武勲詩一般の解説で述べたように、その形式が比較的自由な一方、『フェルナン・ゴンサレスの詩』のそれは定型的で、一行十四音節、アクセント以降の音がすべて一致する脚韻、四行からなる連の繰り返し、というのが原則である。冒頭の部分で例示すると、

En el nombre del Padre que fizo toda c**osa**,
[*d*]el que quiso naşçer de la Virgen preç**iosa**,

[*e*] del Spiritu Santo que ygual dellos p**osa,**
del conde de Casti[*e*]lla quiero fer vna pr**osa.**
El Sennor que crio la tierra e la m**ar,**
El, que es buen maestro, me deve demostr**ar**
de las cosas pas[*s*]adas que yo pueda cont**ar:**
commo cobro la tierra toda de mar a m**ar.**

Contarvos he primero [*en*] commo la perd**ieron**
nuestros anteçessores; en qual coyta visqu**ieron;**
como omes deserrados, fuydos andod**ieron;**
es[*s*]a rrabia llevaron que [*luego*] non mor**ieron.**

また、ラテン語の文献はじめ用いるのに教養の裏づけを要する著作物を、かなりの数下敷きにしている。これは武勲詩には見られないことである（ただ、だからといって武勲詩の作者が教養人でなかったとはかぎらない）。『フェルナン・ゴンサレスの詩』が書かれたのは十三世紀半ばごろと思われるが、十三世紀から十四世紀にかけてこうしたつくりの叙事詩の一群が創作され、一ジャンルをなしている。

カスティーリャが王国となる前、まだ伯領であった時代を舞台にした一群の武勲詩のあったことは、年代記の記述によって知れるが、作品として今日まで伝わっているものはなく、ただあるのはひとつの作品を別の形式で作り替えたこの『フェルナン・ゴンサレスの詩』のみである。もとになっているその武勲詩は、一般的に『フェルナン・ゴンサレスの歌』と呼ばれているが、その存在は、それと思しい作品が年代記にとり込まれていることや、それをもとにしたと推測できるロマンセの存在によって推定されている。

主人公のフェルナン・ゴンサレスは九一〇年ごろ生まれ、九三二年ごろにカスティーリャ伯となった。その直後、主君であるレオーン王の軍勢に加わってイスラム軍と戦い、そのあと時を置かず伯領の東に位置するナバーラ王国と戦った。また西のレオーン王国とはカスティーリャの独立へ向けて政治的闘争を行なった。その波乱に満ちた生涯において、ナバーラ王やレオーン王の虜となった可能性がある。しかしその九七〇年の死までに、カスティーリャは事実上独立していた。もとよりありのままにというわけではないにせよ、作品にはこれらの事柄がすべてとり込まれている。

フェルナン・ゴンサレスと、サン・ペドロ・デ・アルランサ修道院とのつながりは、『フェルナン・ゴンサレスの詩』の重要な要素である。主人公は狩りの獲物を追って知らず知らず聖域を侵してしまう。そしてそれに罪悪感をいだき、償いとしてそこに修道院を建立することを修道士に約束する。修道士は次の戦いの勝利を予言する。以後、フェルナン・ゴンサレスとカスティーリャとサン・ペドロ・デ・アルランサ修道院の運命は解きがたく結びつく。作品の狙いが、主人公に倣って惜しみなく寄進するよう人々に勧めること、巡礼を引き寄せること、つまり同修道院の経済的利益を図ることにあるのが、ありありと透けて見える。中世において、聖人や民族の英雄の遺品、遺骨などの収蔵品、あるいはその墓等で巡礼などの関心を引くことは修道院、教会の常套手段であったが、ゆかりのある英雄や聖人を謳った叙事詩は同じ目的のためにはさらに効果的であり、多くの作品が創られた。おそらく『フェルナン・ゴンサレスの詩』もそのひとつで、サン・ペドロ・デ・アルランサ修道院の修道士が、『フェルナン・ゴンサレスの歌』を目的に沿う形で作り替えたのであろう。

『フェルナン・ゴンサレスの詩』創作のもうひとつの動機として、カスティーリャ称揚がある。作者はカスティーリャに強い思いを持ち、それは「序文」の西ゴート王国からイスラム侵入までの歴史的経緯の叙述や、「五　スペイン礼賛」における「とはいえスペイン各地の中でも筆頭格はカスティーリャ、国のはじまりがほかより偉大であるがゆえ」云々のくだりに端的にあらわれている。また物語の中では、カスティーリャのイスラム教徒に対する戦いが、キリスト教スペインそのもののレコンキスタの戦いであるかのように語られる。こうした点から読者は、あたかもカスティーリャが主人公であるかのような感じを受けることになる。そしてそのせいで作品において、主人公とカスティーリャの二方向に関心が分散する結果となり、物語を聴いたり読んだりする側の感情を掻き立てる効果が薄れてしまっているという意見もある。

『わがシッドの歌』

一二〇〇年ごろの作と推定されるこの作品は、ペル・アバットという人物の手になる写本により今日に伝わっている。そこでは約三七〇〇行の詩句が確認できるものの、冒頭のほか途中でもところどころ欠落があり、さらには最後の部分も多少欠けている可能性がある。しかし、ともあれ大部分が残っている。ロドリゴ・ディアス・デ・ビバールという歴史上の人物の半生を、大筋において史実に則って謳いあげたこの『わがシッドの歌』は、スペイン文学史上五指にはいる作品といえる。その価値は、稀有なリアリズムと抑制的表現により、その人間的な内面とともに一個の英雄の半生を劇的に描き出した点にあろう。

作品では、まるで決まりごとのように戦いのあと戦利品について詳細に語られる。

ミオ・シッド軍はいくさ場に遺棄された金品をかき集めにかかりましたが、金貨銀貨は全部で三千マルコ、その他の品々となるととても数えきれません。（一九五頁）

幕舎、武具、上等の服が大量に、それこそ掃いて捨てるほどございました。わけても、皆様、特筆すべきはなにかと申せば馬の数。いったい全部で何頭の鞍置き馬が捕まえる者のないまますまよっているやら、数えきれるものではございません。土地のモロにいくらか持っていかれたものの、それでもなお良馬として選び出されたうち、千五百頭が名高きカンペアドルのものとなりました。ミオ・シッドにこれほどの分配があった一方、他の人々も十分満足するだけの馬を得ました。美麗な天幕、装飾を施したその支柱、ミオ・シッド主従はこれも数限りなく手に入れました。なかでもモロッコ王の幕舎は他に抜きん出て豪華。それを支える二本の柱には金の細工が施されておりました。（一九六頁）

こうして戦利品について語るのは、ひとつには勝利の大きさをあらわすのが目的であろうが、場合によっては、その獲得が重要な生活手段であることを示すためである。シッドがバルセロナ伯へ語りかける場面が好例であろう。

「(前略) ただしお断わりしておきますが、殿がいくさで失われたもの、わたくしが勝ち取ったものは、鐚一文お返しできませぬぞ。苦労をともにしているこの家臣たちのため入り用ですのでな。殿から奪い、ほかのだれかれから奪って糊口をしのいでゆく。こうした暮らし、いつまで続くかわかりませぬが、陛下のご勘気をこうむり国を追われた身である以上、いたしかたありませぬ」(一七〇頁)

さらに典型的なのは妻子をバレンシアへ呼んだあと、攻め寄せてきた敵との一戦を前に喜び勇む場面である。

「(前略) なおこのうえ海の向こうからよきものがやってきてくれた。ここはひとつ、いくさ支度せぬわけにゆくまい。わたしのいくさぶりを妻と娘らに見せてやろう。いかにしてこのような異国で暮らしを立ててゆくか、それを教えてやろう。日々の糧を得る術をその目に焼きつけるのだ」(一九一―二頁)

武勲詩は英雄の姿を格調高く歌いあげるものであり、その生活手段について語るのは稀である。その意味でこれは『わがシッドの歌』におけるとりわけ特徴的なリアリズムといえる。『わがシッドの歌』では戦利品について語るとき、けっして白髪三千丈式ではない。軍勢の数についても、多少の誇張はあれ同様である。『わがシッドの歌』ではこれに限らずほぼ「現実」世界の中で物語が展開する。超自然的存在の登場は一度きり、大天使ガブリエルがシッドの輝かしい未来を予言する場面のみである（一四九頁）。しかもそれとて夢の中の出来事であるから、超自然的存在の登場と見なすべきではないかもしれない。三千騎（一五七頁）は中世の軍勢としては大きすぎる数で、逃げる敵を腰から真っ二つにする（二六〇頁）のも荒唐無稽だが、リアリズムの域を踏み出すといってもこの程度でしかない。武勲詩はともすれば二百歳以上の歳だの四十万の軍勢だの（『ローランの歌』）、一人で七百人の敵を倒しただの（『ニーベルンゲンの歌』）、とかくリアリズムから大きく外れた語りになりがちだが、この点『わがシッドの歌』は特異といえよう。

こうしたリアリズムは見方を換えれば抑制的表現ということでもある。この抑制もまた『わがシッドの歌』の特徴と考えられる。本書に収めた『ララの七公子』では、人が殴られたり殴り殺されたり、首を斬られたり、火あぶりにされたりする。武勲詩はこのように荒っぽく、また残酷なことが多い。ところが『わがシッドの歌』はこうしたものとはまったく無縁である。これはカリオンの公子たちへの態度によく見てとれる。シッドは意に染まない結婚であったにもかかわらず、婿である公子兄弟を常に気にかけ、庇ってやる。なんと貴族の存在理由であるはずの戦いにすら、出たくなければ出なくてよいとまでいうのである（二一七頁）。しまいには、もう一生会えないかもしれない遠い地へ、公子兄弟の望みのままに送り出す。「苦労して手に入れた所領」（二五七頁）である「一所懸命の地」（一八六頁など）バレンシアから離れるのが難しいシッドにとって、娘たちを手放すのは今生の別れとなってしまいかねないであろう。これほどの気遣いにもかかわらず兄弟は娘たちを侮辱し、半死半生の目に遭わせる。このうえなく激しい復讐が行なわれてしかるべき流れであろう。しかしそうはならない。主人公が行なうのは法的手段に訴えることでしかない。しかも裁判では終始冷静であるうえ、みずから申し立てることもせず、したがって決闘の当事者にもならない。そればかりかその決闘に立ち会いさえしない。そして決闘では誰も死なず、降参によって戦いは終了する。武勲詩としては実に稀有な展開というべきである。

作品のさらなる特徴として、そこに溢れる「人間味」が挙げられる。とりわけ主人公において表現されているそれはどうであろう。たとえば同時代の絵画の人物を思い浮かべてみるとよい。あの無表情な、あるいはそれに近い人物像との差に、だれもが驚きを禁じえまい。カスティーリャを去らねばならぬとき、修道院長に対し残してゆく妻子のことをしつこいほど頼む姿（一四四頁）、別れたあとの心弱り（一四八頁）、妻子の眼前で自分が頼れる夫であり父親であることを得意がる様子（一九一―二頁）、自分で迎えにいきたいが無理なのだと、まるで娘たち本人を前に言い訳するかのような様子（一八六頁）等々、実に人間味溢れる姿であり、今日の文学に移してもなんら違和感はあるまい。

以上のほかにも『わがシッドの歌』のすぐれた点はいくらも挙げられる。冒頭で述べたように、かつてスペインには数多くの武勲詩が存在したが、なんらかの理由でそのほとんどが失われた。しかしそのようななか、『わがシッドの歌』のような名作がほぼ完全な形で伝わったことは、スペイン文学にとって、そして世界文学にとってさえも、まことに幸いであったというべきであろう。

訳者あとがき

本書にはスペインの武勲詩のうち『ララの七公子』、『フェルナン・ゴンサレスの詩《うた》』、『わがシッドの歌』の三編の翻訳が収録されている（『フェルナン・ゴンサレスの詩』の異質性は「作品解説」で述べた）。いずれも作者は不詳である。武勲詩は韻文で語られるが、日本文学には『平家物語』のように語りに部分的に韻文を入れ込むことはあっても、物語を全編韻文で語る伝統はないように思う。ゆえに武勲詩をまるごと韻文で訳そうとすれば、どうしても無理がいき、せいぜい行分け散文にしかならない。少なくともわたしの力ではそうである。だから三編とも散文での訳を試みた。

三編はいずれも同じ武勲詩あるいは武勲詩的作品であり、成立した年代もそうかけ離れてはいない。だからすべてを同じ文体で訳すことも考えられたが、それぞれ異なる形でこれを行なうことにした。『ララの七公子』はあまりこれといった色づけをせず、いわば淡々と訳してみた。『フェルナン・ゴンサレスの詩』では登場人物の言葉からほぼ敬語を排してみた。戦いに明け暮れた質実剛健な時代の雰囲気をよりよく出せるのではないかと思ったからである。『わがシッドの歌』では「です・ます」調を用いた。武勲詩は聴衆を前に口演されたもので、いわば講談のようなものといってよく、それを意識すれば本来このような文体がもっとも適当かもしれない。さまざまな文体を試すのはおもしろかった。読んでくださる方にもおもしろいと思っていただければ幸いである。

本書を刊行するにあたり三省堂書店／創英社の山口葉子氏にはたいへんお世話になった。校正の段階で、こちらのミスやわがままで無理な変更を少なからずお願いしたが、いつも快く対応してくださった。厚く御礼申し上げます。

翻訳は次の定本に基づいて行なった。

『ララの七公子』
Ramón Menéndez Pidal, ed., "Los Siete Infantes de Salas" en *Reliquias de la épica española*, ed. Diego Catalán, Madrid, Gredos, 1980, 2ª ed., págs. 181-198.
『フェルナン・ゴンサレスの詩』
Alonso Zamora Vicente, ed., *Poema de Fernán González*, Madrid, Espasa-Calpe, 1978, 5ª ed.
Peter Such & Richard Rabone, ed. and trans., *The Poem of Fernán González*, Oxford, Aris & Phillips, 2015.
『わがシッドの歌』
Alberto Montaner, ed., *Cantar de Mio Cid*, Barcelona, Crítica, 1993.

なお注と解説については、以上の定本につけられたもののほか以下の著作を参考にした。
Deyermond A. D., *Historia de la literatura española : La Edad Media*, Editorial Ariel, Barcelona, 1995.

〔著者略歴〕

岡村　一　（おかむら　はじめ）

1953 年　長崎県佐世保市生まれ
上智大学外国語学部イスパニア語学科卒業
同大学大学院外国語研究科言語学専攻博士前期課程修了
スペイン国立マドリード大学哲文学部留学
熊本学園大学名誉教授

訳書として
『わがシッドの歌』(近代文藝社 1998 年)
『ドン・キホーテ』(前篇、後編)(水声社 2017 年)
『ラサリーリョ・デ・トルメスの人生』(水声社 2018 年)
『セレスティーナ　カリストとメリベーアの悲喜劇』(水声社 2020 年)

著書として
『詳解スペイン語』(共著、上智大学出版会)など

スペイン武勲詩集

2025年3月31日　　初版発行
編　・　訳　岡村　一
発行・発売　株式会社三省堂書店／創英社
〒 101-0051　東京都千代田区神田神保町 1-1
Tel：03-3291-2295　Fax：03-3292-7687
印刷／製本　三省堂印刷株式会社

ISBN978-4-87923-297-7 C3097